바람의 리트

Holy War

양승훈 판타지 장편소설

FANTASYSTORY & ADVENTURE

dream
books
드림북스

바람의 라트 1 신성이란 이름의 악

초판 1쇄 인쇄 / 2011년 5월 25일
초판 1쇄 발행 / 2011년 6월 7일

지은이 / 양승훈

발행인 / 오영배
편집장 / 허경란
편집 / 신동철, 문보람, 오미정, 윤상현
본문 디자인 / 신경선
펴낸 곳 / (주)삼양출판사 · 드림북스

주소 / 서울특별시 강북구 송천동 322-10호
대표 전화 / 02-980-2112 팩스 / 02-983-0660
편집부 전화 / 02-980-2116 팩스 / 02-983-8201
블로그 / blog.naver.com/dreambookss

등록번호 / 제9-00046호
등록일자 / 1999년 3월 11일

© 양승훈, 2011

값 8,000원

ISBN 978-89-542-4408-4 (04810) / 978-89-542-4407-7 (세트)

* 지은이와 협의하에 인지는 생략합니다.
* 잘못된 책은 구입한 곳에서 바꾸어 드립니다.

바람의 라트

Holy War

양승훈 판타지 장편소설
FANTASY STORY ADVENTURE

1

신성이란 이름의 악

dream
books
드림북스

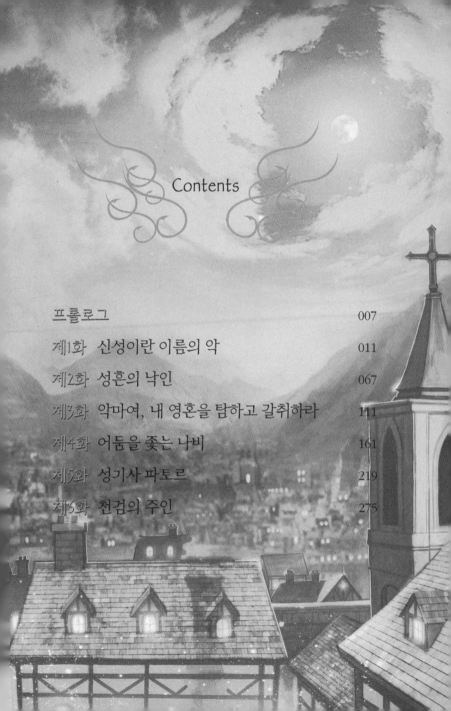

Contents

프롤로그

Holy War

　악마왕(惡魔王)이라고 불리는 희대의 악마, 발루토.

　그리고 길고 길었던 암흑의 시대, 발루토력.

　암흑의 시대는 발루토력이라는 역법으로 셈해야 할 만큼 무척이나 길고 길었다.

　발루토에 의해 유래가 없을 만큼 거대한 마계의 문이 열린 후, 수없이 많은 사람들이 죽었고 검붉은 피가 강이 되어 흘렀다. 그 시대에 발루토에 맞서 항전한 영웅들 역시 그 이름을 모두 열거하기가 힘들 정도다.

　그리고 그들의 피를 딛고 일어선 성직자들의 대대적이고 전면적인 개입.

이후 신성제국으로 거듭나는 아트라도엥의 촉망받던 성기사 갈리시드가 발루토력 말, 항마전쟁(降魔戰爭)을 일으킴으로써 암흑의 시대는 비로소 종말을 맞이했다.

새 시대가 열리고, 이전 시대에 종지부를 찍은 영웅 갈라시드의 배후에 있던 프로트 교는 유래 없는 부흥기를 맞이했다.

그 어떤 기사들도, 그 어떤 마법사들도 해내지 못한 일을 해낸 프로트 교의 위상은 끝없이 치솟아 온 대륙에 만연했으니, 발루토력이 끝나고 드디어 프로텔력이 시작된 것이다.

성자의 시대라고 불리는 200년간의 긴 신성의 시대.

교세가 강성해짐에 따라 암흑을 걷어내고 빛을 증명한 땅인 아트라도엥은 이윽고 스스로 신성제국이라 칭하기에 이르렀다. 자연스럽게 성직자들의 힘이 정치적인 부분까지 미쳤고, 고위 관리의 자리에 성직자들이 앉으면서 신성제국의 이름은 더욱 드높아졌다.

그러나 밝은 미래와 평화를 상징하던 이 시대는 이후 성전(聖戰)의 시대를 열고 만다.

길고 긴 평화에 가려져 있던 부패와 고름을 도려내기 위해 나타난 검은 단죄자와 함께…….

제1화
신성이란 이름의 악

Holy War

볕이 쨍쨍하게 내리쬐는 뜨거운 여름이었다.

여느 여름처럼 햇빛은 땅을 뜨겁게 달구었다. 시선을 돌리면 땅에 벌레들이 바싹 말라 죽은 모습이 보일 지경이다.

삐질삐질 흐르는 땀을 손으로 거칠게 닦아낸 소년은 미간을 잔뜩 찌푸리고 있었다.

"라트! 몇 번이나 부르게 하는 거니!"

라트라고 불린 소년은 올해로 15세가 되었지만, 그나마도 잘 먹지 못했는지 빼빼 말라서 비실비실하고 유약해 보였다. 게다가 키도 작았으니 15세는커녕 그보다 두 살은 더 어려 보이는 모습이었다.

그늘 아래에 있는데도 이렇게 땀이 흐를 지경이었다.

라트는 짜증이 잔뜩 난 얼굴로 낡은 밀짚모자를 푹 눌러쓰고는 낡고 해진 수건을 어깨에 걸치고 있는 어머니를 쏘아보았다.

그때, 밭을 갈고 있는 어머니가 라트를 보면서 다시 크게 외쳤다.

"라트! 멍하니 있지 말고 닭 모이나 좀 주렴."

"그냥 어서 잡아먹어요! 정작 닭을 키우는 주인이 배고파서야 아무 의미도 없다고요!"

"멍청한 소리 말고 얼른 모이나 줘."

덥고 지치고 배고픈 것까지…….

라트는 어머니의 말에 얼굴을 있는 대로 잔뜩 찌푸리고는 쿵쿵거리며 나무그늘이 드리운 닭장으로 다가갔다.

"에잇! 제기랄! 나는 제대로 못 먹는데 닭들은 매일 배가 터지도록 먹는단 말이야?"

라트는 아래의 제법 큰 집에 사는 또래의 아이, 돼지처럼 피둥피둥 살찐 볼스의 얼굴이 갑자기 생각나자 더욱 짜증이 나는지 닭장을 발로 두어 번 찼다.

쿵쿵!

꼬꼬댁! 꼬꼬!

"라트!"

"아, 알았어요!"

닭들이 난리치는 소리를 들었는지, 저 멀리 떨어진 곳에서 얼마 되지도 않는 밭을 가는 어머니가 언성을 높이자 라트는 닭장을 차던 발을 급히 멈추고 모이를 거칠게 던졌다.

"어휴, 이게 다 사람이 먹는 건데. 염병……. 지렁이를 직접 잡아다가 줄 수도 없고."

라트는 혼자 중얼거리면서 차라리 이 닭장을 좀 크게 지으면 닭들이 알아서 빨빨거리면서 지렁이라도 잡아먹지 않을까, 하는 생각을 했다.

'에이……. 그냥 이거 몇 톨 주는 게 차라리 덜 힘들겠네.'

그렇게 생각한 라트는 쌀 몇 톨을 던지다가 맛나게 쪼아 먹는 닭들을 보면서, 저도 모르게 쌀 몇 톨을 입에 담고 씹었다.

우드드두드득드득!

"으…… 따, 따해."

배가 허하니 짜증만 났다.

"왜 이렇게 항상 배가 고픈 거야……."

라트는 그늘에 누운 자세로 어머니를 보면서 짜증이 치미는 걸 느꼈다.

가족이라고는 그와 어머니 딱 둘뿐이었다. 라트의 어머니는 어디서 애를 배어왔는지, 십여 년 전 화전촌에 흘러 들어와서 라트를 낳았다.

그리고는 좁다란 화전을 일구어 얻은 것으로 먹고 교환하면서 지금껏 살아온 것이다.

라트는 어렸을 적부터 배불리 먹은 적이 거의 없기에 또래의 아이들보다 항상 작았다.

그때는 잘 몰랐었다. 이 화전촌의 다른 아이들과 자신이 어떻게 다른지 말이다.

하지만 가족의 단위에 아버지라는 존재가 있다는 것을 알게된 이후, 아버지의 부재로 인해 이렇게 궁핍하게 살아가는 것이라고 여기게 되었다.

실제로 여자보다 남자의 힘이 강하고 체력적으로 우월하니 아버지가 있었다면 살림이 지금보다는 나았을 것이다. 그렇기에 라트의 얼굴 모를 아버지에 대한 원망은 더욱 커졌다.

그러던 차에 마을에서 만나게 된 또래의 돼지, 볼스는 오히려 아비 없는 라트를 보란 듯이 놀려대기까지 했다.

"우리 아버지가 나 먹으라고 도시에서 이런 거 사왔다. 맛나겠지?"

그렇게 유년기를 보내고 청소년기가 닥치니, 라트는 모든 것에 대해 치미는 짜증과 분노를 견딜 수가 없었다.

어렸을 적부터 그렇게 라트를 괴롭히던 볼스는 덩치가 더욱 커져서도 여전히 유치하게 먹을 것으로 약을 올렸고, 그를 따르는 얍삽한 놈들도 덩달아서 놀려댔다.

열이 뻗쳐서 달려들어 때려도 그것이 곧 어머니의 사과로 이어진다는 것을 알았을 때, 라트의 자괴감은 이루 말로 표현할 수 없을 만큼이나 커졌다.

항상 삐뚤어진 듯 날카롭게 눈을 굴려대는 라트의 곁에는 친구가 없었다.

그는 고독했고 외로웠으며 항상 무언가에 화가 난 얼굴을 하고 있었다.

"라트! 아무것도 안 할 거면 이 어미를 도우란 말이야!"

어머니의 높은 목소리를 듣자마자 라트는 벌떡 일어났다.

"아뇨! 내려갈 거예요!"

"망할 녀석! 일이나 좀 돕지 않고!"

"그거 하면 더 배고파지잖아요!"

라트는 소리를 버럭 지르고 아래로 내려왔다. 일하는 건 사양이었다. 일을 해야 밥이 나오지만, 그것조차도 라트는 짜증스러웠다.

'왜 내가 있지도 않은 아버지 노릇을 해야 돼?'

마을 여기저기를 돌아다니다 보니 또 뭔가를 처먹으면서 어슬렁거리는 볼스가 눈에 띄었다.

'저 새끼하고는 안 마주치는 게 좋지.'

똥이 무서워서 피하나? 더러워서 피하지.

그런 생각을 하면서 나무 뒤에 숨어서 가만히 있던 라트는 나무 사이로 보이는 볼스의 뒤룩뒤룩 살찐 모습을 곁눈질로 살펴보았다.

그런데 볼스가 점점 라트가 있는 방향으로 오는 게 아닌가?

이윽고 볼스가 코앞까지 오자, 라트는 속으로 혀를 찼다.

"어? 라트 녀석이잖아? 거지새끼, 라트. 여기서 숨어 있었냐?"

그러자 볼스의 뒤를 따르던 다른 패거리 녀석들이 낄낄 거리며 웃는다.

'돼지 새끼 따라다니면서 먹을 거나 구걸하는 새끼들이……'

하지만 차마 그 소리는 입 밖에 내지 못했다. 그랬다가는 더 호되게 맞으리란 걸 알고 있는 것이다.

뒤룩뒤룩 살만 찐 볼스는 물론이고, 뒤에서 녀석을 따라다니는 패거리와 싸워도 맞고 나가떨어지기 일쑤다. 그래도 볼스, 저놈 하나만이라면 어떻게든 싸워서 이길 수 있을 것 같은데…….

"이봐, 거지. 이거 먹어볼래? 이런 거 먹어본 적 없지?"

배를 출렁이며 다시 낄낄거리는 볼스의 놀림에 라트의 얼굴이 빨갛게 달아올랐다.

"어? 거지새끼가 화났나보다! 얼른 떨어져! 저 거지가 내뿜는 숨에는 낫지 않는 병이 들어 있다고!"

볼스가 그렇게 호들갑을 떨면서 물러나자 나머지 패거리들도 소리를 지르면서 사방으로 흩어졌다.

짜증이 치밀어 올랐다.

왜 볼스와 자신 간에는 이런 차이가 있는 걸까.

저놈은 왜 저렇게 뒤룩뒤룩 살이 찔 만큼 잘 처먹을 수 있고, 자신은 항상 굶주려야 할까.

　그런 생각이 끊이지가 않았다.

　"야, 이 거지새끼야! 이젠 화도 못 내나 보지? 하긴 애비도 없는 새끼가 남자다움이란 걸 알겠어? 이 계집애 같은 놈아."

　라트의 인내를 유지하는 마지막 끈이 끊겼다.

　"으아아아아아! 죽여버릴 거야!"

　"와! 저 새끼가 덤빈다! 저 새끼 코피 터뜨리는 놈한테 이거 다 준다!"

　라트가 작은 체구로 달려들어 봤자 볼스의 앞에서는 초라할 뿐이다.

　그리고 좌우에서 달려드는 다섯 놈에게 라트는 사정없이 처맞았다. 주먹으로 얼굴을 마구 맞아서 코피가 줄줄 흘러내렸다. 나중에는 너무나도 억울해서 눈에서 뜨거운 눈물이 뚝뚝 흘러내렸다.

　"내가 코피 냈어!"

　"지랄하고 있네! 내 주먹에 코피 났어!"

　"너 따위 주먹에 코피가 나겠냐?"

　한참 동안 쓰러진 라트를 발로 차고 밟아대던 패거리들은 서로 자신의 공이라고 외치며 싸워댔다.

　"됐어. 너희들 다 같이 먹어. 집에 가면 더 있으니까 나중에 또 줄게."

　"고마워!"

볼스는 어려서부터 사람을 다루는 방법을 알고 있었다. 볼스는 다른 아이들을 이용해 작은 라트를 괴롭히는 것을 좋아했고, 그것은 어렸을 때도, 그리고 이렇게 열다섯 살이 되어서도 똑같았다.

다만 약간의 차이는 있었다. 어렸을 때보다 괴롭히는 방법이 더 치졸해졌다는 것.

온몸이 너무 아파서 일어나지도 못하는 가운데, 볼스가 듣기 싫은 목소리로 돼지처럼 말했다.

"베스, 어제 네 여동생은 거기로 왜 안 나왔냐?"

"어……? 어, 그게……."

"베스, 내 말이 우습게 들렸냐?"

라트는 멍한 얼굴로 땅바닥에 가만히 누운 채 듣고 있었다. 일어나지 못할 정도로 아픈 것은 아니지만, 일어나 봐야 좋은 일은 하나도 없었다.

'돼지 새끼…….'

호리호리한 베스의 얼굴이 난감함으로 일그러져 있을 게 눈에 훤하다. 볼스보다 한 살 더 많으면서 볼스에게 꼼짝도 못하는 머저리.

돼지 새끼가 크면서 또 하나 불거진 문제는 바로 여자 맛을 봤다는 것이었다. 처음은 집에서 딱 한 명 소유하고 있는 어린 노예였다. 그러더니 이제는 패거리에 있는 녀석의 여동생까지 노리기 시작한 것이다.

새삼 라트는 자신에게 여동생이 없어서 얼마나 다행인가, 하는 생각이 들었다. 그러다가도 저런 돼지 새끼한테 더 심하게 당하지 않는다는 것을 다행스럽게 여긴다는 점이 너무나도 부끄러워졌다.

　자신에 대한 혐오감, 그리고 자신이 처한 현실에 대한 좌절, 그 외의 모든 것에 대한 짜증으로 라트의 마음속은 혼돈 그 자체였다.

　"오, 오늘은 말해볼게……."

　"오늘 또 날 기다리게 하면 넌 저 거지새끼처럼 맞게 될 거야."

　"아, 알았어……."

　"어차피 그년도 처음이 아닐 텐데 왜 그렇게 빼는 거야? 내 여자가 되면 굶지 않아도 되고, 얼마나 좋아?"

　돼지가 꽥꽥거리는 것처럼 들리는 더러운 소리가 마침내 멀어져 가자 라트는 천천히 몸을 일으켰다.

　"으으……."

　욱신욱신 안 아픈 곳이 없다. 눈은 시퍼렇게 멍들었고, 입술이 터져서 자꾸 피 맛이 난다.

　천천히 일어나 몸을 턴 라트는 사람들에게 잘 보이지 않는 나무 아래로 절뚝거리며 걸음을 옮겼다. 제법 지대가 높아 이 화전촌이 한눈에 보이는 라트만의 쉼터였다.

　뜨거운 햇볕에 그을린 피부도 이곳에서 선선한 바람에 식어갔다.

'오늘은 들어가지 말까.'

넝마 조각 같은 옷은 흙먼지를 털어내든 말든 비슷비슷하다. 하지만 얼굴이나 몸의 상처는 어떻게 가릴 수 있는 게 아니다.

평소처럼 도망을 쳤다면 이렇게까지 당하지는 않았을 텐데……

짜증이 났다.

더 크면 어머니처럼 아무런 생각도 없이 하루하루 먹고살기 위해 일하며 살아갈 것이다. 그리고 적당히 아무나 만나 함께 살 것이고, 그러면 애가 생기겠지.

그 애는 또 자신과 똑같은 삶을 살아갈 것이다. 오로지 먹고 살기 위한 삶 말이다.

그건 너무 비참하다는 생각을 지울 수가 없었다.

가만히 눈을 감고 간간이 불어오는 바람을 느끼면서 조금씩 낮잠에 빠지고 있을 때였다.

부스럭-

라트의 눈이 번쩍 뜨였다.

벌떡 일어난 라트는 소리가 들린 방향을 날카로운 눈으로 보고 있었다.

누구지?

이곳을 알고 있는 사람은 아무도 없을 터였다. 이곳은 라트가 만들어놓은 곳이니까.

몬스터?

어쩌면 몬스터일지도 모른다는 생각이 들자 라트는 긴장하기 시작했다. 이 근방에 몬스터가 출몰한다는 얘기는 들은 적이 없지만 나오지 말라는 법도 없었다.

무기로 쓸 만한 게 없나 싶어 주위를 살피던 라트는 곧 자신이 몬스터를 상대할 수 있을 리가 없다는 생각을 하면서 도망갈 방법을 궁리했다.

하지만 다시 난 소리에 라트는 눈살을 찌푸렸다.

"아이고……."

수풀 사이로 어떤 사람이 보였다.

"여긴 무슨 길이 이렇게 불편하지……."

나긋한 여인의 목소리였다.

라트는 숨을 죽이고 경계했다.

곧 검은 로브와 검은 후드로 전신을 가린 수상쩍은 사람 한 명이 수풀 사이에서 불쑥 튀어나왔다.

'여…… 여행자인가?'

등에 메고 있는 허름한 행낭을 보면서 라트는 그렇게 생각했다.

그때, 후드 아래로 살짝 드러난 눈과 그 사람을 훔쳐보던 라트의 눈이 마주쳤다.

라트는 깜짝 놀라 숨었지만, 이미 그 여인에게 발견된 후였다.

"어? 누군가 있구나! 이봐요, 왜 숨어요?"

여인은 부드러운 목소리로 그렇게 말하면서 끙끙거리며 올라왔다. 그리고 그곳에서 경계의 태도를 늦추지 않는 라트를 보면서 부드럽게 웃으며 말했다.

"소년! 여자가 이렇게 힘든 길을 올라오는데 그렇게 숨어버리면 곤란하지."

"힘든 길……?"

라트는 그녀가 올라온 길을 보았다. 저 방향으로는 올라올 수 있을 만한 경사가 아니다. 아마 다른 사람이라고 해도 올라오지는 못할 터였다.

"당신, 누구야?"

"와, 소년! 말이 짧잖아."

"누구냐고!"

날카로운 태도에 여인은 잠깐 입을 다물고 천천히 후드를 뒤로 젖혔다.

후드에 가려져 있던 아름다운 흑발이 드러났다. 희고 고운 피부, 붉은 눈동자와 매혹적인 눈매, 불그스름한 입술을 가진 이십 대 중반의 여인이 그곳에 있었다.

라트는 저도 모르게 멍한 표정을 지었다. 이렇게 아름다운 사람을 본 적이 있던가.

라트가 정신을 못 차리고 계속 쳐다보자 여인이 부드럽게 웃었다. 오른쪽 입가에 작은 보조개가 파였다.

"텔리시아."

"어?"

"텔레시아야, 내 이름."

"저, 저는…… 라트."

텔리시아라고 자신을 밝힌 여인을 뚫어지게 바라보고 있었다는 걸 그제야 깨달은 라트는 시선을 돌리면서 기어들어가는 목소리로 대꾸했다.

이성에게 한참 호기심이 많을 나이다.

텔리시아는 더욱 짙은 미소를 지었다.

"라트구나. 좋은 이름이네."

"고, 고맙습니다."

"이곳에 살고 있니?"

"네……."

여전히 눈을 마주치지 못하는 라트를 보면서 텔리시아는 후드를 천천히 썼다.

"후드를 벗은 모습이 네게는 많이 불편한 것 같으니까, 이걸 다시 쓸게. 그러면 괜찮지?"

"아, 괘, 괜찮은데……."

그렇게 말하는 라트의 목소리에는 아쉬움이 묻어난다.

"봐, 이젠 제대로 보고 말하잖아."

라트는 후드에 감춰진 텔리시아의 아름다운 외모를 떠올리며 다시 얼굴을 붉혔다.

"이런 산간에도 마을이 있어?"

"네, 여기 아래로 조그마한 마을이……."

"그렇구나. 한번 구경하고 싶은데…… 마을 사람들이 좋아하지 않겠지?"

라트는 아무 대답도 할 수 없었다.

'조금만 내려가도 마을이 보이는데…….'

마을 사람들은 기묘하게도 외지인에 대해 굉장히 민감했다. 이 마을의 존재가 밖으로 새어나가면 안 되기라도 하듯이 말이다. 당연하게도 텔리시아도 마을 안으로 데려갈 수는 없었다.

라트가 조심스럽게 고개를 끄덕였다.

"그래, 아쉽지만 어쩔 수 없지."

산뜻하게 포기한 텔리시아는 불어오는 바람에 두 눈을 지그시 감았다.

"이곳은 바람이 선선해서 좋구나. 네 비밀기지야?"

"……네."

"얼굴은 왜 그래?"

텔리시아가 느닷없이 물어온 말에 라트는 깜짝 놀라 고개를 수그렸다. 얻어맞아서 얼굴이 엉망진창이라는 걸 이제야 기억해낸 것이다.

창피함으로 붉게 달아오른 얼굴에 텔리시아의 손이 살며시 닿았다.

깜짝!

"아…… 저……."

"낫게 해줄게."

양손으로 얼굴을 만지작거리는 그녀의 손은 차가워서 시원했다.

라트는 마음이 풀어지는 걸 느끼면서 가만히 있었다. 다른 사람이었다면 절대로 가만히 있지 않았을 텐데…… 이상한 일이었다.

그렇게 얼마나 있었을까. 얼굴의 욱신거리는 통증이 조금씩 사라지는 걸 느낀 라트는 어느새 텔리시아의 손이 떨어진 것을 알 수 있었다.

"어……?"

"넌…… 앞으로 큰일을 겪겠구나."

어느새 가만히 자신을 바라보고 있는 텔리시아의 시선을 느끼며 라트는 아무런 대꾸도 하지 않았다. 후드 안쪽으로 보이는 그녀의 시선이 왠지 모르게 살짝 슬퍼 보였던 것이다.

텔리시아가 갑자기 행낭을 뒤적거리기 시작했다. 그리고 곧 무언가를 꺼냈다.

그것은 조그마한 책이었다.

표지도 제목도 없는, 그저 검기만 한 종이뭉치.

"이걸 줄게."

텔리시아는 그 검은 책을 조심스럽게 내밀었다.

"……?"

라트가 받지 못하고 가만히 텔리시아를 바라보자 그녀는 여전히 슬픈 기색이 감도는 얼굴로 가만히 그를 응시할 뿐이다.

그리고 가만히 있는 라트의 손에 검은 책을 쥐어주었다.

"왜 이걸?"

"언젠가 네게 큰 힘이 되어줄 거야……."

"힘…… 이요?"

"응. 네가 감당하기 힘들 정도로 큰 힘이 말이야."

라트는 아무것도 적혀 있지 않은 검은 책을 물끄러미 내려다보았다.

"자, 그럼 이제 헤어질 시간이네. 잘 있어. 언젠가…… 또보자."

올라왔던 험한 길을 다시 아무렇지도 않게 천천히 내려가는 그녀의 모습은 모든 것을 초월한 사람처럼 보였다.

라트는 그녀가 나무에 가려 완전히 보이지 않게 될 때까지 그녀의 뒷모습을 가만히 보고 있었다.

그리고는 오른손에 들린 검은 책을 가만히 보았다.

낡고 볼품없는 책.

천천히 책장을 넘겼다. 아니, 넘기려고 했다.

"어?"

아예 들춰지지도 않았다.

점점 라트의 손에 힘이 들어가고 있었지만, 책장은 전혀 들춰지지 않았다. 책 전체가 애초에 열리지 않게 되어 있는 것처럼 말이다.

"뭐지?"

라트는 다시 끙끙거리면서 책장을 들추려고 했지만 끝내 책을 읽어볼 수 없었다. 그렇게 한 시간이 흐른 뒤, 라트는 그 책을 베게 삼아 그 자리에 누웠다.

"에이, 제길! 이게 뭐야? 도대체 이딴 걸 왜 준 거지?"

짜증 어린 얼굴로 중얼거린 라트는 난생 처음으로 본 외부인의 아름다운 얼굴을 떠올렸다.

"텔리시아……. 신기한 사람이었어."

그렇게 중얼거리던 라트는 곧 텔리시아가 어쩌면 마법사라고 불리는 사람이 아닐까, 하는 생각을 했다. 아주 잠깐의 만남이었지만 라트는 그녀의 얼굴이 지금 이 순간에도 눈앞에 선명했다.

저 대지로 넘어가는 붉은 석양을 보면서 천천히 눈을 감은 라트는 그녀가 한 말을 곱씹으면서 천천히 잠이 들었다.

그리고 얼마나 지났을까. 뺨에 툭 하고 떨어진 물방울에 깜짝 깬 라트는 눈살을 찌푸리면서 천천히 일어났다. 사방이 어두웠다.

주위를 살피던 라트는 밤하늘에 낀 먹구름을 보았다.

"하필 오늘 같은 날에 비가 오다니."

혀를 찬 라트가 비밀기지에서 천천히 내려가려고 할 때였다.

산의 아래 평지 쪽에서 여러 개의 불빛들이 보였다.

'상단인가?'

라트가 이곳을 좋아하는 또 하나의 이유는 바로 이처럼 산속에서는 볼 수 없는 외부 세계를 멀리서나마 바라볼 수 있기 때문이었다.

긴 불빛 행렬은 거칠게 내리는 빗속에서 조금의 흔들림도 없이 나아가고 있었다.

"더 큰 도시로 가는구나. 좋겠다."

라트가 그 혼잣말을 내뱉은 순간이었다.

불빛의 행렬이 갑자기 부산스럽게 흔들렸다.

"어?"

*　　　*　　　*

"쯧쯧……. 갑자기 웬 비야?"

프로트 교의 신앙심 깊은 전투 신관, 베이론은 갑자기 내리기 시작한 비에 눈살을 찌푸렸다.

하늘을 우러러보니 먹구름이 잔뜩 끼어 있었다. 아무래도 곧 크게 쏟아질 것 같았다.

"저, 전투 신관님, 아무래도 곧 비가 쏟아질 것 같습니다.

잠깐 비를 피하는 게 어떻겠습니까?"

병사의 말에 베이론은 눈살을 찌푸렸다.

"우리는 지금 이교도들을 이송하는 중대한 일을 하고 있는
것이네. 고작 비 따위에 멈춰서는 것이 참된 신앙심의 발로라
고 생각하는가?"

"소, 송구스럽습니다."

"자신의 불경함을 알았다면 계속 가도록 하게. 주교님께서
는 하루라도 빨리 이 이교도 놈들을 처리하기를 원하고 계실
것이네."

"예!"

베이론이 그렇게 말하면서 철창 안에 묶여 있는 이들을 향
해 경멸의 시선을 던졌다.

"더러운 것들! 퉤!"

베이론은 침을 뱉고 다시 고삐를 풀었다. 다시 말이 행렬에
맞춰 천천히 걸어 나가기 시작했다.

그렇게 얼마나 나아갔을까. 베이론의 눈이 갑자기 날카로워
졌다.

주위로 수상한 기척들이 느껴졌던 것이다. 처음에는 동물
정도로 생각하던 것들이 점차 많아지면서 근처로 접근해오자,
베이론은 그것들이 행렬을 맞춘 사람들임을 깨닫고는 고함을
내질렀다.

"웬 놈들이냐!"

그의 외침과 동시에 병사들이 일제히 병장기를 들고 사방을 살피기 시작했다.

그리고 얼마 지나지 않아 어둠 너머에서 칠흑색 복장의 괴한들이 다가와 천천히 불빛 아래로 모습을 드러냈다.

그들의 가슴에 붙어 있는 은색의 십자가 브로치를 발견한 베이론의 눈이 살벌해졌다.

"가증스러운 이교도 놈들인가……."

"닥쳐라! 썩어빠진 프로트 교의 개가 가증을 입에 담다니……."

그리고 그 순간, 은색 브로치의 괴한들이 일제히 검을 빼들었다. 그들의 검대에도 가슴에 박혀 있는 것과 같은 은색의 십자가가 있었다.

"은십자 자유 기사단이여! 저 썩어빠진 종교의 개들에게 철퇴를 내릴 시간이다!"

어둠을 꿰뚫는 우렁찬 외침이 울리고, 그 순간부터 은십자 자유 기사단이라고 자칭하는 괴한들의 공격이 시작되었다.

"신성한 빛으로 저 이교도 놈들에게 단죄를 내리소서!"

베이론이 검을 빼들었다. 어둠을 밝히는 찬란한 빛이 검에서 뿜어져 나오자마자 가장 가까이 있던 괴한의 몸에 그대로 꽂혔다.

푸욱!

"끄으으으악!"

"방황하는 영혼을 이끄소서!"

빛을 발하는 검이 괴한의 검을 그대로 훑었다. 빛을 내뿜는 검에는 피가 묻어 붉은빛이 감돌기 시작했다.

싸움이 길어졌고, 시간이 지날수록 철창을 지키던 베이론 휘하의 병사들이 하나둘씩 쓰러졌다.

"끄악!"

"으아악!"

베이론은 끊임없이 성전을 입으로 되뇌면서 검을 휘둘렀다. 신앙심을 나타내는 광명의 빛은 더욱 강렬한 빛을 내뿜었고, 그가 휘두른 검에 기사단원들은 여지없이 베여 나가고 있었다.

"크으윽!"

또 한 명이 쓰러지자 기습대의 대장, 갈루스가 신음성을 내뱉었다.

"으음! 실력이 상당한 전투 신관이군……."

"보통 실력이 아닙니다. 혼자서 두셋은 너끈히 상대하고 있습니다. 이대로 있다간 제3기습행동대의 기반이 무너질 것입니다!"

"빌어먹을……. 저 정도 실력의 전투 신관이 이런 변방에 있단 말은 듣지 못했단 말이다!"

계획했던 일이 틀어질 듯하자 갈루스는 욕지거리를 내뱉으면서 기습의 근거로 삼은 정보가 빈약하다는 사실에 혀를 찼다.

"아무래도 최근 펜게른 영지에서 최고의 전투 신관 자리에 올랐다는 소문이 파다한 베이론 오르바스가 바로 저자인 것 같습니다."

"엄청난 빛……. 부패하고 더럽혀진 교단의 신을 믿는 주제에 엄청난 신성력을 발휘하는군. 어지간히도 정신이 삐뚤어진 놈이 아니고서야……."

갈루스는 신음성을 다시 삼키면서 검을 빼들었다. 슬슬 결정을 해야 했다.

"최소한의 사람만 구출할 수밖에 없다. 놈의 실력을 보건대 나도 그리 오래 상대할 수 없을 것 같으니까 말이다."

"예!"

그리고 갈루스가 베이론에게 달려들었다.

카앙!

갈루스의 묵직한 검에 베이론은 순간 긴장하지 않을 수가 없었다. 내리치는 검에 실린 묵직한 힘이 조금 전까지 상대한 이교도들과는 달랐던 것이다.

"이교도 놈의 수장인가!"

"썩어빠진 종교의 개 주제에 감히 이교도를 운운하느냐!"

카아앙!

처음으로 베이론의 빛에 대항하는 자였다.

카캉카카카앙-!

공방을 주고받을수록 베이론은 상대의 실력을 인정할 수밖에 없었다. 빠르게 처리하고 나머지 이교도까지 쓸어버릴 요량으로 군단식(群團式) 검술을 펼치고 있던 그는 상대를 압도하기가 쉽지 않다는 것을 슬슬 깨닫고 있었다.

"이교도 주제에 제법이군!"

그 순간부터 베이론의 검세는 최소한의 움직임으로 치명적인 부분만을 노리고 빠르게 공격해오기 시작했다. 힘에 의존하는 검식이 아니라 정교한 쾌검으로 공격해오는 그의 공격 앞에서 갈루스는 점차 밀리기 시작했다.

몸 곳곳에 생채기가 점점 늘어났다.

"크윽!"

팔뚝 부분에 베이론의 검극이 스쳤다.

피가 튀자 갈루스는 슬슬 놈과 더 싸우는 게 위험하다는 생각이 들기 시작했다.

'크윽! 놈이 군단식에 이어 대전식(對戰式)까지 따로 익히고 있을 줄이야. 낭패다.'

갈루스가 조금씩 밀리기 시작할 때, 다른 자유 기사단의 상황은 이와는 정반대였다. 철창을 지키는 병사들을 중점적으로 노리면서 철창이 하나씩 열렸고, 철창에서 나온 사람들이 무기를 들고 싸우기 시작했던 것이다.

하지만 이들 중에 딱 한 명, 빼빼 마른 소년은 지친 눈으로 주위 상황을 살피다가 애초에 이럴 요량이었던 것인지 북쪽으로 전력을 다해 도망치기 시작했다.

"자, 잠깐! 이봐!"

자유 기사단원 중 하나가 외쳤지만, 소년은 뒤도 돌아보지 않고 뛰었다.

그리고 바로 그때, 갈루스의 왼쪽 팔목이 깊게 베였다.

"끄아아아악!"

탱강!

그의 비명성과 함께 검이 떨어졌다.

그 순간, 자유 기사단원들의 시선이 그곳으로 쏠렸다.

"대, 대장님!"

갈루스의 목숨이 위험했다. 이 순간, 갈루스를 보좌하는 부대장은 중대한 결정할 수밖에 없었다.

"은십자 기사단은 즉시 대장님을 보필하라! 이곳에서 빠져나간다!"

"그, 그래서는!"

"닥쳐! 이건 명령이다!"

부대장의 고함에 기사단원들은 따를 수밖에 없었다. 그리고 그들이 일제히 베이론에게 달려들자 병사들은 철창에서 빠져나와 저항하는 사람들에게 맹렬히 병장기를 휘두르기 시작했다.

"으아아악!"

"사, 살려주세요!"

"그, 그만!"

자유 기사단이 빠지자 전문적으로 싸우는 법을 배우지 못한 사람들은 하나둘씩 빠르게 죽어 나가기 시작했고, 그들 모두가 곧 전의를 잃고 땅에 주저앉았다.

카카캉!

갑자기 여러 개의 검과 창이 날아들자, 베이론은 물러서지 않을 수가 없었다.

"괘씸한!"

그렇게 거칠게 씹어뱉은 베이론은 어느새 상처 입은 갈루스를 보호하며 천천히 물러나는 놈들을 이글거리는 눈빛으로 노려보면서 노성을 터뜨렸다.

"이교도 쓰레기들에게 정당한 싸움을 바랐다는 것, 그것이 이 베이론의 실책이군!"

쏘아져 나간 그의 검에는 찬란한 빛이 번뜩였다.

자유 기사단원들의 얼굴에 비장함이 어렸다.

"허억…… 헉! 헉헉……!"

거친 숨을 토해내던 소년은 나무 사이로 들어서자마자 구역질을 하기 시작했다.

"우엑! 우웨엑!"

제대로 먹은 것이 없어 게워내는 것은 그저 신물뿐이다.

입에 묻은 시고 쓴 토사물을 퉤 뱉은 소년은 핏발이 선 눈으로 나무 뒤로 숨어 상황을 다시 살피기 시작했다. 자신의 숨소리가 이때만큼 큰 적이 없던 것 같다.

심장을 부여잡은 채 상황을 살피던 소년은 흔들리는 불빛들이 점차 자신이 있는 방향으로 오는 것을 보고 말았다.

"제길! 제길! 제길!"

이를 악문 소년은 산세를 타고 오르기 시작했다. 험한 산세와 억센 나뭇가지 탓에 몸 곳곳에 생채기가 났지만 소년은 조금도 멈추지 않았다. 아니, 멈출 수 없었다.

소년은 거칠게 내리는 비에 홀딱 젖은 채 양손으로 나무를 잡아 몸을 끌어당기며 산을 올랐다. 걸레 조각이 다 된 옷의 찢어진 틈으로 등 뒤에 찍힌 짓무른 상처, '성흔(聖痕)'이 보이고 있었다.

헐떡거리며 얼마나 올라가고 있었을까. 갑자기 경사가 더 가파르게 변했다.

서서히 뒤쪽에서는 비명 소리와 함께 병장기가 부딪히는 소리가 들려온다. 금방이라도 자신에게까지 덮쳐올 것 같다.

"안 돼…… 안 돼……."

비명에 가까운 소리를 연신 중얼거리는 소년은 그곳에 멈춰 서서 그저 불안하게 떨리는 눈동자만 굴려댈 뿐이었다.

다시 잡힐 수는 없다.

절대 그럴 수는 없다.

잡히면 바로 죽임을 당하리라.

거칠게 내리는 비가 짓무른 '낙인'을 자꾸 상기시킨다. 그

화끈한 고통이 소년의 공포를 더욱 자극한다. 흙먼지 따위로 더럽혀진 옅은 금발 사이로 눈물인지 비인지 알 수 없는 것이 뺨을 타고 흘렀다.

그때였다.

"이봐! 여기야."

소년이 화들짝 놀라면서 주위를 훑었다.

"거기 말고, 여기! 여기!"

소년의 시선이 위로 향했다.

"그래, 여기."

가파른 경사 사이의 수풀에서 손 하나가 튀어나왔다.

소년은 깜짝 놀랐지만 그것이 곧 자신 또래의 어린아이의 작은 손임을 알 수 있었다.

'어째서?'

이런 곳에 웬 아이가 있단 말인가?

'혹시 나랑 같은……'

"내가 도와줄 테니까 여기까지 올라와. 할 수 있지?"

수풀 너머에서 들리는 무심한 듯 따뜻한 목소리에 소년은 눈물이 그렁그렁한 얼굴이 되었다. 이런 위험한 상황에 다른 누군가를 구해줄 수 있다니……

소년은 가파른 경사의 곳곳에 박힌 돌 틈새에 손을 넣어 힘겹게 오르기 시작했다. 한 걸음을 떼기도 어려웠지만 눈앞에 보이는 구원의 손을 향해 소년은 젖 먹던 힘까지 다 짜내고 있었다.

그리고 한 걸음 더 올라갔을 때, 마침내 그 손을 붙잡을 수 있었다.

"자, 그럼 끌어당긴다!"

"그, 그래!"

그리고 수풀 너머에서 끌어들이는 힘에 소년은 날개라도 단 듯이 순식간에 그 수풀 안으로 들어갈 수 있었다.

"후우…… 후욱……."

수풀 안에 있던, 자신을 구한 손의 주인을 보는 소년의 눈은 따뜻했다.

"고, 고마워……."

"고맙긴. 곤란해 보이는 사람은 도와줘야지. 근데 너, 엉망진창이구나."

"어……? 응……."

그렇게 말하는 녀석이라고 자신과 크게 다른 것은 없었지만, 자신의 행색보다는 그래도 나았다.

"나랑 비슷한 또래 같은데, 이름이 뭐야?"

"어? 파, 파토르."

"파토르? 난 라트."

자신의 이름을 자신 있게 밝히는 소년, 라트의 얼굴을 보면서 파토르는 어설프게 미소 지었다.

"파토르, 하나 묻고 싶은 게 있는데, 저기서 무슨 일 일어났지? 그리고 넌 거기서 온 거고 말이야.”

　잠깐 숨을 고른 파토르는 라트의 물음에 눈살을 찌푸렸다.

　“너, 너…… 도망친 사람…… 아니야?”

　“도망?”

　라트는 눈살을 찌푸리며 고개를 저었다.

　“그, 그럼…….”

　“난 여기 근처에 있는 마을에 살아.”

　“마, 마을이 있어……?”

　라트가 웃으면서 고개를 끄덕였다. 자신보다 더 상태가 안 좋아 보이는 파토르를 보면서 그는 형용하기 어려운 동질감을 느끼고 있었다.

　하지만 정작 파토르는 곧 이곳에 닥쳐올 재앙에 소름이 끼쳤다.

　'화, 화전촌…….'

　파토르의 얼굴이 창백하게 질렸다.

　“……도망쳐야 돼. 이곳은 이제 쑥대밭이 될 거야.”

　“무슨 소리야? 쑥대밭이라니?”

　파토르의 다급한 말에도 라트는 이해를 못하겠다는 표정을 지을 뿐이었다.

　“노, 놈들이 올 거야.”

　“그러니까 누가…….”

　“프로트 교단의 신관이 오고 있다고!”

"프로트 교단?"

여전히 이해하지 못한 라트의 의아한 얼굴에 파토르는 안색이 더욱 하얗게 질렸다. 설마 이렇게까지 말했는데 상황을 이해 못할 줄은 상상도 못했던 것이다.

이런 산간에 마을이 있다는 얘기는 들어본 적이 없다. 즉 이곳에 있다는 마을은 화전촌이 틀림없었다.

도시의 비싼 세금을 내지 못한 사람들이 노예로 전락하는 것을 두려워하여 나라의 눈을 피해 산으로 숨어들어 만든 마을. 부패한 신성제국이 낳은 기형아가 바로 그것이다.

그런데 어째서 화전촌에 살아가는 라트가 교단이라는 말이 가지는 두려움을 이해하지 못하는 것일까?

"무, 무슨 뜻인지 모르겠어?"

"일단 진정해. 무슨 말인지는 모르겠지만…… 좋아. 어차피 비가 너무 많이 와서 계속 이곳에 있지도 못해. 우리 집으로 가자."

"지, 집이라고? 안 돼! 가족이 있지? 얼른 도망가야 해. 서둘러야 한다고!"

파토르가 무엇에 쫓기는지 알 수 없었던 라트는 계속해서 도망가야 한다는 말만 반복하는 그를 이해할 수가 없었다. 이 산간에서 태어난 라트는 '프로트 교'라는 말이 나라의 눈을 피해 숨어 사는 화전민들에게 어떤 의미인지 이해하지 못한 것이다.

"알았어. 일단 내려가자. 진정해!"

라트가 여전히 차분한 태도로 말하자, 파토르는 그가 지금 상황이 어떻게 돌아가는지 조금도 이해하지 못하고 있다고 생각했다.

"넌! 넌 이해를 못하고 있어. 다른 사람들을 알 거야. 이곳에서 도망쳐야 한다는 걸 말이야."

한시가 급했다. 더 이상 이곳에서 이러고 있을 시간이 없었다. 화전민들 모두 도망가면 좋겠지만 그게 안 된다면 자기 혼자서라도 도망쳐야 한다.

교단은 화전민들을 절대 용서하지 않을 것이 분명하니까.

라트의 뒤를 따라 산을 타고 내려가기 시작한지 얼마나 됐을까. 갑자기 수풀 사이에서 나타난 마을에 파토르는 입술을 깨물었다.

'하필이면 화전촌이 있는 곳으로 도망을 오게 되다니……'

라트는 집으로 향하면서 어머니께 뭐라고 말해야 좋을지 곰곰이 생각했다. 어머니 역시 다른 마을 사람들처럼 외부 세상에 대해서 얘기하는 것을 극도로 꺼려했던 것이다.

'아마…… 혼나겠지?'

그래도 라트는 파토르에게 듣고 싶었다. 바깥 세상에 대해서, 그리고 그가 도대체 무엇에게 쫓기고 있는 것인지에 대해서 말이다.

끼익!

문을 열자마자 어머니의 볼호령이 쏟아졌다.

"라트! 도대체 이 시간까지 어딜 쏘다니다가 온 거야!"

"쉬다가 왔어요. 생각도 좀 하고."

"네가 무슨 생각……! 저, 저건 누구야?"

문 쪽으로 시선을 돌린 라트의 어머니의 얼굴은 급속도로 얼어붙기 시작했다. 미약한 불빛에 비치는 파토르의 얼굴은 결코 좋아 보이지 않았다. 퀭한 눈, 피골이 상접한 뺨, 라트만큼이나 왜소하고 마른 체구.

그리고 무엇보다 중요한 것.

'외지인'이다.

"아, 음…… 파토르라고 하는 앤데, 급해 보여서 데려…… 왔어요."

"처, 처음 뵙겠습니다."

파토르가 얼떨결에 꾸벅 인사를 하자, 라트의 어머니는 라트의 손을 잡고 끌어당겼다.

"왜, 왜! 어째서 외지인이……! 외지인을 이곳에 들여서는 안 된다고 말했잖아!"

"아, 알고 있지만…… 저 녀석, 위험한 것 같았단 말이에요."

"당장…… 당장 나가!"

라트의 어머니의 눈동자에서 공포와 불안을 읽은 파토르는

시선을 내리깔았다. 그녀는 곧 이곳에 닥칠 위험을 읽은 것이
다.

"나, 나가라니! 조금 전까지 누군가에게 쫓기고 있던 것처
럼 불안해하는 사람에게 그게 무슨 말이에요!"

"라트! 이 멍청한 놈 같으니라고! 네가 무슨 짓을 한 건지
알고 있는 거냐? 알고 있는 거냐고!"

라트는 평생 어머니가 이렇게 불같이 화내는 것을 본 적이
없었다.

잠깐의 침묵이 흐르고, 파토르가 입을 열었다.

"죄송합니다. 그래도 한 가지, 꼭 말씀드려야 하는 사실이
있습니다."

라트의 어머니가 불같이 화를 내는 것도 이해 못할 일이 아
니다. 지금 그 자신은 얻어맞거나 심지어 칼을 맞아도 할 말이
없다.

"당장 나가라니까!"

"교단의 병사들이 오고 있습니다. 당장 이곳에서 도망가셔
야 합니다."

라트의 어머니가 내지른 고함에도 파토르는 물러서지 않고
할 말을 끝까지 했다. 그리고 그 말을 들은 순간, 라트의 어머
니 얼굴에 떠오른 표정은 경악과 절망이었다.

"마, 말도 안 돼……."

"죄, 죄송합니다. 정말 죄송합니다. 이곳에 마을이 있는 줄

알았다면 이곳으로 도망치지는 않았을 겁니다."

파토르와 어머니의 얼굴에 떠오른 절망을 읽은 라트는 이해할 수 없다는 얼굴을 할 뿐이었다.

'도대체 왜?'

"하필이면 낙인자……. 하필이면 도망친 낙인자를……!"

"죄송합니다. 폐만 끼치고 갑니다. 라트, 서둘러야 해. 서둘러 도망쳐야 해. 그리고 미안해……."

그 말을 끝으로 파토르는 밖으로 뛰어갔다. 그가 지금 할 수 있는 최소한의 일은 한 셈이다.

라트는 지금 상황이 대체 어떻게 돌아가는 것인지 조금도 알 수가 없었다.

"어, 어머니…… 왜? 도대체 무슨 일이 일어나고 있는 거예요?"

"도망을 가야 해……."

"예?"

"어디로……?"

목제 의자에 천천히 걸터앉은 그의 어머니는 실성한 사람처럼 중얼거렸다.

"왜 그러느냐고요! 왜 도망을 가야 하는데요!"

"라트, 너…… 항상 이곳에서 벗어나고 싶다고 그랬지?"

어머니가 천천히 손을 뻗어 라트의 얼굴을 쓰다듬었다. 항상 짜증이나 지겨움으로 얼룩져 있던 눈동자가 심하게 흔들리고 있었다.

"어, 어머니……."

"이곳에 있다가는……. 이곳에 있어서는…… 안 돼."

"그, 그럼 같이 도망가요! 파토르가 말한 것처럼!"

"……갈 곳이 없어."

긴 한숨 뒤에 그렇게 말한 그의 어머니는 모든 것을 포기한 사람 같았다.

"어디엔가, 어디엔가…… 갈 곳이 있을 거예요!"

라트는 단 한 번도 본 적 없는 어머니의 무기력한 모습을 보면서 그제야 일이 심각하다는 걸 실감할 수 있었다.

도대체 무슨 일이 일어나고 있는 것인지는 여전히 조금도 알 수 없었지만, 이곳에 가만히 있는 것이 위험하다는 것만큼은 말이다.

"일어나요! 일어나라고요!"

라트가 어머니의 손을 끌어당겼다.

어머니의 거친 손에서세월의 흔적이 느껴졌다.

*　　　*　　　*

"마, 마을을 발견했습니다!"

"마을이라고?"

"예! 화전촌인 것 같습니다."

갈루스는 눈살을 찌푸렸다. 산세에 몸을 숨기고 싸울 생각이었는데, 하필 이런 곳에 화전촌이 있을 줄은…….

"대장님, 시간이 없습니다. 이미 대원들 대다수가 놈의 손에 당했습니다. 대의(大義)를 생각하십시오! 이런 곳에서 대장님께서 쓰러지신다면 더 많은 이들이 고통받고 착취당할 것입니다!"

"화전민들이 놈들의 손에 끌려갈 것이다. 그래서야 우리 자유 기사단이 있는 의미가 없지 않은가!"

"대장님과 저희들 때문이 아니더라도 그 불행을 막을 수는 없습니다. 탈주한 사람들이 모두 이곳으로 도망쳤기 때문에…… 놈들은 이곳으로 올 수밖에 없는 상황입니다."

"그렇다고 해서 우리들이 이곳으로 숨어들면……."

갈루스는 미간을 찌푸린 채 결정을 내리지 못했다. 이곳으로 숨어들어 도망친다면 분명히 잡히지 않을 수는 있을 테다. 이곳에 화전촌이 있다는 것은 아직 국가에서도 모르고 있다는 얘기일 테니까.

그러자 부대장이 얼굴을 굳히고 외쳤다.

"서둘러라! 화전촌으로 숨어든다. 그리고 나는 서쪽으로, 대장님과 보좌대원들은 북쪽으로! 내가 따라가지 않더라도 가야 한다!"

"무슨 소리를 하는 것인가, 비젤 부대장! 나는 결코 그런 일은 용납할 수 없다!"

"뭣들 하느냐! 서둘러 가라! 대장님은 은십자 자유 기사단의 날개다. 날개가 부러진 새는 날지 못한다는 것, 똑똑히 알고 있겠지!"

비젤이 거칠게 고함치자 대원들의 얼굴에 결연한 빛이 떠올랐다.

"당장 놔라! 이곳으로 가서는 안 돼!"

"부대장님……."

"혁명은 희생 없이는 만들어지지 않는다."

갈루스가 대원들과 함께 빠르게 멀어지자 비젤이 결의를 다지면서 그렇게 말했다.

대원들의 얼굴에도 결연한 빛이 드리웠다. 그리고 서쪽으로 빠르게 움직이기 시작했다. 비젤의 곁에는 여섯 명의 대원들만이 남아 있었다.

그들 모두가 비젤 휘하의 직속 수하들이었다.

"나를 따르게 된 것, 후회 없나?"

"혁명은…… 희생 없이는 만들어지지 않는다고, 부대장님께서 늘 말씀하시지 않았습니까?"

비젤은 아무 말도 하지 않았다.

저 멀리에서 맹렬하게 달려오는 빛의 검, 그리고 병사들이 희미하게 보였다.

"최대한 시간을 끌어야 한다."

쏴아아아!

비가 더욱 거칠게 쏟아지기 시작했다. 몸과 검에 엉겨 붙은 피가 비에 씻겨 내려간다. 그러나 이 비릿한 피 냄새만큼은 조금도 지워지지 않았다.

베이론은 쓰러진 이교도들의 시체를 차가운 눈으로 내려다보면서 이를 갈았다.

그리고 한 걸음 걸어가려고 할 때였다. 무언가가 발목을 붙들고 안 놓는 것이 아닌가.

죽은 이교도의 시체 중 하나가 끝까지 붙잡고 늘어진 탓이라는 것을 알게 된 베이론은 거칠게 뿌리치고 경멸 어린 시선을 뿌렸다.

"지겨운 놈들······."

다시 천천히 걸어 올라가기 시작할 때였다. 앞쪽에서 병사 한 명이 헐레벌떡 뛰어왔다.

"신관님!"

"무슨 일이냐."

"마, 마을이 있습니다."

"뭣이? 마을이라고?"

베이론의 표정이 굳었다.

"이런 산간에 마을이 있다는 얘기는 들어본 적도 없다. 확실한 것인가?"

"예. 그리 큰 규모는 아니지만, 마을이 분명합니다. 정확하지는 않지만 20여 가구 정도가 있는 것을 확인했습니다."

베이론의 눈이 더욱 날카로워졌다.

"이교도 세력에 힘을 보태고 있는 쓰레기들이겠군. 감히 주교님의 허가도 받지 않고 이런 곳에 마을을 만들다니! 악마 숭배자들이 틀림없다! 당장 모조리 잡아들여라!"

"예!"

베이론의 명령이 떨어지자마자 병사들이 달려 나간 지 얼마나 됐을까. 곧 비명이 울려 퍼지기 시작했다.

그리고 베이론이 그곳에 도착했을 때, 마을 곳곳에서 불이 피어오르고 있었다. 그 혼란의 와중에 도망을 다니는 쓰레기들의 모습과 그들을 잡아들이는 병사들의 모습이 그에게는 장엄하게 보였다.

반항하는 놈들이 죽어 나자빠지고, 쓰러져서 빌고 있는 자들의 모습이 한눈에 들어온다.

'신성제국과 교단을 우습게 여기는 쓰레기 놈들……'

베이론에게 놈들은 같은 인간이 아니다. 국가와 종교, 그리고 신에 반하는 악마의 무리에 불과하다.

가만히 모든 것을 관망하는 베이론의 발치에 사십 대 후반의 여인이 기어와서 손을 싹싹 빌기 시작했다.

"사, 살려주십시오! 하, 한 번만! 한 번만!"

"나는 프로트 교를 믿는 교인들에게는 결코 신성의 철퇴를 내리지 않는다."

"믿겠습니다. 믿겠습니다. 제발 제 자식들만큼은……."

"무얼 믿는단 말이냐!"

베이론이 고함을 내질렀다. 그러자 여인이 몸을 움츠리며 덜덜 떨었다. 그제야 여인의 뒤에서 울고 있는 아이들의 모습이 보였다.

"제발! 제발……."

"너는 주교님을 능멸했다. 그리고 국법을 어겼으며 광명의 뜻을 거슬렀다. 즉, 교단에 반하고 국가의 뜻을 따르지 않겠다고 한 것이다!"

"겨, 결코 그런……."

"네년과 네년의 자식들에게 내려지는 낙인의 형벌은 가혹할 것이다. 평생 동안 교단과 국가의 종으로서 살아가야 할 것이야."

"안 됩니다! 안 됩니다!"

"그 형벌은 평생에 걸쳐 이어질 것이며 후대에도 대물림될 것이다. 감사히 여기도록 하라! 그것은 네년과 네년의 자식이 저지른 중죄에 대한 속죄가 될 것이고, 국가의 발전에 힘을 보태고 신의 앞에서 거룩하게 무릎을 꿇을 수 있는 기회가 될 것이다."

"안 됩니다……. 안 됩니다……."

이제 여인은 울고 있었다. 몸을 덜덜 떨면서 오열하고 있는 여인을 보면서도 베이론은 조금도 얼굴을 바꾸지 않았다. 일상에 흔히 있는 일 중에 하나일 뿐이다. 조금도 참회하지 않는 이교도들.

"반성의 기미가 보이지 않는군. 머리를 박고 기쁘게 받으라. 성흔의 낙인을 말이다."

거룩한 신의 뜻을 이 무지한 악마들의 앞잡이들에게 설파해봐야 알아듣지도 못한다는 생각을 한 베이론은 경멸을 가득 담은 눈으로 성전을 중얼중얼 읊기 시작했다.

"세상에 광명의 빛이 드리우지 않은 곳이 없으며, 드리운 곳마다 모든 해악을 걷으심이니, 이곳에 있는 많은 죄악을 짊어진 이들을 옳은 길로 이끄시옵소서."

베이론이 성전의 한 구절을 읊는 사이, 또 한 민가가 불타올랐다. 비명과 울음소리가 울려 퍼졌고, 베이론의 병사들은 일말의 주저도 없이 화전민들을 모조리 묶어서 한데로 모으고 있었다.

어느새 북쪽의 산길로 빠져나오고 있는 갈루스와 그들의 수하들은 불타오르는 산간의 작은 마을을 보면서 울분을 참지 못했다.

"크흐윽……!"

오늘의 작전 때문에 너무도 큰 희생을 치렀다.

부대장과 수많은 동료를 잃었음에도 불구하고 정작 구하려던 사람들은 단 한 명도 구하지 못했다. 거기다가 죄 없는 화전민들까지 휘말리게 만들었다.

크나큰 희생에 정신을 차릴 수 없는 밤. 그들은 밤새 도망가던 중에 몇몇 무고한 사람들을 구할 수 있었다.

자신들에 의해서 구출된 낙인자들 중 몇 명이 합류한 것이다. 갈루스와 마찬가지로, 그들 또한 본의 아니게 또 다른 피해자들을 낳아버린 것에 대해 가슴 아파하고 있었다.

"씹어 먹어도 시원치 않을 놈들……. 이것이 광명의 신이라는 이름을 쓰고 할 짓이란 말인가!"

성직자라는 이름을 걸고 있는 자들의 만행을 또다시 눈에 새기면서 갈루스는 나아갔다.

*　　　*　　　*

"잡아라!"

"엄마!"

"어, 어디 있어!"

"사, 살려줘!"

"으아아아악!"

온갖 소음들이 혼재된 와중에 라트는 공포에 질려 있었다. 불타는 마을, 그 속에서 뛰어다니는 외지인들.

그들은 반항하는 이들에게는 한 치의 주저도 없이 병장기를 휘둘렀다.

"라트! 도망가! 얼른!"

파토르가 떠난 지 고작 한 시간이 채 되지도 않았건만, 바로 밀어닥치기 시작한 교단의 손길에 라트의 어머니는 그제야 정신을 차리고 라트에게 소리 지르기 시작했다.

그녀는 더 이상 갈 곳이 없지만, 라트는······.

"라트! 어서!"

"하, 하지만······ 마, 마을 사람들이······."

"신경 쓰지 마! 어서 도망가! 이곳에서 얼른!"

"어, 어머니는요!"

어머니가 급하게 대충 짐을 챙겨서 라트에게 건네자, 라트는 당황한 얼굴로 말했다. 열다섯이나 먹었지만 아직 모르는 것투성이다. 어머니에게 의지하지 않고는 아무것도 할 수 없는 어린애인 것이다.

"뒤따라갈 거야! 그러니까 먼저 가! 같이 도망가면 잡힐 거야! 알겠니? 살아만 있다면 다시 만날 수 있으니까!"

"어, 어디서 만날 건데요!"

"서, 서쪽! 서쪽에서!"

라트는 불타는 마을에 다시 시선을 돌리고는 불안한 얼굴로 고개를 끄덕였다.

그때, 그의 어머니가 갑자기 그를 껴안고 이마에 키스를 했다.

"꼭 살아남아야 해!"

"아, 알았어요! 어머니도!"

떠미는 어머니의 손길에 라트는 일단 이곳에서 벗어나야 한다는 생각에 서쪽으로 향했다. 길은 없지만 오히려 그렇기 때문에 산을 제대로 모르는 외지인들은 이곳으로 제대로 쫓아오지 못할 것 같았다.

한참을 달리던 라트는 헉헉거리면서 발을 멈추었다.

'그럼 어머니도 이곳으로 함께 가면 돼!'

굳이 따로 도망칠 필요가 없다.

그렇게 생각한 라트는 다시 뒤돌아서 달리기 시작했다. 하지만 다시 돌아온 라트의 집 앞에 어머니는 없었다.

"어머니! 어디예요! 어디 있냐고요!"

집의 문을 거칠게 열고 들어갔지만, 그곳에도 어머니의 모습은 보이지 않았다.

벌써 다른 곳으로 도망가버린 것일까?

"어머니!"

다시 한 번 고함을 질렀을 때였다. 저 아래쪽에서 한 사람이 빠르게 뛰어 올라오고 있었다.

"어머니?"

빛이 없었기에 그저 사람의 형태만 알아볼 수 있었다. 그리고 곧 얼굴이 보일 만큼 가까이 왔을 때, 라트는 경악하여 도망가기 시작했다.

그러자 올라오던 사람은 거친 고함과 욕지거리를 내뱉으면서 쫓아오기 시작했다.

"이 새끼! 멈추지 않으면 죽여버리겠다!"

단 한 번도 본 적 없는 외지인. 게다가 손에는 창을 쥐고 있었다.

뒤에서 맹렬하게 쫓아오는 병사의 모습에 라트는 전력을 다해서 뛰었다. 하지만 성인 장정과 제대로 먹지 못해 왜소한 15세 소년의 뜀박질에는 차이가 있었다.

퍽!

"으악!"

금방 따라잡혀 창대로 등을 맞은 라트는 그대로 엎어지면서 땅을 굴렀다. 무릎이 까이고, 살갗이 뜯어져 피가 흘렀다.

"아윽!"

"이 새끼!"

퍼퍽퍽!

"아아아악!"

우악스러운 발길질에 라트는 몸을 둥글게 말았다. 볼스 패거리에게 맞았을 때처럼 말이다.

하지만 그때와는 비교도 안 되는 힘에 신음과 비명이 흘러나왔다.

"헉헉! 이 쓰레기 새끼. 감히 도망을 가? 너 이 새끼, 뒈지고 싶은 모양이지?"

병사가 한참 동안 화풀이를 하고 있을 때였다.

"그만해!"

전신이 욱신거려서 신음 소리를 내면서 컥컥거리고 있던 라트는 익숙한 고함에 눈을 천천히 떴다.

"이 건방진 년이……!"

무슨 일이 일어나고 있는 것인지, 시야가 흔들리는 와중에 천천히 눈을 뜬 라트는 눈앞에서 한 사람이 시퍼런 창날을 몸에 박은 채 무너지는 것을 볼 수 있었다.

'어…… 머니?'

이윽고 시체를 걷어차면서 창을 빼낸 병사는 숨을 거칠게 내뱉으면서 라트에게 피가 흐르는 창을 겨눴다.

너무 맞은 탓에 몸을 제대로 움직이기도 힘들어 끙끙거리던 라트는 자신을 겨누는 날카로운 창을 보면서 신음을 토했다.

"헉, 헉. 네놈도 죽고 싶어?"

"사, 살려…… 주세요……."

"근데 왜 도망쳐! 응? 너희 같은 쓰레기들 때문에 우리 같은 사람이 얼마나 고생하는 줄 알아? 더러운 악마 숭배자 놈들!"

"사, 살려…… 주세요."

라트가 욱신거리는 팔을 움직여 싹싹 빌자 병사의 표정에서 화가 조금씩 사그라지기 시작했다.

"나이가 조금만 더 많았거나 반항을 조금만 더 했어도 너는 죽었어. 알아? 일어나!"

라트는 끙끙거리면서 천천히 일어났다. 병사의 발길질에 이미 온몸에 성한 곳이 없었다. 흙먼지는 물론이요, 전신이 시퍼렇게 멍이 들고 빨갛게 부어서 보기 안쓰러울 정도의 모습이다.

병사가 허리춤에서 밧줄을 꺼내 라트의 몸을 묶었다. 손을 묶은 다음 팔마저 움직이지 못하게 묶는 병사의 행동은 몇 번이나 한 일인 듯 무척이나 자연스러웠다.

그때, 라트의 두 눈에 조금 전 쓰러진 사람의 모습이 보였다. 눈이 눈물로 범벅이 되고 뇌가 흔들린 탓에 사물을 제대로 확인할 수 없었던 라트는 그 사람이 누구인지 자세히 확인하고 싶었다.

'어머니? 아니야. 아니겠지……'

"얼른 따라와!"

밧줄을 다 묶은 병사가 거칠게 밧줄 끝을 당기며 다시 언덕을 내려가기 시작했다.

라트는 이미 도망갈 수 없는 신세였다. 남은 힘을 모두 쥐어짜도 넘어지지 않게끔 균형을 잡는 게 고작인 그에게 더 이상 도망이라는 생각은 머릿속에 없었다.

단 한 번도 겪어보지 못한 압도적이고 무자비한 폭력에 대항할 수 없었던 것이다.

그렇게 얼마나 갔을까. 마을 곳곳의 참상이 라트의 눈에 들어왔다. 아는 얼굴들이 땅에 쓰러져 있다. 거짓말처럼 조금도 움직이지 않고서 말이다.

'어째서……'

라트의 몸이 덜덜 떨려왔다.

잘 내려오지 않았던 아래 마을의 중심 쪽으로 왔을 때, 라트는 그곳에 옹기종기 모여서 무릎을 꿇고 있는 마을 사람들을 볼 수 있었다.

'어머니……. 혹시 아까 그 사람이 어머니……. 아니야, 어머니는 아니었을 거야……'

하지만 내려와서도 어머니의 익숙한 뒷모습은 어디에도 없었다.

처음에는 불안한 기색을 감추지 못하던 라트는 끊임없이 주위를 훑다가 점차 안정을 찾았다.

'도망가신 모양이구나.'

털썩 꿇어앉은 라트는 온몸이 욱신거리는 느낌에 인상을 확 찌푸렸다.

그때, 그의 뒤쪽에서 조용한 대화가 들렸다.

"어땠어?"

"뭐가?"

"쓰레기 새끼들이 반항하던데……."

"나도 그래. 저 새끼 보이지? 저런 꼬마 새끼까지 도망가는 바람에 괜히 힘이나 빼고 말이야."

"그러게. 더러운 새끼들. 신관님 말씀만 아니었다면 모조리 도륙을 내버리는 건데."

"쯧……. 아까 저 새끼 잡는데 갑자기 애 어미쯤 되어 보이는 년이 뛰어나와서 그만 죽여버렸어. 신관님께서 여자들은 되도록 죽이지 말라고 하셨는데 말이야."

"그건…… 에이! 어쩔 수 없는 일이지."

'뭐?'

라트의 얼굴이 빠르게 굳었다. 조심스럽게 고개를 돌리자, 그곳에서 조용하게 둘이서 속삭이는 악마 같은 병사 둘의 얼굴이 보였다. 그리고 그중 한 명은 라트를 사정없이 팼던 놈이다.

라트의 헝클어진 흑발 사이에서 두 눈이 불안하게 떨리기 시작했다.

'어머니? 설마, 어머니?'

아까는 고통에 미처 생각하지 못했다.

누가 자신을 구한단 말인가.

자신을 위해 몸을 던질 사람이 어머니 외에 도대체 누가 있단 말인가?

라트의 왜소한 몸이 덜덜 떨렸다.

"왜……."

아주 조용한 혼잣말이 그의 입에서 흘러나왔다.

잘못 본 건 아닐까? 너무 맞아서 머리나 귀가 이상해진 건지도 모른다. 사실 이 모든 건 꿈이고, 그가 지금까지 본 모든 것은…….

'어머니였을까?'

확인해야만 한다.

그 쓰러진 사람이 누구인지.

라트가 고개를 천천히 들어 올려 눈을 깜빡였다.

"너희 쓰레기 놈들은 국법을 어긴 죄인들이다. 그리고 이 교구를 다스리시는 주교님을 우습게 여기고, 이 세상에 광명의 빛을 내리시는 프로테칸 님의 뜻을 무시한 것이다!"

왱왱거리면서 울리는 목소리가 현실의 것으로 들리지 않았다.

라트는 눈가가 파르르 떨렸다.

아직도 오늘 낮의 잔소리가 귀에 선한데…….

'그만해!'

확인해야만 한다.

라트는 더 이상 생각하지 않았다.

그는 몸을 천천히 일으켰다. 운 좋게도 그가 일어나는 모습을 본 병사는 없었다. 그를 데려온 병사는 계속 이야기를 주고받고 있었던 것이다.

심장이 쿵쿵거리는 소리가 들리는 와중에 라트는 정신없이 뛰기 시작했다.

"저, 저 새끼가!"

"잡아!"

그 모든 목소리가 느리게 들렸다.

라트는 달렸다. 머리가 울리고 입에서 단내가 났지만 멈추지 않고 달렸다. 언덕을 단번에 오른 라트는 곧 죽을 것처럼 헉헉거리고 있었다.

라트의 뿌연 시야로 보이는 것은 그토록 싫어하던 집이었다. 당장이라도 무너질 듯 형편없는 그 집은 라트가 15년 동안이나 커온 곳이다.

"헉…… 헉……."

모든 소리가 사라진 듯, 자신의 거친 숨소리만이 귀에 들렸다.

'어머니.'

집 옆쪽으로 닭장을 둔 곳에 누군가가 쓰러져있다.

'어머니…….'

복부에 거친 상흔이 보인다. 더 의심할 것도 그 병사가 창으로 찌른 흔적이다.

라트는 공포에 질린 얼굴로 더 이상 움직이지 않는 그 시체에게 다가갔다. 흔들었지만 꼼짝도 하지 않았다.

알고 있다.

죽었다. 이 사람은 죽은 것이다.

눈가에 흐르는 눈물 때문에 얼굴을 잘 확인할 수 없었다.

어째서…….

그때 라트를 뒤따라온 병사들 여럿이 주저앉아있는 그를 보고는 욕지거리를 내뱉었다.

"이, 이 새끼가!"

퍼억!

발로 등을 걷어차인 라트는 숨이 턱 막히는 고통을 느끼며 앞으로 쓰러졌다. 아직까지 사라지지 않고 남아 있는 어머니의 온기가 라트의 몸에 전해졌다.

그것은 마치 슬퍼하는 라트를 껴안아주는 것 같았다.

"왜? 왜……."

아무리 부정을 해도, 더 이상 부정할 수 없었다.

라트가 흐느꼈다.

"으흐으윽……."

"이 건방진 새끼! 신관님께서 네놈 같은 쓰레기들에게 말씀을 하고 계신데, 감히!"

달려온 병사가 씩씩거리면서 라트에게 발길질을 했다.

퍽! 퍽! 퍽퍽!

"컥!"

라트는 그대로 어머니의 품에 얼굴을 파묻은 채 몸을 움츠렸다. 그리고 조금씩, 천천히 차가워져가는 어머니의 품속에 파고들었다.

여전히 언덕 아래에선 성전의 한 구절 한 구절이 조용히 울리는 가운데, 라트는 거친 발길질을 견디지 못해 가까스로 붙잡고 있던 의식의 끈을 놓고 말았다.

빗줄기가 서서히 약해지기 시작했다.

곳곳에서 피어오르던 불길도 이제 모두 사그라지고 없다. 이제 남은 것은 불에 탄 마을, 아무도 살지 않는 폐허에 불과하다.

모든 것을 정리한 후 그것을 가만히 지켜보고 있던 베이론에게 병사 한 명이 다가왔다.

"신관님, 모든 정리가 끝났습니다."

"……얼마나 잡아들였지?"

"총 40여 명입니다."

"너무 적군. 몇 명을 놓친 것인지 알고는 있나?"

베이론의 질책의 어조에 병사가 당황한 얼굴로 고개를 깊이 수그렸다.

"죄송합니다."

"죄송할 것까지는 없다. 이 모든 일이 모두 스스로 은십자라는 거창한 이름을 달고 있는 이교도 세력 때문이니 말이야."

"……"

"바퀴벌레 같은 놈들……. 죽여도 죽여도 그 끝이 보이지 않는군."

씹어뱉듯 중얼거린 베이론은 그곳에서 천천히 물러갔다. 기존에 이송 중이던 낙인자들을 많이 놓치긴 했지만, 화전촌에서 더욱 많은 낙인자들을 잡아들였으니 그리 큰 문제는 생기지 않을 것이다.

오히려 이 일로 그는 주교에게 칭찬을 들으리라.

베이론이 천천히 산을 내려가기 시작하자 병사가 그 뒤를 뒤따랐다. 오로지 폐허에 남은 시체들만이 이곳에서 일어난 참상을 증명하고 있었다.

하나둘씩 모여든 까마귀들은 시체 옆에 내려앉아 부리를 놀린다.

그리고 두 시간쯤 지났을까. 나뭇잎과 흙더미 사이에 숨어 있던 파토르가 천천히 그 모습을 드러냈다.

까악! 까악!

까마귀들이 우는 소리가 조용한 새벽을 깨운다.

'나 때문에……'

파토르는 이를 악물었다. 눈가에는 끊임없이 뜨거운 눈물이 흘렀다.

"바뀌어야 돼……."

이건 잘못되었다. 잘못된 것이다.

"내가 바꾸겠어……. 바꾸고 말겠어."

파토르의 푸른 눈동자가 차갑게 가라앉았다.

제2화
성흔의 낙인

Holy War

치이이이익-!

"흐아아아아아악!"

"끼아아아아아악!"

살이 타들어가는 역겨운 소리와 함께 혼을 쥐어짜내는 비명
이 울려 퍼졌다.

손발이 덜덜 떨리고, 이가 딱딱 부딪혔다. 당장이라도 이 대
열에서 벗어나고 싶은 마음만이 간절했다.

"사, 살려줘요! 제발, 제발!"

"이 새끼가!"

퍼퍽! 퍼퍽!

대열을 벗어난 한 명 때문에 대열 전체가 흔들리면서 라트도 그대로 쓰러졌다.

"아으윽! 그, 그만……."

쓰러진 라트는 마구 짓밟히는 사람을 보면서 두려움에 덜덜 떨었다.

'그만해…….'

"아으아아아아아악!"

살려달라고, 아프다고, 그만하라고 소리치는 남자의 비명은 무의미하게 허공에서 흩어질 뿐이다. 그 누구도 나서지 못한 채 외면했고, 남자를 짓밟는 병사의 발길질은 그칠 줄 몰랐다.

"아우우, 우우우……."

남자는 얼굴이 붓고 찢어져 원래의 얼굴이 어땠는지 알아보기도 힘들어졌다.

무슨 뜻인지 알아듣기도 힘든 말을 중얼거리며 그저 엎드려서 손이 발이 되도록 싹싹 빌고 있을 뿐이었다.

그 모습이 무언가와 닮았다.

"당장 안 일어나! 네 녀석도 맞고 싶은 모양이지?"

그 악의에 가득 찬 목소리에 라트는 온몸의 털이 삐쭉 곤두서는 느낌을 받았다.

재빨리 일어서자 바로 앞까지 다가온 병사가 라트에게 경멸의 시선을 던진다.

"벌레만도 못한 것들……."

라트는 고개를 조아렸다.

'그렇구나……'

싹싹 빌고 있는 그 사람을 보면서, 저도 모르게 닮았다고 생각했던 것.

'납작 웅크린…… 더러운 벌레.'

땅에서 싹싹 빌고 있는 벌레. 그 모습이 마치 죄를 용서해달라고 하는 모습 같다고 생각한 적이 있다. 건들면 더러운 고름을 내뱉으면서 지독한 악취를 풍기는, 역겨운 벌레.

"다시 한 번 대열을 이탈하면 죽지도 살지도 못하게 만들어서 네놈들처럼 더러운 이교도들이 전부 보는 앞에 걸어둘 것이다."

으지직!

"으우우우우으!"

라트는 눈을 질끈 감았다.

병사가 남자의 손가락을 밟았다. 라트는 그 고통스런 비명을 도저히 잊을 수 없을 것이라 생각하며 저도 모르게 자신의 손가락을 움켜쥐었다.

"으우우우……!"

눈물이 흘러나왔다.

무섭다.

너무나도 무섭다.

이곳에서 도망가고 싶다.

어머니가 만들어준 밥을 먹고 싶다.

차라리 볼스 녀석들에게 맞는 게 열 배…… 아니, 백 배는 낫다.

한 걸음, 한 걸음.

천천히 앞사람을 따라 나아갈수록 이름 모를 신전의 입구가 가까워져갔다. 그곳은 다시는 돌아오지 못할 지옥의 입구 같았다.

"제국 신민이라면 신성제국을 위해 마땅히 세금을 바쳐야 하는 법. 이를 거스르고 나라의 눈에서 벗어나 살아가는 것은 국법과 교단을 능멸하고 광명의 뜻을 저버린 것이나 다름이 없도다. 이는 곧 악마들의 꾐에 빠진 것이니, 그 씻을 수 없는 죄를 조금이라도 용서받기 위해, 앞으로 그 생이 끝날 때까지 프로테칸 님의 상징인 프로텔리아를 등에 짊어지고 국가와 교단을 위해 일하도록 하라."

데엥-

넓은 홀로 울려 퍼지는 엄숙한 목소리와 종소리.

그리고 타들어가는 소리가 다시 울려 퍼졌다.

치이이이익!

"으아아아아아아아아악!"

비명 소리가 홀에 메아리쳤다. 몇 번이고, 몇 번이고. 비명은 결코 끊임이 없었다.

고통이 가득한 비명, 악취, 종소리, 짓누르는 공포.

그것들은 조금씩, 그러나 빠르게 라트에게도 다가오고 있었다.

"……일하도록 하라."

높은 곳에서 실로 무표정한 얼굴로 반복해서 같은 이야기를 하고 있는 늙은 신전장의 얼굴이 드디어 라트의 눈에도 확연하게 보였다.

"끄아아아아아아악!"

바로 코앞에서 울려 퍼지는 감정의 폭발을 들으면서 라트는 똑똑히 보았다. 눈을 까뒤집고 혼절한 채, 등에서 검붉은 피를 흘리며 끌려 나가는 사람들의 모습을.

그리고 그 사람들을 향한, 악의와 경멸로 가득 찬 병사들의 시선을 보았다.

"앞으로 나오라."

라트와 함께 다섯 명이 앞으로 끌려 나갔다. 라트처럼 모두 아직 어린애들이었다.

"어린 종들이 죄악에 빠졌구나."

신관은 가엾다는 투로 말했다.

그러나 라트는 볼 수 있었다. 그 신관의 얼굴에 떠올라있는 지루함을 말이다.

죽을 것처럼 아프고, 벌레처럼 밟히고, 이렇게나 두려워서 견딜 수가 없는데…….

'왜, 왜…….'

어째서 이런 꼴을 당해야 하는지, 그런 의문이 드는 순간이었다.

"……국가와 교단을 위해 일하도록 하라."

뎅-

종소리가 울렸다.

라트의 비명인지, 아니면 그의 곁에 있는 다른 이들의 비명인지 알 수 없는 소리가 홀을 가득 메웠다.

치이이이익!

살이 타들어가고, 저주가 그의 등에 찍혔다.

번쩍!

"혁…… 허억……."

"이봐, 라트. 왜 그래?"

들려온 목소리에 떨리는 눈으로 그곳을 바라본 라트는 곧 말을 건 이가 누구인지 알 수 있었다.

"……조엔."

"그래, 뭐야? 이런 곳에서 잠자고 있던 거냐?"

"아, 예."

평소와 같은 일상.

긴장된 전신의 근육이 천천히 이완되었다.

"아주 여유로운 녀석이로군. 괜찮은 거냐, 라트? 뒤뜰에 있는 주인마님의 말, 서둘러 마구간으로 데려가는 게 좋을 텐데."

"아, 아, 그러네요."

"빨리 해. 또 정원사님한테 트집 잡혀서 한 소리 듣고 싶은 거냐?"

조엔의 찡그려진 얼굴을 보면서 라트는 이마에 흐르는 식은 땀을 닦고 천천히 몸을 일으켰다. 곳곳에 때가 묻어 지저분한 옷을 입고 있는 그는 작게 한숨을 내쉬었다.

그리고 뒷문 쪽으로 서둘러 나갔다. 장갑을 벗은 라트는 뒤 뜰에 또 아무렇게나 풀려 있는 말을 보았다.

"아! 또 먹고 있잖아……."

정원에 예쁘게 핀 꽃을 마구 뜯어 먹고 있는 말을 본 라트는 한숨을 푹 쉬고 급히 달려가서 고삐를 끌었다.

히이잉!

싫다는 듯 투레질하는 말의 얼굴을 가볍게 쓰다듬자 녀석이 곧 얌전해졌다. 갈색 빛깔의 잘생긴 이 말은 저택의 주인마님 이 스트레스가 쌓일 때마다 타고 다니는 녀석이었다.

문제는 이 녀석이 단순히 스트레스 쌓일 때마다 한 번씩 타 고 다니기에는 너무 좋은 말이라서 항상 힘이 넘친다는 점이 다.

"꽃을 다 뜯어놨으니 정원사님께 또 혼나겠네. 곤란하다고 몇 번을 말해?"

사람의 말을 알아들을 리 없지만, 라트는 말에게 자신의 사정을 얘기하면서 마구간으로 데려갔다. 마구간에는 여섯 마리의 말들이 푸르륵거리면서 라트를 반겼다.

말을 매어놓고 다시 정원으로 돌아온 라트는 엉망이 된 부분을 대충 정리하기 시작했다. 그나마 정리라도 해놓지 않으면 정원사의 분노를 고스란히 감당하게 되기 때문이다.

다시 뒷문으로 들어온 라트는 마저 구석구석 청소를 하기 시작했다.

그렇게 얼마나 지났을까. 또 벌컥 문이 열렸다.

조엔이 난감하다는 얼굴을 하고 있었다.

"라트, 내가 정원사님한테 얼마나 깨지고 왔는지 알아?"

"미안해요. 하지만 조엔이 원래 청소해야 하는 곳을 제가 대신하고 있으니까, 그 정도는 양해해줘요."

"뭐? 청소하고 싶다고 한 녀석이 누군데 그래?"

조엔이 눈을 가늘게 뜨자, 라트는 어색하게 웃었다.

"알았어요. 하지만 주인마님은 왜 꼭 그곳에 말을 두는 걸까요? 그 녀석은 그곳에 놔두면 항상 꽃을 먹어치우고 난장판을 만들어버리는데."

"모르지. 저 고귀한 귀족님들의 생각을 우리 같은 낙인자들이 어찌 알겠어?"

조엔이 그렇게 중얼거리면서 바깥을 살피더니 품에서 조용히 담배 하나를 꺼내 들었다.

그러자 라트가 당황한 얼굴을 했다.

"조엔, 걸리면 큰일 나요."

"빨리 피울게. 내 삶에 유일한 낙이라고."

조엔이 짧은 턱수염을 긁적거리더니 조용히 불을 붙이고 담배를 피우기 시작했다. 곧 짜증으로 찌푸려져 있던 조엔의 눈썹이 부드럽게 펴졌다.

라트는 고개를 젓고는 마저 걸레를 문지르기 시작했다.

"정말 때가 엄청나네요. 여긴 한 번도 닦지 않았나 봐요."

"귀찮게. 어차피 이곳은 우리 같은 낙인자들만 쓰는 곳인데, 이런 곳에서까지 노동을 하는 건 질색이야."

"그래도 그렇지. 말하자면 이곳은 부엌인데……."

"부엌은 무슨…… 이것저것 다 하는 곳인데. 그리고 솔직히 여기서 누가 음식을 하냐?"

하긴 부엌이라고 하기에는 별의별 것이 다 있었다. 하지만 그렇기 때문에 라트는 이곳이 더욱 깔끔하지 않으면 안 된다는 생각을 하고 있었다.

끼익!

안쪽과 연결되는 문이 별안간 열리자, 조엔은 깜짝 놀라 담배를 숨겼다. 독한 냄새가 퍼지고 있었지만 일단 피우고 있는 모습을 집사에게 들키지 않는 게 우선이었다. 들켰다가는 크게 꾸중을 들을지도 모를 일이니까.

"윽! 또 피웠구나, 조엔."

문을 열고 나타난 사람은 이제 열여섯 살의 성숙한 오르베니였다. 갈색 머리를 뒤로 깔끔하게 묶고 하녀복을 입고 있는 오르베니는 미간을 찌푸리고 있었다.

"뭐야, 오르베니냐. 갑자기 나타나지 말라고. 놀라니까!"

조엔이 덜덜 떨리는 손으로 다시 담배를 피우기 시작하자, 오르베니가 안으로 들어와서 문을 닫았다.

"그렇게 덜덜 떨면서 왜 피우는 거야? 안 피우면 되잖아."

"넌 아직 어른들의 세상을 몰라."

조엔의 말에 오르베니가 인상을 찌푸렸다.

"모르긴 누가 몰라? 나도 이제 성인이나 다름없다고. 안 그래, 라트?"

오르베니가 가만히 자신을 보고 있던 라트에게 찰싹 붙자, 라트가 빙그레 웃었다.

"그럼, 이제 완전히 숙녀가 다 되었는걸."

"이봐, 애정 행각은 내가 안 보는 곳에서나 하라고."

조엔이 얼굴을 찌푸리며 담배를 끄고 밖으로 나가버리자 오르베니가 킥킥거리면서 웃었다.

"라트가 이곳에서 일하면 얼마나 좋아."

"이곳? 이곳은 답답해."

"뭐? 그래도 날 볼 수 있잖아."

오르베니가 입술을 삐쭉 내밀고 그렇게 말하자, 라트가 웃으면서 그녀의 머리를 쓰다듬었다.

"그렇긴 하지."

"어린애 취급하지 말고!"

"어린애 취급 안 했어. 이젠 정말 숙녀가 다 됐는걸."

그건 정말이었다.

라트는 최근 오르베니가 이렇게 찰싹 붙어오면 가슴이 쿵쾅거리는 것을 주체할 수가 없었다. 아직도 태도는 어린애 같은데, 묘하게 몸만 어른스러워져서는 이렇게 자신에게 붙어서 가슴을 떨리게 하는 것이다.

"그러니까 좀 떨어지는 건 어때?

"싫어! 내가 오늘 라트를 얼마나 보고 싶었는데!"

"그건…… 나도 그래. 그뿐인 줄 알아? 오르베니를 보려고 이곳에 오래 있었더니 피아렌(주인마님의 말 이름) 녀석이 그새 정원을 망가뜨려버렸다고."

얼굴을 살짝 붉히면서 그렇게 말하는 라트를 보면서 오르베니가 만면에 미소를 그렸다.

"또 그랬어? 참 나쁜 녀석이네."

"그래서 기분이 상했어. 기분을 풀고 싶은데…… 오르베니, 이따 밤에 만날 수 있을까?"

라트의 말에 오르베니가 얼굴을 붉히면서 고개를 천천히 끄덕였다.

"응."

그때 문 안쪽에서 그녀를 찾는 소리가 들렸다.

"오르베니, 그만 나와. 주인마님께서 찾아."

오르베니는 한숨을 쉬었다.

"라트, 그럼 조금 있다가 봐."

"그래, 어서 가서 일해."

그녀의 아쉬워 죽겠다는 얼굴을 보면서 라트는 미소 지었다. 그리고 천천히 문이 닫히자 그의 얼굴에도 씁쓸한 기색이 떠올랐다.

낙인자인 이상 자유가 없다는 것은 어쩔 수 없는 일임에도 불구하고, 요 근래에는 그것이 너무나도 부조리하다는 생각이 더욱 커지고만 있었다.

고된 하루가 끝나가고 있었다.

라트는 그 이후 주인마님의 명령 때문에 말들을 한 번씩 씻겨야 했다. 마구간지기나 다름없는 라트는 이렇듯 말들을 항상 깨끗하게 관리해야 할 사명이 있었다.

그것도 원래는 전문 마구간지기의 역할이었지만 약 1년 전부터는 온전히 라트의 일이 되어버리고 말았다. 마구간지기가 죽은 이후로 말이다.

"정말 귀찮게 하는 녀석들이지?"

"계속하다 보면 할 만해요."

조엔이 의자에 걸터앉아 담배를 피우면서 말을 걸자 쉬고 있던 라트가 웃으면서 그렇게 대꾸했다.

"네가 이곳에 온 지 몇 년 됐지?"

"글쎄요······. 4년?"

잠깐 생각하던, 라트는 눈살을 찌푸리며 그렇게 말했다.

"4년이라, 벌써 그렇게 됐나?"

"조엔은 몇 년이에요?"

"나? 글쎄. 안 세어봐서 모르겠다."

조엔은 그렇게 말하면서 무미건조한 얼굴로 담배를 깊숙이 빨았다. 낙인자들에게 개인 재산은 분명히 없을 터인데, 조엔은 항상 어디서인가 담배를 구해와서 저렇게 피웠다.

"네가 성인이 되었던가?"

"예. 벌써 1년도 더 됐죠."

"그런가······. 어때? 낙인자로서의 삶."

성흔이 새겨진 오른 팔뚝을 흔드는 조엔의 모습을 보면서 라트의 얼굴이 굳었다.

4년이 지난 지금도 살이 타들어가는 고통과 그 역겨운 냄새가 바로 어제의 일처럼 느껴졌던 것이다. 낮에 또 그 악몽을 꿨기 때문인가. 등에 고통스럽게 새겨진 커다란 성흔이 욱신거렸다.

그의 표정을 읽은 조엔이 중얼거렸다.

"오르베니, 너무 좋아하지 마라."

"예?"

조엔이 담배 연기를 뿜으면서 들어가 버렸다.

좋아하지 말라니?

라트는 눈살을 찌푸렸다. 조엔 때문에 좋았던 기분이 엉망
이 되어버렸다.

너무 생각에 심취해 있었을까. 문이 다시 열리는 것도 듣지
못한 라트는 갑자기 눈앞에 튀어나오는 무언가에 기겁했다.

"왁!"

"으아악!"

"뭐, 뭐야!"

라트가 화들짝 놀라면서 뒤로 물러서자 그를 놀라게 한 오
르베니가 오히려 더 놀란 표정을 지었다.

"오, 오르베니구나……."

"뭐, 뭐야! 왜 그렇게 놀라?"

"아, 잠깐 다른 생각 하느라……."

"치! 누굴 생각했는데 내가 오는 것도 몰라?"

오르베니가 뾰로통하게 입술을 내밀자 라트의 얼굴에 다시
부드러운 미소가 감돌았다.

"누구 생각이긴, 오르베니를 생각하고 있었지."

"거짓말하기는!"

"정말이야."

라트가 오르베니의 손을 잡고 어둠을 헤치고 앞서 걸어나가
기 시작했다. 뒤뜰은 이렇게 밤이 되면 둘이 사랑을 나누는 장
소가 되었다.

소소한 이야기를 나누고, 그러다가 키스를 하고. 둘에게는

지금 이 시간이 더 없이 행복한 순간이었다.

라트는 조엔이 한 말을 잊고 있었다.

그런 둘의 모습을 보고 있는 한 쌍의 눈이 있었다.

2층의 테라스에서 우연히 모든 것을 지켜보고 있던 그 시선은 이내 일그러졌다.

"건방진 연놈들……. 내가 안 본다고 감히 저택에서 저딴 짓이나 하고 있었단 말이지?"

거칠게 중얼거린 남자는 이십 대 중반쯤 되어 보였다. 말끔하게 정돈된 옷이나 잘 다듬은 머리는 실로 귀족다운 모습이었다.

신경질적으로 탁자에 놓인 와인을 입 안에 털어 넣은 그는 이 저택의 장남인 보렌이었다.

뚱뚱한 몸, 그리고 항상 화가 나 있는 듯 찌푸린 얼굴과 못된 심보 때문에 그는 이 집에 있는 시녀들과 낙인자들에게 있어 항상 두려운 존재였다.

"엠프!"

"예. 부르셨습니까, 작은 주인님."

보렌이 짜증스럽게 외치자 문 밖에서 대기하고 있던 그의 전속 집사 엠프가 천천히 문을 열고 들어와 고개를 수그렸다.

"지금 저 밖에 있는 연놈들, 누군지 알고 있겠지?"

"밖이라면……."

"모르는 척하지 마, 엠프. 네놈이 이 저택에서 일어나는 일을 모른다는 걸 나더러 믿으라는 거냐?"

"……"

"내가 이 시간에 집에 있는 경우가 별로 없어 이제야 봤다만, 저 밖에서 뒤뜰을 어지럽히는 쓰레기들은 뭐지?"

"낙인자들입니다."

엠프의 조용한 대꾸에 보렌의 눈썹이 더욱 휘어졌다.

"낙인자들이라고? 감히 낙인자 놈들이 이 집 뒤뜰에서 저따위 짓을 하고 있는데 가만히 놔두었단 말이냐?"

엠프는 아무런 대꾸도 하지 않았다.

"집 꼴이 잘 돌아가는군그래. 그 여자가 이 집에 들어온 이후부터는 제대로 되는 게 하나도 없어!"

보렌은 신경질적으로 저택의 젊은 여주인이 된 여자를 욕했다. 그와 나이 차이도 얼마 나지 않으면서 그의 위에 군림하려는, 아버지의 새로운 처를 말이다.

게다가 오늘은 오래전부터 공을 들이던 여인에게 바람까지 맞았다.

생각하면 할수록 모든 것에 대해 짜증이 치밀고 있었다.

"빌어먹을, 돈을 처넣어서 신관이라도 되어야 여자가 꼬이겠군."

교단의 신관은 귀족보다 우위에 서는 직위. 신관이 되면 다시는 그 어떤 여자도 자신의 구애를 거절하지 못하리라.

하지만 그것도 일단 지금의 기분부터 푼 이후의 이야기다.

"저 아래에 있던 년, 데려와."

"……낙인자입니다, 작은 주인님."

"데려오라고 했어."

엠프에게 보렌의 명을 거스를 힘은 없었다.

거대한 힘 앞에서, 그는 그저 순응할 수밖에 없는 사람이었다.

"얼른!"

엠프가 고개를 수그리고 방 밖으로 나왔다.

시종일관 무표정하던 그의 얼굴이 처음으로 불편하게 일그러졌다.

'라트…… 미안하다.'

라트와 오르베니의 만남을 모르는 시녀나 낙인자는 없다. 하물며 집사씩이나 되는 엠프가 그걸 모를 리 없다.

둘의 만남이 끝날 무렵이 되어서, 엠프는 오르베니를 비롯한 여자 낙인자들이 기거하는 침실 앞에서 기다렸다.

그때, 피곤한 기색으로 씻고 오는 또 다른 여인과 얼굴이 마주쳤다. 이십 대 후반의 그녀는 엠프의 얼굴을 보고 얼굴이 어두워졌다.

"이번엔…… 누구예요?"

"오르베니."

그러자 여인이 아랫입술을 깨물었다.

"하필이면……."

"……."

엠프는 아무 말도 하지 않았다. 여인은 엠프를 원망스러운 얼굴로 노려보다가 이내 방에 들어갔다.

그리고 머지않아 오르베니가 밝은 얼굴로 살금살금 들어왔다. 그러다가 곧 떡하니 서 있는 엠프를 보고는 그대로 얼굴을 굳혔다.

"지, 집사님……."

"오르베니."

"죄, 죄송해요. 좀 더 일찍 다닐게요."

"오르베니, 할 말이 있다."

"네?"

엠프는 이를 악물었다. 성숙해졌다고는 하나 아직 채 소녀 티도 벗지 못한 아이의 얼굴에 그림자가 드리울 것을 생각하니 마음이 편치 못했다.

엠프는 그녀를 한쪽 구석으로 데려가 천천히 무미건조한 목소리로 용무를 이야기하기 시작했다. 처음에는 의아해하던 그녀의 얼굴이 점점 하얗게 질려갔다.

"그, 그런 일은……."

"작은 주인님의 명령이다."

"그, 그래도 그런 일은…… 할 수 없어요."

오르베니의 작은 얼굴이 하얗게 질려서 휘휘 저어지는 것을 보고 있자니 엠프의 마음은 더욱 무거워졌다.

하지만 엠프는 이 일을 한두 번 해온 게 아니다.

"하지 않는다면 죽게 될지도 모른다."

엠프의 그 말에 오르베니의 얼굴이 더욱 창백해졌다.

"차, 차라리……."

오르베니를 4년간 봐온 엠프다. 그녀의 기질 정도는 알고
있다.

"잘 생각해, 오르베니. 작은 주인님은 너와 라트의 관계를
알고 계신다."

그러자 오르베니의 몸이 덜덜 떨려오기 시작했다. 그 작은
체구가 떨리는 것을 차마 볼 수 없어, 엠프는 오르베니에게서
시선을 돌렸다.

"무, 무슨 마, 말이에요……?"

"잘 생각해 봐. 낙인자들 한두 명의 목숨은 작은 주인님 같
은 귀족님들에게는 아무 의미도 되지 못한다는 사실을 말이
야."

"……."

오르베니의 눈가에 눈물이 고이기 시작했다.

엠프도 잘 알고 있다. 이게 얼마나 비겁하고 비열한 짓인지.
저 눈물이 가지는 의미 또한 말이다.

하지만 그렇다고 해도 어쩔 수 없다. 자신들은 약자다.

아니, 오르베니나 라트는 약자의 입장조차도 되지 못한다.

마음에 들지 않으면 언제든지 바꿀 수 있는, 그런 '물건'에 지나지 않는다.

성흔이란 그런 것이다.

국가를 위해 그 일생의 전부를 바치는 노동력.

한참 동안 아무 소리 없이 울고만 있던 오르베니가 날카로운 눈으로 엠프를 노려본다.

"이게 엠프 집사님이 뜻이 아니라는 건 저도 알아요. 하지만……."

"날 미워해라. 하지만…… 작은 주인님께는 절대 대들어선 안 돼."

"……알았어요. 올라갈 수밖에 없는 거죠?"

오르베니의 말에 엠프는 아주 작게 고개를 끄덕였다. 그녀는 고개를 수그렸다.

체념.

그녀는 엠프의 뒤를 한 걸음 한 걸음 무겁게 내딛었다. 그리고 한 번도 올라와본 적 없는 2층, 작은 주인님의 방 앞에서 덜덜 떨었다.

"작은 주인님, 데려왔습니다."

"너무 오래 걸렸잖아!"

문이 벌컥 열렸다.

오르베니는 욕망에 번들거리는 보렌의 눈동자를 볼 수 있었다. 너무나도 두려워서 도망가고만 싶었다. 그러나 보렌의 우악스러운 손길은 그녀가 옴짝달싹 못하게 그녀의 손목을 낚아챘다.

끌려가는 오르베니는 방 밖에서 고개를 수그리고 꼼짝도 하지 않는 엠프에게 마지막으로 구원의 시선을 보냈다.

그러나 그것이 끝내 엠프에게는 닿지 않은 채 방문은 닫혔다.

*　　　*　　　*

꿈을 꾸고 있었다.

그것은 오래전의 꿈.

"……앞으로 큰일을 겪겠구나."

짙은 눈썹에 매혹적인 눈매를 가진 여인이 그렇게 말하면서 라트의 얼굴로 손을 뻗었다. 차가운 손이라서 시원했다. 그리고 곧 통증이 온데간데없이 사라졌다.

"언젠가 네게 큰 힘이 되어줄 거야."

손에 쥐어진 것은 분명히 검은 책이었을 텐데. 자세히 보니 그것은 긴 검 같은 형태였다.

그리고 갑자기 세상이 무너졌다. 불길이 치솟고, 비명이 사방에서 끊이지 않았다.

그리고 그의 눈앞에는 죽은 어머니의 모습이 보였다.

"어머니!"

가까이 달려가서 배에 난 상처를 손으로 막아보지만, 그곳에서 흘러나오는 피는 끝도 없이 울컥거리면서 손가락 사이로 새어 나온다.

"멈춰! 멈추라고!"

고함을 지르다 어머니의 얼굴로 시선을 돌린 순간, 그는 하얗게 질린 얼굴로 고함을 멈췄다.

"왜?"

어머니가 아니다.

창백한 얼굴로 눈을 감고 있는 사람은 오르베니였다.

"오르베니……? 네가 왜?"

오르베니가 죽었다.

그녀의 작은 체구를 마구 흔들어보지만, 그녀는 깨어날 기미가 없다.

"왜! 왜!"

마구 고함을 지르던 라트는 그 순간 눈을 번쩍 떴다.

"허윽…… 허윽…….”

식은땀이 흘렀다.

이마를 닦은 라트는 최근 단 한 번도 꾸지 않은 악몽을 다시 꿨다는 것, 그리고 그 마지막에 어머니가 아니라 오르베니가 있었다는 사실에 진저리쳤다.

'왜 오르베니가…….'

다시 잠들 생각은 들지 않았다.

창밖을 보니 새벽녘이다.

이제 일어날 시간이었다.

말들에게 여물을 주고 다시 여물을 준비하는 동안 아침은 금세 지나가버렸다.

어느새 해가 중천에 뜰 무렵이 되었을 때, 저택은 평소처럼 고용인들과 낙인자들로 활기가 넘치고 있었다.

"라트! 주인마님께서 산책 나가신대! 오늘은 리엔을 데려간다고 하셨다!"

"예!"

안장을 얹고 빗질을 해주어 더욱 예쁘게 다듬어주니 리엔은 기분 좋은 듯 투레질을 하면서 라트의 얼굴을 핥았다.

"그래, 그래. 알았어. 그만해."

히히힝!

리엔의 얼굴을 쓰다듬으면서 평소처럼 뒤뜰의 정원 쪽으로 가자 이십 대 중반의 젊은 주인마님이 평소처럼 가벼운 옷을 입고 정원 구경을 하고 있었다.

그녀의 뒷모습을 보자마자 고개를 수그린 라트는 그녀에게 천천히 다가갔다.

"리엔을 데려왔습니다, 주인마님."

"음, 오래 기다렸잖아."

"죄송합니다."

"됐어. 리엔을 예쁘게 잘 꾸몄으니 그냥 넘어가지."

고작 5분도 채 걸리지 않았건만, 젊은 주인마님은 그렇게 말하면서 말 위에 올랐다. 윤기가 흐르는 금색 머리칼이 바람에 흔들렸다.

"조금 있다가 돌아올 테니까, 그렇게 알고 있어."

"예, 살펴 다녀오십시오."

라트는 노골적으로 자신의 몸을 훑어보는 주인마님의 시선을 받아내며 그렇게 인사했다. 그리고 리엔이 내는 말발굽 소리가 들리지 않을 때까지 고개를 수그린 채로 있다가 이내 허리를 펴고 다시 마구간이 가까운 뒷문으로 향했다.

곧 오르베니가 쉴 시간이었다.

뒷문을 열고 들어가자 조엔이 있었다.

"어? 오르베니, 아직 안 왔어요?"

"오늘은 바쁜가보지."

조엔의 말에 라트는 아쉬운 얼굴로 고개를 끄덕였다. 사실 이런 일은 종종 있는 일이었기에 그때까지도 라트는 별 이상하다는 생각을 하지 못했다.

하지만 조엔의 표정은 어딘가 딱딱하게 굳어 있었다.

그리고 늦은 오후 무렵이 되어서야 오르베니를 볼 수 있게 된 라트는 밝은 표정으로 그녀에게 다가갔다.

악몽을 꾼 날이었기에 더욱 그녀의 얼굴이 보고 싶은 하루였다.

"오르베니, 드디어 만났구나. 오늘은 많이 바빴어?"

"으, 응······."

고개를 수그리는 오르베니를 보면서 라트는 의아하다는 표정을 지었다.

"왜 그래? 어디 아파?"

"마, 만지지 마!"

얼굴에 손을 갖다 대려던 라트는 갑자기 뒤로 물러서면서 덜덜 떠는 그녀의 반응에 깜짝 놀라 굳어버렸다.

"왜, 왜 그래? 오르베니, 갑자기 무슨 일이야?"

"아, 아니야. 아무것도 아니야. 몸이 아파서 쉴게······."

오르베니는 당황한 얼굴로 누군가에게 쫓기듯 그 자리를 피했다.

라트는 이해할 수 없다는 얼굴이 되었다.

뒷문으로 들어간 라트는 가만히 담배를 피우고 있는 조엔에게 물었다.

"오늘 오르베니에게 무슨 안 좋은 일 있었어요?"

"나도 몰라. 오르베니는 조금 덜렁대니까, 혼났을지도 모르지."

"하지만 오늘은 조금 이상했는데······."

"여자들한테는 그런 때가 있어."

"그런 때요?"

조엔은 정말로 모르겠다는 얼굴로 물어오는 라트를 보면서 인상을 찌푸렸다가 곧 측은한 얼굴로 고개를 돌렸다.

"너무 좋아하지 말라고 그랬잖냐."

"무슨 말이에요?"

"우리들이 어떤 위치인지 잊었냐?"

조엔이 무미건조한 얼굴로 성흔이 찍힌 왼팔을 다시 흔들었다.

라트의 얼굴에 불쾌한 기색이 스쳤다.

"자꾸 그렇게 상기시키지 않아도 알고 있어요."

오르베니 얘기를 하는데 왜 그딴 걸 보여주는 거야? 라트는 짜증 어린 표정을 짓고 밖으로 나왔다.

뭔가 예감이 좋지 않았다.

'오르베니, 무슨 일이 있는 거야?'

늦은 시간이 되어, 항상 만나는 그곳에서 기다리던 라트는 뒷문이 천천히 열리자 밝은 표정으로 고개를 돌렸다. 그러나 천천히 힘없는 발걸음으로 걸어오는 오르베니를 보면서 라트는 다시 불안한 얼굴이 되었다.

"오르베니, 왜 그래? 무슨 일 있어?"

"……."

아무 대꾸도 하지 않는 오르베니를 보면서, 라트는 천천히 손을 뻗어 그녀의 팔을 잡았다.

움찔.

그녀의 몸이 가늘게 떨렸다.

"도대체 왜 그러는 거야? 무슨 일이 있었던 거냐고!"

라트가 언성을 높이자 오르베니는 내리깔고 있던 시선을 천천히 위로 올렸다.

"큰 소리 내지 마……. 혼날 거야."

"오르베니……."

라트는 오르베니가 그렇게 슬픈 표정을 짓는 것을 처음 보았다. 깊은 고뇌와 슬픔, 그리고 절망이 혼재된 그녀의 모습은 마치 만지면 깨져버릴 유리 같았다.

"무슨…… 일이야?"

"아무것도……."

"나한테는 말할 수 없는 일이야?"

"……."

오르베니가 천천히 걸어가서 나무 아래에 주저앉았다. 평소에 그녀가 좋아하던 곳이다.

아무 말 없이 그녀의 곁에 앉은 라트는 그녀의 시선이 향하는 곳으로 시선을 옮겼다.

밤하늘에 별이 총총하다.

"라트."

"응?"

"우리는 뭘까?"

라트가 눈살을 찌푸렸다.

"그게 무슨 말이야?"

"우린…… 도대체 뭘까?"

그녀의 슬픈 목소리를 들으면서 라트는 조엔이 한 말을 떠올렸다. 그러자 괜히 반발심이 생겼다.

"뭐긴, 평범한 사람이야."

"정말이야?"

"그래. 왜 갑자기 그런 걸 물어?"

그렇게 말하면서도 라트는 등의 성흔이 욱신거리는 것을 느끼고 있었다.

그때, 오르베니가 갑자기 앞섶의 단추를 풀기 시작했다.

"무, 무슨 짓이야?"

하지만 오르베니는 무표정한 얼굴로 계속 풀다가 이내 소매를 당겨 오른쪽 어깨를 드러냈다. 그리고 그것을 라트에게 보여주었다.

라트는 고개를 돌렸다.

"오르베니, 이게 무슨 짓이야!"

"고개 돌리지 마……. 똑바로 봐줘."

그녀의 목소리가 착 가라앉아 있다.

라트는 인상을 찌푸리며 천천히 고개를 돌려 그녀를 바라보았다. 붉게 달아오른 얼굴로 오른쪽 어깨를 내밀고 있는 오르베니를 본 순간, 라트는 가슴이 싸늘하게 식는 것을 느꼈다.

오른쪽 어깨, 단 한 번도 보지 못한 흉측한 성흔이 그곳에 찍혀 있었다.

"라트, 네 말이 사실이라면…… 이건 뭐야?"

"……."

라트는 아무런 대꾸도 할 수 없었다. 아름다운 쇄골도, 속옷도, 그녀의 고운 살결도…… 지금 이 순간 라트의 눈에는 보이지 않았다. 작은 체구에 무참하게 새겨진 성흔에서 시선을 뗄 수가 없었다.

저도 모르게 천천히 손을 뻗어 성흔을 쓰다듬자 다시 그녀의 몸이 덜덜 떨렸다. 울컥하는 마음에 라트는 그대로 오르베니를 껴안았다.

둘은 아무 말도 하지 않았다.

얼마나 있었을까. 오르베니가 조용히 말했다.

"라트, 우리…… 다음에는 꼭 '사람'으로 태어나자."

"다음 같은 건 없어. 이겨내고 또 이겨내다 보면…… 언젠가는 극복할 수 있어."

그렇게 말하는 라트의 목소리는 가늘게 떨리고 있었다.

"울어……?"

"아니. 슬프지도 않은데 왜 울어?"

"그렇구나……."

품에 안긴 조그만 체구에서 천천히 떨림이 가셨다. 그제야 몇 번이고, 몇십 번이고 이렇게 꼭 껴안았던 오르베니가 자신의 품에 있다는 실감이 들었다.

천천히, 부드럽게 자신의 등을 쓰다듬는 오르베니의 손길이 느껴졌다.

그 작은 손은 언제까지고 라트에게는 큰 손으로 기억될 어머니의 손과 닮아 있는 것 같다.

끼익!

천천히 문이 열렸다.

그 문은 지금까지 알고 있던 세계와는 단절된 지옥과도 같은 곳으로 통하는 문이다. 몇 번이고 열린 나락의 입구.

그 안에 보렌이 있었다.

그는 흰색 가운만 입고서 문을 열고 들어오는 사람을 가만히 기다리고 있다.

"아래에서 즐거운 시간 보내고 왔나?"

느글거리는 목소리로 그렇게 말한 보렌은 와인잔을 흔들다가 천천히 입 안에 털어 넣었다.

"쓰레기들도 사랑을 나눌 때는 참으로 애틋하더군."

그렇게 말하고는 킥킥거리며 비웃은 보렌은 뒤뜰이 보이는 창가 쪽으로 다가갔다.

"내 품에 안겨놓고도 그놈에게 갈 마음이 생기던가?"

오르베니의 차갑게 식어 있는 얼굴이 별안간 꿈틀거렸다.

"그 얼굴, 좋군. 어제와는 또 다른 얼굴이야."

보렌이 탐욕으로 일그러진 얼굴로 천천히 다가왔다. 그리고 그녀의 허리에 손을 얹고 천천히 침대로 이끌었다.

아무런 저항 없이 천천히 침대에 걸터앉은 오르베니는 마치 죽은 사람처럼 굳은 얼굴을 하고 있다.

그 얼굴을 흥미롭다는 듯 지켜보던 보렌이 그녀의 얼굴을 쓰다듬는다.

"제법 사람 흉내를 내는군."

눈을 질끈 감은 오르베니의 마음속에서는 수천수만 가지의 생각이 오갔다.

대부분 라트에 대한 기억밖에 없다.

그녀는 철이 들기도 전에 낙인자가 되었다. 그리고 이 저택으로 보내졌다. 그때부터 라트는 그녀의 곁에 있었다.

라트의 까만, 아무것도 비치지 않을 것 같던 그 죽은 눈동자를 오르베니는 아직도 잊지 못한다. 처음 자신이 이 저택에 왔을 때, 이곳 사람들의 눈엔 자신의 모습이 라트처럼 보였을까?

오르베니는 라트에게 마음이 쓰였다. 아니, 쓰일 수밖에 없었다. 어깨에 새겨진 낙인의 고통과 외로움 때문에 감정을 소모할 곳이 필요했고, 그 배출구에는 라트가 있었다.

그의 마음에 새겨진 상처 위로 새살이 돋으며 점차 밝아지는 모습을 보면서 오르베니의 마음도 치유되었다.

깜깜해서 바로 옆밖에 볼 수 없지만 또 다른 자신, 라트만 곁에 있다면 그 무엇도 이겨낼 수 있을 것 같았다.

그 순간, 보렌의 뱀 같은 손이 자신의 몸을 탐한다.

'이젠…… 안 보여.'

그녀가 겪고 있는 고통은 이제 그 누구도 알아주지 않는다. 그리고 그 누구도 알아서는 안 된다. 특히 그녀의 또 다른 자신인 라트가 알아서는 절대로 안 된다.

곁에 있는 걸 아는데, 이젠 볼 수도 없고 의지할 수도 없다. 어둠 속에 혼자 버려진 것 같다.

오르베니의 눈가에 눈물이 흘렀다. 겨우 찾은 따뜻함을 고작 한순간 만에 잃었다. 따뜻함을 알았기 때문에 그녀가 지금 겪고 있는 추위는 너무나도 혹독하다.

보렌이 그녀의 몸 위로 올라탔다.

오르베니는 천천히 품속에서 작은 비수를 꺼냈다.

'이놈만 없애면…….'

그 생각을 하는 순간, 오르베니의 늘어져 있던 몸이 긴장으로 뻣뻣해졌다.

"뭐야? 이제 반응이 오는 게야?"

보렌이 낮게 웃는 순간이었다.

푹!

"아아악!"

통성을 내지르면서 침대에서 굴러 떨어진 보렌은 왼쪽 팔뚝에 꽂힌 작은 비수를 보고는 얼굴을 일그러뜨렸다.

"이, 이런 개년이!"

얼마나 깊게 꽂혔는지 정신이 오락가락할 정도의 고통이 느껴졌다.

침대 위에서는 오르베니가 덜덜 떨면서 몸을 움츠리고 있었다.

"이 개년이……! 죽여버리겠어!"

보렌은 벌겋게 달아오른 얼굴로 아픔도 뒤로한 채 그녀에게 오른 주먹을 휘둘렀다.

퍽!

"아윽!"

"이 더러운 쌍년이! 감히!"

퍽퍽퍼퍽!

우악스러운 보렌의 주먹에 움츠린 오르베니의 몸이 유린당한다. 숨죽인 비명 소리가 흘러나오고, 이윽고 그녀의 얼굴로 사정없이 내리꽂히는 주먹에는 어느새 피가 묻어 있다.

"죽어! 죽어!"

퍼퍽!

왼팔에서 느껴지는 고통, 흘러내리는 피, 그리고 흥분으로 마비된 이성. 보렌은 오르베니가 더 이상 아무 소리도 내지 않고 움직임도 없는데도 계속해서 오른 주먹을 힘껏 휘두르고 있었다.

"헉! 헉!"

그렇게 얼마나 주먹을 휘두르고 있었을까. 숨이 턱까지 차오르고 나서야 보렌은 주먹질을 멈췄다.

침대는 이미 오르베니의 붉은 피로 엉망진창이다.

오르베니의 작고 귀여운 얼굴도 마찬가지. 그의 우악스러운 무게에 깔려 있는 여인은 이제 오르베니인지도 알아보기 힘들 정도다.

더 이상 움직이지 않는 그녀를 가만히 내려다보던 보렌은 천천히 침대에서 내려왔다.

흥분이 조금씩 가라앉자 그제야 다시 고통이 밀려왔다.

"엠프! 엠프!"

"예, 부르셨습니까."

"이런 망할 새끼! 바로 거기 있었으면서 무슨 일이 일어났는지도 확인을 하지 않는단 말이야!"

"죄송합니다. 작은 주인님께서 절대 문을 열지 말라는 말씀을 하셨기 때문에……."

"됐어! 이 쌍년 치워!"

엠프가 천천히 들어와서 침대를 보았다. 피범벅이다.

"이 개년이 날 찔렀어! 저런 쓰레기 년! 감히……!"

보렌이 아파 죽겠다는 듯 욕지거리를 마구 내뱉는 동안 엠프는 천천히 식어가는 오르베니를 가만히 보고 있었다.

알고 있었다.

보렌의 통성이 들리는 순간, 오르베니가 이렇게 되리란 것을.

말렸다면…… 무언가 달라졌을까.

아니다. 달라지는 건 없다. 그녀는 죽었을 것이다. 더 처참하게 말이다.

차라리…… 그렇다면 차라리 이곳에서 자신이 조용하게 처리를 하는 게 나을 것이다.

"뭘 하고 있어! 빨리 이년 치우고, 이 쌍년이 찌른 이 칼! 이걸 어떻게 해야 된다고!"

"예……."

엠프는 여전히 오르베니의 시체에서 눈을 떼지 못했다. 그 작은 아이가 이렇게 또 거대한 힘에 짓밟히고 만 것이다. 이제 다시는 일어날 수도 없게.

보렌의 욕지거리를 들으면서 엠프는 다시 표정이 사라진 얼굴로 아래로 내려갔다.

＊　　　＊　　　＊

"시끄럽네……."

"……."

담배 연기가 자욱하게 피어올랐다.

채 열기가 가시지 않은 침대에는 두 명의 남녀가 서로 섞여 있다. 남자는 무표정한 얼굴로 담배 연기만 내뿜고 있었다.

"하여간 저놈…… 지저분하게 논다는 말은 들었지만 말이
야."

여인이 그렇게 중얼거리면서 남자의 품으로 더욱 파고들었
다.

그러다가 곧 왼쪽 팔뚝을 부드럽게 쓰다듬었다.

"이거, 아팠어?"

"……몇 번을 말합니까. 기억 안 나요."

성흔을 부드럽게 쓰다듬은 여인은 그곳에 살며시 키스를 한
다.

"오늘 좋았어, 조엔."

"저 돼지한테 오르베니 건들지 말라고, 주인마님이 말 못합
니까?"

"또 그 말이야? 싫다니까. 저 돼지랑 싸우면 골치 아파. 괜
히 일을 만들고 싶진 않아. 그이도 저렇게 누워 있는데, 낙인
자 계집 하나 때문에 사단을 만들어서야 되겠어?"

엉겨 붙던 여인이 그렇게 사무적인 태도로 천천히 물러나자
조엔이 미간을 찌푸렸다.

"그 애, 좋아해?"

"아니요."

"근데 왜 자꾸 신경 써? 질투나게……."

여인이 콧소리를 내면서 다시 붙어오자 조엔은 입을 다물
었다.

맞는 말이다. 그가 신경 쓸 필요는 없다. 낙인자라면, 특히 여인이라면 언제가 됐든 겪게 될 별스럽지 않은 일이다.

"그럼 그만 가보겠습니다."

"벌써? 조금만 더 있다 가지."

여인이 앙탈을 부리면서 엉겨 붙었지만, 조엔은 천천히 몸을 일으켰다. 잘 다듬어진 조엔의 상체와 왼쪽 팔뚝의 성흔이 드러났다.

"오늘은 좀 피곤하군요."

"으음…… 알았어. 그럼, 이거 받아. 조엔이 좋아하는 담배 사도록 해."

그녀가 내미는 돈을 가만히 쳐다보던 조엔은 천천히 받아들고 주머니에 넣었다. 담배만 사기에는 과한 액수였지만 젊은 주인마님에게는 그리 큰돈이 아니었다.

천천히 방을 나온 조엔의 몸에서는 젊은 주인마님의 향수 냄새가 잔뜩 배어나온다.

1층으로 내려가기 전, 조엔은 이쪽에서 반대쪽에 한참 떨어진 보렌의 방 쪽을 가만히 지켜보다가 이내 내려왔다.

오르베니라면…… 잘 이겨낼 것이다.

엠프는 오르베니의 시체를 뒤뜰에 묻었다. 아니, 그냥 그곳에 버렸다고 해야겠지.

벌써 수많은 낙인자들의 시체가 이곳에 묻혀 있다. 죽어서까지도 존중받지 못하는 그들의 삶의 마지막 흔적이 바로 이 뒤뜰 구석에 남아 있는 것이다.

"오르베니, 미안하다……."

이곳에 묻힌 사람이 도대체 몇 명이나 될까.

오르베니는 도대체 어떤 마음으로 죽어갔을까.

자신의 손에 묻힌 많은 사람들의 손이 사슬이 되어 자신을 옭아매고 있는 것 같다.

"난 지옥으로 떨어지겠지."

엠프는 그렇게 자신에게 말하듯 중얼거리고 천천히 저택의 뒷문을 열었다.

그리고 우뚝 멈추었다. 잘 아는 얼굴이 그곳에 있었다.

"조엔."

"엠프, 너 도대체 무슨 짓을 한 거야……."

조엔의 매서운 시선이 엠프에게 꽂혔다.

찰랑이는 금발 사이에서 분노로 이글거리는 그 눈동자는 조엔조차도 아주 오래전에 사라졌을 거라고 생각하던 감정을 담고 있다.

"……."

"무슨 짓을 한 거냐고 물었어."

엠프는 말없이 오른손에 쥐어진 삽을 들어 보였다.

그 순간, 조엔의 동공이 떨리기 시작했다.

"설마, 네놈…… 오르베니를……."

"너답지 않아. 자신의 위치를 제대로 알고 있는 게 너의 유일한 장점 아니었나?"

"장점이라고……?"

그 순간 조엔의 흔들리는 시선이 엠프에게 닿았다. 그리고 그대로 그의 멱살을 틀어쥐었다. 마른 엠프의 몸이 그대로 벽에 밀쳐졌다.

"그딴 게…… 내 장점이라는 거냐?"

"진정해."

"왜 오르베니는 죽어야 했지? 어째서?"

"오르베니는…… 너무 어렸어. 그 정도도 참지 못하다니……."

"뭐, 뭐라고……?"

안경 너머 엠프의 두 눈이 지극히 차갑게 가라앉아 있는 것을 보면서 조엔은 어이없다는 듯 웃었다.

"네가 오르베니의 뭘 알아? 네가 뭘 안다고 떠드느냔 말이야!"

"조용히 해. 모두 깨울 셈이야? 이번 일, 나도 실로 유감스럽게 생각한다. 오르베니는…… 착한 아이였어. 하지만 그것만으로는 그녀의 운명을 바꿀 수 없었어."

조엔이 멱살을 더욱 세게 쥐다가 이내 이를 갈면서 힘을 풀었다.

아무리 조엔이 화를 낸들 달라지는 건 아무것도 없다.

"빌어먹을……."

한 사람이 저택에서 모습을 감췄지만, 다음 날 저택의 하루
는 달라지는 게 없었다. 그저 그 자리를 또 다른 누군가가 메
우고 있을 뿐이다. 종종 오르베니의 실종에 관한 이야기를 하
는 이들이 있었지만, 그것뿐이었다.

그녀의 죽음을 못 받아들이는 이는 없었다.

그것은 낙인자들의 숙명.

"예? 그게…… 무슨 말이에요?"

"오르베니는 이제 없어. 그러니까 기다리지 마."

"도대체 그게 무슨 말이에요? 오르베니가 없다니요?"

평소와 같은 시간에 뒷문을 통해 들어오는 라트의 얼굴을
보면서 조엔은 고개를 돌리며 그렇게 말했다.

지극히 사무적이고 냉담한 목소리는 조엔의 평소 목소리와
는 다르다.

"말 그대로야."

"그러니까 그게 무슨 말이냐고, 지금 묻지 않습니까."

라트의 목소리가 조금씩 날카로워진다.

조엔은 이를 악물었다.

오르베니와 라트.

둘이 그저 평범한 연인 관계가 아니라는 것은 조엔이 가장
잘 알고 있었다. 그들을 처음부터 봐온 사람이 바로 조엔이니

까. 그래서 오르베니의 죽음을 보고도 한편으로는 부정하고
있었다.

"오르베니는……."

이제 오르베니는 없다. 그녀의 죽음을 라트가 받아들일 수
있을 리가 없다.

"떠났어."

"예?"

"떠났어. 주인마님께서 다른 저택으로 보냈다고."

"가, 갑자기…… 왜요? 왜죠?"

"……이 집엔 여자들이 너무 많아. 솔직히 남아도니까."

"근데 왜 하필!"

"오르베니가 가장 어리니까! 점점 예뻐지고 있잖아. 주인마
님의 눈에는 마음에 안 들었겠지."

조엔의 고함에 라트는 입을 다물었다.

조엔도 마음이 썩 편한 것만은 아니리라. 항상 퉁명스러운
태도로 일관했지만, 조엔도 오르베니를 소중하게 여겼다. 라
트가 그것을 모를 리가 없었다.

하지만…….

"오르베니……."

"잊어. 먼 곳으로 갔어. 다시는 못 만날 거야."

"……."

멍한 얼굴로 라트는 그곳에서 나왔다.

다시는 만날 수 없다니……. 현실감이 없다. 오후 늦은 시간이 되면 금방이라도 저 문 뒤에서 얼굴만 내놓고 종종걸음으로 다가올 것만 같은데…….

낡은 벤치에 걸터앉은 라트는 하늘을 우러러봤다.

하늘이 더없이 맑다.

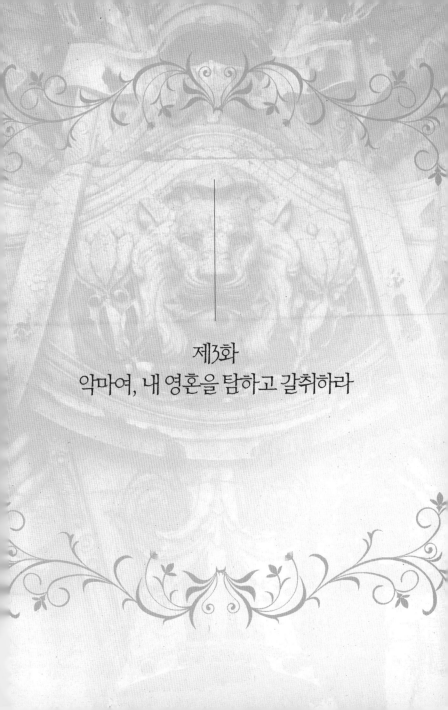

제3화
악마여, 내 영혼을 탐하고 갈취하라

Holy War

"라트."

하루, 이틀, 사흘…….

그녀가 곁에 없다는 사실을 깨달아가고 있는 시간이다. 그녀의 모습은 그 어디에도 없다. 거짓말처럼, 애초부터 존재하지 않던 것처럼, 그 어디에도 없다.

"라트!"

눈을 돌리면 이곳저곳 그녀의 흔적이 눈에 선한데…….

이렇게 또다시 허무하게 소중한 사람을 잃은 것일까?

"이봐, 라트!"

몸이 거칠게 흔들리자 라트가 눈을 깜빡이면서 자신을 부르는 사람을 보았다.

키가 땅딸막하고 콧수염을 기른 사십 대의 남자였다.

"아, 정원사님이셨군요."

"도대체 무슨 생각을 하고 있는 거야? 주인마님이 오늘 그 넬리인지 뭔지 하는 말을 타고 나가신다고 했다면서!"

"아…… 죄송합니다."

"빨리 내와. 그리고 오늘은 제때 말 데려가는 거 잊지 말고. 정원이 엉망이 되잖아."

"예."

정원사가 짜증 어린 얼굴로 가버리자 라트는 천천히 마구간으로 들어가서 하얀 백마를 끌고 나왔다. 평소처럼 말의 얼굴을 천천히 쓰다듬는 라트의 손길은 지극히 무미건조하다.

라트가 이상하다는 것을 알았는지 백마가 라트의 얼굴을 벌름거리면서 핥았지만, 라트의 표정은 조금도 변하지 않았다.

말의 고삐를 끌고 천천히 뒤뜰로 가니 그곳에는 주인마님이 아미를 잔뜩 찌푸리고 팔짱을 끼고 있었다.

"뭐야! 왜 이렇게 늦는 거야! 제정신이야?"

"죄송합니다."

이전과는 확연하게 다른 무미건조한 라트의 대꾸에 그녀의 눈에 이채가 어렸다.

"뭐야, 많이 풀 죽은 거 같은데?"

"아닙니다."

그녀의 나긋한 어조에 라트는 속이 울컥했다. 며칠간 아무런 파문도 없이 잔잔하던 호수가 갑자기 태풍을 만난 것 같다.

  "그래?"

  그의 얼굴을 자세히 훑어보던 주인마님이 이내 말에 올라탔다. 그리고 그 순간, 라트는 저도 모르게 물었다.

  "어째서……."

  "음?"

  "어째서 오르베니를……."

  "오르베니?"

  그 익숙한 이름에 그녀는 눈살을 찌푸렸다. 며칠 전 밤에 조엔에게 들었던 이름이다. 그 후에 보렌이 그녀를 처리했다는 말에 내심 속이 확 풀렸는데, 그 이름을 이번엔 라트에게서 들을 줄이야.

  라트를 조만간 침실에 끌어들일 생각이었던 그녀는 기분이 나빠지는 걸 느꼈다.

  "그걸 왜 나한테 묻는 거지?"

  "주, 주인마님께서……."

  "뭐? 내가 죽였다는 거야? 내가 무엇 때문에?"

  "예?"

  죽였다니……?

  누가……?

  왜?

"내가 그런 별 볼일 없는 낙인자를 도대체 왜 죽이지? 알겠어? 너도 별 볼일 없는 건 마찬가지야. 주제넘게 굴지 않는 게 좋아. 낙인자 주제에."

기분이 상했다는 듯 곧 말을 몰고 나가버리는 그녀의 뒷모습을 멍하니 보고 있던 라트는 곧 그녀가 한 말을 몇 번이나 곱씹었다. 도대체 무슨 뜻일까?

"누가…… 누가 죽었다고?"

라트가 그 자리에 무너져서 다시 일어선 것은 그로부터 세 시간가량이 지난 직후였다. 여전히 넋이 나간 얼굴을 한 채, 라트는 즉시 조엔을 찾아갔다.

"조엔, 사실을 말해요."

"무슨 말이야? 왜 그래?"

"조엔!"

라트가 고함을 내질렀다. 그의 까만 눈동자가 불안하게 떨리고 있었다.

조엔은 그의 눈이 아니라 마음이 흔들리고 있는 것을 알 수 있었다.

"어디서 뭘 들은 거야!"

"사실을 말해요! 도대체 나한테 뭘 숨기고 있는 거야!"

"그런 거 없어! 뭘 듣고 이러는 거야! 정신 차려!"

조엔이 라트의 어깨를 붙잡았다. 이미 조엔보다 더 커버린 라트의 듬직한 어깨. 조엔은 새삼 라트가 4년간 많이도 바뀌었음을 알 수 있었다. 동생이 있다면 이런 느낌일 터였다.

그리고 곧 동생 같은 라트의 입에서 나온 말은 조엔이 가장 하고 싶지 않은 대답을 요구하는 물음이었다.

"오르베니…… 오르베니 어디 있어요?"

"오르베니는……! 갔다고 했잖아."

"그러니까, 어디로 갔냐고요."

"나도 몰라."

"조엔!"

"그만해! 뭘 듣고 이러는 거야!"

고함을 지른 조엔은 라트의 눈이 심상치 않은 것을 알 수 있었다. 그저 떨리고만 있던 눈에 불신과 분노 따위의 불같은 감정들이 어리기 시작한 것이다.

"오르베니…… 오르베니가……."

힘겹게 입을 여는 라트를 보던 조엔은 소름이 돋았다.

오르베니가 라트에게 있어 어떤 의미인지 구체적으로는 설명할 수 없지만, 추상적으로나마 세계의 중심이라고 하면 비슷할 터였다.

지금 라트는 스스로 자신의 세계를 떠받치는 기둥이 사라졌다는 것을 말하려는 것이다.

떨리는 입이 그 다음 말을 꺼내려고 할 때, 조엔은 다시 고함을 질렀다.

"그렇지 않아! 아니라고!"

"뭐가 아니라는 거예요? 조엔, 오르베니는 도대체 어디에 있어요? 만나야겠어요. 이상한 말을 들어서 마음이 진정이 되질 않아요."

다시 불안에 떠는 라트를 보면서 조엔은 그의 손을 붙잡았다.

"나도 모른다고 했잖아! 어디인 줄 알고 간다는 거야! 낙인자들은 도망치다 잡히면 바로 죽어!"

"그래도, 그래도 가야 돼요. 이대로는 불안해서……."

이대로 두면 라트는 이곳에서 도망치고 말 것이다.

조엔은 이를 악물었다. 절대 놔둬서는 안 될 일이다. 도망친 낙인자의 최후가 얼마나 처참한지 조엔은 여태껏 수도 없이 봐왔다.

그렇다면 진실을 입에 담을 수밖에 없는 것인가.

어느 쪽이 라트를 위한 게 되는 것일까? 진실을 끝까지 모른 채 죽는 것?

아니면 죽음보다 더 한 진실을 알고 살아가는 것?

찰나의 순간, 수많은 생각이 오갔다.

"찾을 필요 없어."

라트의 시선이 천천히 조엔에게 향했다.

그 목소리가 어딘가 결연했기에 라트는 비로소 조엔이 모든 사실을 얘기해주려는 것임을 알 수 있었다. 후련함을 느끼는 한편 두려움이 그의 마음을 죄어오고 있었다.

"오르베니는 이제 이 세상 어디에도 없어."

．．．．．．.

그 순간, 라트는 시간이 정지한 것 같다는 생각을 했다. 조엔의 입이 닫히는 게 느리다. 그는 무슨 말을 한 걸까.

누가 없다고?

"라트, 똑바로 들어. 없어. 알겠어? 없다고, 어디에도."

"．．．．．．."

"그러니까 찾지 마. 아무데도 갈 필요 없어."

조엔의 말이 늘어지는 것처럼 이상하게 들렸다.

그러고 보니, 이제는 아주 먼 예전처럼 느껴지는…… 한겨울 뒤뜰의 벤치에서 나눈 대화가 갑자기 떠올랐다.

'죽는다는 건 뭘까?'

'갑자기 무슨 말이야?'

'라헨 언니.'

친절하게 대해주는 좋은 사람이라고, 언젠가 그녀가 한 말이었다.

'이제 겨우 일주일 지났는데…… 라헨 언니의 빈자리에는 다른 누군가가 있어.'

'글쎄. 뭘까? 죽음이란 건.'

라트도 오르베니도 소중한 사람의 죽음을 가까이서 보았다. 떠올리고 싶지 않을 만큼 참혹하고, 울고 싶을 만큼 슬픈 기억.

'근데…… 죽은 라헨 언니는 별로 안 슬픈 것 같았어.'

오르베니는 깊은 눈동자로 그렇게 말했다.

라트도 그녀의 말을 듣고 생각에 빠졌다.

'……죽음이 슬픈 건 그 사람을 소중하게 기억하는 사람들이 있어서 그런 거겠지. 죽은 사람은 아무것도 못 느낄 테니까.'

'그럼 죽은 사람이 불쌍한 게 아니라 남은 사람이 불쌍한 게 되는 건가?'

'둘 다, 아닐까.'

그렇게 말하면서 천천히 자신의 어깨에 기대온 오르베니의 기분 좋은 무게감이 아직까지도 선명하다.

그런데 어째서…….

"분명히 그렇게 말했는데……."

전신에서 힘이 빠지기 시작했다. 그대로 주저앉은 라트는 고개를 수그렸다. 억눌려 있던 감정이 폭발하면서 눈물이 끊임없이 흘렀다.

'그럼 우리 둘은 같이 죽어야겠네?'

'응?'

'서로 불쌍하지 않고, 슬프지 않게 말이야…….'

'그런가?'

또다시 라트의 세상은 붕괴되었다.

다시 눈을 떴을 때, 라트는 이것이 꿈인지 현실인지 제대로 분간할 수 없었다.

그저 눈만 뜬 채로 가만히 있었다. 창틈으로 달빛이 스며들고 있었다. 방에는 다른 낙인자들의 조용한 숨소리만이 나직하게 울린다.

수천수만 가지의 생각들이 머리를 휘젓고 있었다.

가슴이 계속 욱신거리면서 아팠지만 눈물은 더 이상 나지 않았다. 슬픔보다 더 큰 감정들이 스멀스멀 피어오르고 있기 때문이다.

분노, 증오, 살의.

그러한 악감정들이 한데 어우러져서 그를 집어삼키려고 한다. 당장이라도 일어나서 오르베니의 죽음과 관련이 있는 모든 것을 말살시키고 싶다.

항상 빼앗기고, 모든 것을 잃어왔다.

라트는 벌떡 일어나 상의를 벗었다. 등을 더듬자 등짝 한복판에 거대하게 찍힌 성흔이 느껴졌다.

이것 때문에……

손톱을 세워 후벼 파자 거친 고통이 전해졌다. 고통이 강렬해질수록 오르베니가 더욱 선명하게 떠올랐다.

'오르베니.'

그녀가 죽어버린 것이다.

믿을 수가 없다. 하지만 그게 사실이라면 마지막 정도는 자신이 보내줘야 한다. 그러지 않으면 그녀는 죽어서도 눈을 감지 못할 것이다.

슬퍼하는 자신을 불쌍해할 테니까.

'오르베니……'

늦은 새벽, 넋이 나간 것처럼 그는 상의를 벗은 채 밖으로 나왔다.

그리고 거대한 저택을 노려보았다.

오르베니가 어떻게 죽었는지는 몰라도, 그 죽음에는 이 저택의 주인마님이나 주인, 그것도 아니면 작은 주인이 연관되어 있을 터였다. 그들은 몇 번이나 낙인자들을 죽인 살인자들이니까.

그리고 그 죽은 낙인자들이 어디로 버려지는지 라트도 잘 알고 있다.

뒤뜰의 안쪽으로 뛰어간 그는 풀 한 포기, 꽃 한 송이도 없는 그곳을 가만히 보고 있다가 이내 주저앉아 조용히 흙을 파헤치기 시작했다.

점차 흙을 파헤치는 속도가 빨라지고, 그럴수록 라트의 얼굴은 일그러진다.

그렇게 얼마나 파고 있었을까. 손가락 끝의 감각이 둔해질 쯤이 되었을 때, 라트의 손이 멈추었다.

조그마한 손가락이 보인 것이다.

갑자기 욕지기가 일었다.

"우욱!"

일단 토하기 시작하자 눈물이 그치지 않았다.

속에 든 모든 것을 게워낸 이후에 라트는 퀭한 얼굴로 다시 땅을 파기 시작했다.

익숙한 손가락이 드러난다.

그리고 피가 묻어 검붉게 변한 옷이 드러나고, 이내 상체가
드러났다. 옷을 물들인 피는 그녀가 얼마나 심하게 맞았는지
를 말하고 있었다.

라트의 몸이 덜덜 떨리고 있었다. 그것은 두려움이 때문이
아니라 분노 때문이었다. 참을 수 없는 분노가 차올랐다.

땅을 마저 파헤치기 시작했다. 이미 이 사람이 오르베니라
는 것을 알고 있으면서도 라트는 속이 뒤틀리는 것을 참아내
면서 힘겹게 흙을 파헤쳤다.

사체의 역한 악취가 코를 찔렀다.

그리고 마침내 얼굴까지 흙을 파냈을 때, 라트는 믿을 수 없
다는 얼굴이 되었다.

뭉개진 얼굴.

이전의 모습을 알아볼 수 없을 만큼 처참하게 죽은 오르베
니의 차가운 시체.

라트는 아무런 생각도 하지 못하고 그저 가만히 그녀의 얼
굴만 바라보고 있었다.

영원과도 같은 시간.

긴 시간 동안 가만히 보고만 있던 라트는 떨리는 목소리로
말했다.

"……아팠지?"

얼음장처럼 차가운 손가락은 더 이상 그녀의 손이 아닌 것 같다.

"미안해. 아무것도 몰랐어."

쓰다듬는 얼굴도 더 이상 라트가 기억하고 있는 그녀의 얼굴이 아니다.

풀벌레 소리가 나직이 울렸다.

어째서 그녀는 이렇게 되어야만 했을까.

그때, 그녀의 오른쪽 어깨로 시선이 향했다.

성흔이 그곳에 있었다.

"성흔……."

원흉. 저것만 아니었다면, 오르베니도, 라트도, 조엔도, 그 누구도 이런 삶을 살지 않아도 됐을 것이다.

분노로 수축된 라트의 눈동자가 증오로 얼룩진 채 그 성흔을 노려보았다.

성흔, 교단, 귀족…….

"왜 고통을 받아야 하지……? 아무런 잘못도 하지 않았는데, 어째서 빼앗겨야 하지? 어째서!"

분노로 몸이 덜덜 떨리기 시작했다. 아까 할퀸 등의 상처가 욱신거린다. 이 저주받은 낙인이 그의 몸에도 있다. 언젠가는 그도 결국 이 목숨마저 빼앗기고, 비참한 나락으로 떨어지고 말리라.

"어째서!"

어째서 이렇게 부조리하고 불평등한가.

어째서 우리들은 행복할 수 없는 것인가.

그런 생각들로 악문 이 사이에서 거친 숨이 튀어나오고 일그러진 눈에는 감정이 휘몰아치고 있을 때였다.

『……모조리 없애버려.』

어디에서 들리는 것인지도 알 수 없는 목소리가 사방에서 울려 퍼지기 시작했다.

"누구냐?"

라트가 내뱉는 목소리는 얼음장처럼 차가웠다. 눈은 날카롭기 그지없어서 주위의 모든 것을 베어버릴 것 같다.

『드디어 들리기 시작했나? 오랜 시간이었군.』

낮게 웃는 목소리는 소름끼칠 정도로 찢어지고 갈라져 있었다.

다시 주위를 훑어보지만 아무도 없다. 하지만 그의 주위를 무겁게 짓누르는 사악한 감각은 비단 지금 그가 느끼고 있는 감정 때문만은 아닌 것 같았다.

"악마인가?"

『오, 악마라! 으흠, 놀라지 않는군. 마음에 들어.』

스스로 악마라고 시인한 목소리를 들으면서 라트의 입가에 비틀린 미소가 그려졌다.

그런가, 악마인가.

『드디어 미친 것인가? 그래, 제법 충격적인 모양이지?』

"모습을 드러내라."

『좋지.』

그 순간, 라트의 몸 깊숙한 곳에서부터 새까만 어둠이 새어 나와 한데로 모이기 시작했다. 꿇어앉은 라트의 얼굴 앞에서 뭉친 어둠은 이내 어떤 형상이 되었다.

라트의 미간이 찌푸려졌다.

"검은 책?"

4년 전, 여행객에게 받았던 그 책이다. 열리지 않아서 읽을 수 없었던…….

분명히 그날 잃어버렸을 텐데?

『복수하고 싶은 모양이지?』

그 소름끼치는 목소리가 그 순간부터 달콤하게 변했다.

'복수.'

라트의 입가에 걸린 미소가 짙어졌다.

기다리고 있었다. 악마가 실재한다면 지금 자신에게 손을 내밀어야 한다. 자신은 이제 아무것도 잃을 게 없다.

그러니까 모든 걸 바칠 수 있다.

"악마여, 내게 힘을 줄 수 있나?"

『크흐흐……. 물론이다. 모든 것을 파멸로 이끌 위대한 힘을 줄 수 있지!』

"그렇다면 그 힘을 다오."

『그런가? 그럼 네놈은 내게 뭘 바칠 수 있지?』

악마의 조용한 속삭임에 라트는 웃기 시작했다.

"모든 것을 바칠 수 있다."

『오! 그거 흥미롭군. 모든 것이라?』

"프로트 교, 그리고 놈들이 만들어낸 이 부조리하고 불평등하며 악의로 가득 찬 세상을 부술 힘만 준다면 내가 가진 모든 것을 주마."

『음…… 그렇다면 내게 선택권이 생기는 것인가? 오래간만에 아주 만족스러운 놈을 만나게 되었군. 내게 선택의 기회를 주다니 말이야!』

재미있다는 듯 다시 낮게 웃은 악마는 잠깐 동안 아무 말도 하지 않다가 곧 다시 말했다.

『나는 무척이나 공평한 악마다. 더 이상 의미가 없는 모든 것을 가져봐야 내게는 큰 의미가 없다. 그러니 나는 네놈에게 가장 소중한 것을 가져가겠다.』

소중한 것…….

라트의 눈에 자조가 어리기 시작했다. 아무것도 없다. 이제 그에게 남은 것은 아무것도 없는 것이다.

"괜찮겠나? 내게는 이제 아무것도 없어."

『악마에게 괜찮냐는 말을 하는 건방진 놈이 있군그래. 일단은 그것이 나의 조건이다.』

"좋다. 가져가라. 내게 힘을 주기만 한다면 무엇이든 내주지."

『크흐흐흐! 좋다! 라트, 네놈의 소중한 것을 가져가겠다. 그리고 그만큼의 힘을 주마. 네놈이 그것을 소중하게 여기는 그

마음만큼의 힘을 말이다.』

그 순간, 검은 책으로부터 검은 기운이 폭사되기 시작했다. 그것은 이내 거친 바람이 되어 라트를 옭아맸다. 무미건조한 얼굴로 라트는 천천히 손을 뻗어 책 위에 얹었다.

그 순간, 오른손의 핏줄이 툭툭 불거져 나왔다. 손바닥을 바늘로 찌르는 것 같은 통증이 일었다.

이를 악물고, 오히려 더욱 손으로 강하게 책을 밀려고 할 때였다. 사방으로 퍼져나간 검붉은 안개가 일렁이기 시작하면서 이내 바람이 멎었다.

그리고 그 안개 속에서 한 명의 여인이 모습을 드러냈다.

그 여인은 라트의 기억에도 있는 사람이었다.

"……텔리시아."

"오랜만이야, 라트."

텔리시아는 그때와 조금도 달라진 것 없이 여전히 수수한 여행객 같은 모습이었다.

"당신이 악마였어?"

"정확히 말하면, '나도'라고 해야겠지."

『저런 저급한 녀석과 나를 비교하다니.』

그 기분 나쁜 목소리가 다시 울려 퍼진 순간, 잠시 멎었던 검은 기운이 일제히 그의 오른손에 모여들었다. 그리고 그것은 길쭉한 형상이 되었다가 이내 천천히 검의 형태로 바뀌었다.

『내 이름은 '갈취'다.』

칠흑의 검은 단 한 번도 본 적 없는 기괴한 형태로, 그것을 검이라고 불러도 되는 것인지 의심스러울 정도였다. 길게 쭉 뻗은 검신, 그러나 칼자루에 가까워질수록 물결 모양이 두드러진 형태. 신기하게도 칼날받이 없이 자루만 존재했다.

예외 없이 칠흑 일색인 기형검.

라트는 칼자루를 꽉 잡았다. 조금의 무게도 느껴지지 않았다. 마치 처음부터 몸의 일부였던 것 같은 일체감.

"······난 이제 힘을 얻은 것인가?"

『멍청한 놈. 넌 아직 아무것도 바치지 않았어. 지금 네놈의 눈앞에 있는 것은 그저 네놈이 내게 제물을 바칠 수 있도록 제단을 마련해준 것에 불과하다.』

그렇겠지.

이게 악마와의 계약이라면 너무 시시하다. 마음속에 끓어넘치는 분노와 고통은 조금도 사그라지지 않으니까 말이다. 아무것도 바뀌지 않았는데 모든 것을 파멸시킬 힘을 얻은 것일 리 없다.

라트는 분노로 인해 붉게 충혈된 눈으로 저택을 노려보았다. 그의 눈에는 여태껏 단 한 번도 담아본 적 없는 칠흑같이 시꺼먼 감정이 스멀스멀 차오르고 있었다.

"······모든 것을 앗아가도 좋다. 다만, 부디 오르베니를 앗아간 저놈들은 내 손으로, 제정신으로 죽이게 해다오."

증오로 얼룩진 목소리로 차갑게 그 말을 내뱉는 라트를 텔리시아는 말없이 측은한 시선으로 바라보았다.

『크흐흐……. 그런 걱정은 할 필요 없다. 난 네놈이 마음에 든다. 고작 저 정도의 놈들을 파멸로 이끄는데 모든 것을 가져갈 필요야 있겠느냐? 네놈의 영혼의 값어치가 그리 싸구려는 아니라는 사실을 알려주마.』

갈취의 속삭임에 라트는 천천히 일어났다. 그리고 감정에 몸을 맡기기 전, 오르베니에게 시선을 돌렸다.

조금 전 라트가 불러낸 것들이 악마라는 사실을 알았다면 오르베니는 분명 염려하고 걱정했을 것이다. 그녀는 착하니까.

하지만 이제 그런 그녀는 이 세상에 없다.

그러니까 그가 느끼는 것은 이제 오로지 분노와 증오밖에 없다.

곧이어 굳게 닫힌 입술에서 나직이 흘러나온 것은 악마와의 진정한 계약을 원하는 말이었다.

"……악마여, 내 영혼을 탐하고 갈취하라. 그리고 어머니와 오르베니를 죽음으로 몰고 간 이 세상을 응징할 힘을 다오!"

『크흐흐흐…… 좋다. 네놈이 걸어가는 그 길, 어디까지인지 잘 보도록 하지.』

갈취는 그렇게 나직이 속삭였다.

그리고 그 순간이었다. 오른손에 들린 칠흑의 검으로부터 검붉은 기운이 솟구치기 시작했다. 그것은 모든 것을 삼켜버릴 혓바닥처럼 사방으로 퍼졌다가 이내 라트에게 방향을 돌렸다.

라트의 얼굴에서 광기 어린 미소가 떠올랐다.

그리고 그것들은 라트의 몸에 그대로 꽂혔다.

푸푸푸푸푸푹!

수십 개의 칼날이 몸을 쑤시는 것 같은 고통 속에서 라트는 이를 악물었다. 갈취의 혓바닥은 그의 몸 곳곳으로 스며들고 있었다.

소름끼치는 감각이 전신을 내달리고, 악문 이 사이로 검은 피가 울컥울컥 흘러나왔다.

"크흐으⋯⋯!"

피와 함께 신음성이 흘러나오는 그 순간, 갈취의 혀는 온데 간데없이 사라지고 말았다. 검에서 일어난 검붉은 기운과 폭풍처럼 일던 바람, 그 모든 일들이 전부 꿈이었다는 것처럼 뒤뜰은 여느 때처럼 고요하기만 했다.

라트의 무너진 전신에서 검붉은 기운이 일렁였다.

완전한 적막.

풀벌레들마저 숨죽이는 가운데 라트가 천천히 눈을 떴다. 칠흑의 눈동자에서는 악의가 숨 쉬고 있다.

천천히 일어난 그는 입가에 묻은 검은 피를 닦아냈다.

『교단 놈들이 네놈의 몸에 조잡한 짓거리를 해놨군. 그깟 되도 않는 신성력은 이 몸 앞에서는 하등의 의미도 없지.』

입가에 묻은 검은 피는 라트의 몸에 박혀 있던 성흔의 잔재. 라트의 눈동자에 증오의 불길이 치솟았다.

『좋은 기세로군. 좋아. 이제 네놈은 계약자이니만큼 이 몸의 진명(眞名)을 알았겠지? 그것은 말하자면 열쇠다. 더 강대한 힘을 원할 때, 더 많은 것을 바칠 때 부르면 돼.』

"지크로트."

그 순간, 칠흑의 검이 덜덜 떨리기 시작하더니 이내 검붉은 색으로 물들기 시작했다.

잠시 적막에 휩싸였던 뒤뜰에 악의와 증오 따위로 만들어진 마력이 차올라 일렁였다.

『네놈이 원하던 힘이다. 마음대로 쓰도록. 그리고…….』

라트는 더 이상 듣지 않았다. 그의 감정을 따라 칠흑의 검이 반응했다. 그는 그대로 휘둘렀다. 검에 담긴 기운이 곧바로 그가 생각한 그대로 쏘아져나갔다.

쿠콰콰콰쾅!

『나는 계약대로 '네놈이 소중하게 여기는 것'을 가져가도록 하지.』

그 속삭임은 라트에게 들리지 않았다. 아니, 듣지 않고 있었다고 해야 할 것이다. 분노에 휩싸인 그의 눈동자에는 이성이라는 것이 없었다.

갑작스럽게 재앙을 맞이한 저택의 한쪽 모퉁이가 거칠게 무너져 내린다.

그 모든 것을 지켜보던 텔리시아는 가엾다는 눈으로 라트의 뒷모습만 바라보고 있었다.

『마음에 드는 놈이야.』

"불쌍한 인간입니다."

『그래서 더더욱 흡족하군. 이 시대의 여느 인간들이 겪는 평범한 불행을 남들보다 더욱 깊게 받아들이는 놈이니까 말이야. 실로 오래간만에 즐거워.』

"그의 고통과 슬픔의 크기는…… 처음부터 모든 것을 박탈당해 아무것도 가지지 못한 사람과 잠시나마 무언가를 손에 쥐고 있었던 사람의 차이겠지요."

『흥, 그런 건 별로 관심 없다. 중요한 건 지금 녀석의 내부에 휘몰아치는 혼돈이지. 나는 녀석의 혼돈이 쉽게 사그라지지 않을 것임을 알았기에 계약을 한 것이다.』

라트가 겪은 최대의 불행이 무엇이냐고 텔리시아에게 묻는다면 그녀는 즉각 대답할 수 있었다.

바로 자신과 지크로트의 눈에 띄었다는 것. 그것 이상의 불행과 고통, 슬픔은 없을 것이다.

『자, 그럼 계약을 이행하도록 할까.』

"지금 그에게 가장 소중한 것은……."

텔리시아가 슬픈 눈으로 시선을 내리깔았다.

그곳에는 더 이상 움직이지 않는 오르베니의 차가운 시체가 있었다.

계약자인 지크로트에겐 라트의 속내가 속속들이 보였다. 특히나 지금 그의 영혼을 이끌고 있는 분노와 증오의 원동력이 무엇인지 확실하게 말이다.

지크로트의 낮은 웃음소리가 울렸다.

『크흐흐흐…… 정말 흥미로운 일이지. 이미 죽어 영혼이 없는 껍데기에 집착하고, 거기에 의미를 부여하다니 말이야. 이건 내가 밑지는 거래야.』

텔리시아는 내부에서 일어나는 지크로트의 검은 악의를 피부로 느끼며 눈을 질끈 감았다.

『하지만 나는 그러한 흥취조차도 즐기는 마족이지.』

스스스스.

그 순간, 로브를 두른 텔리시아의 몸에서 검붉은 연기가 사방으로 퍼져 나오기 시작했다. 순도 높은 어둠의 마력에 홀린 원념들의 소리가 사방에서 튀어나오기 시작했다.

우-우-우우-

우워어어어-

『오호라, 제법이군. 인간의 영혼 몇 마리가 이 대지에 사로잡혔군.』

어둠의 마력에 영향을 받은 영혼들이 형체를 갖추면서 점점 더 괴롭게 울부짖자 텔리시아가 이윽고 귀를 틀어막았다. 그러나 그 울림은 도저히 사라지지 않는다.

『꺼져라, 잡것들.』

그때, 지크로트의 차가운 외침이 울려 퍼졌다.

그러자 울부짖던 영혼들은 이내 단말마를 내지르면서 멀어져갔다.

주위가 무거운 침묵으로 가라앉자 지크로트는 입맛을 다셨다. 이제 라트에게 힘을 준 대가를 받을 때다.

그 순간, 주위에 퍼진 검붉은 안개가 뭉쳐 점차 어떠한 형태를 만들기 시작했다. 그것은 라트의 몸으로 파고들었던 그것과 똑같은 것들이었다.

검붉은 혀.

혀를 연상시키는 지크로트의 기운은 이내 파헤쳐진 무덤 주위를 둥글게 감쌌다. 그 무엇에게도 방해받지 않겠다는 의지였다.

텔리시아의 몸으로 이어진 지크로트의 혀들은 차갑게 식은 오르베니의 몸을 휘감기 시작했다.

오르베니의 몸이 천천히 떠올랐다.

『흐흐흣…… 맛이 기대되는군.』

나직한 지크로트의 혼잣말이 끝난 순간.

수십 개의 혀에 의해 공중에 떠 있던 오르베니의 몸은 엄청난 속도로 텔리시아의 몸 한가운데를 향해 날아갔다.

텔리시아의 로브가 활짝 열리고, 그녀의 몸 한가운데에 있는 깊고 깊은 어둠이 크기를 키웠다.

그리고 이내 오르베니의 몸을 삼켰다. 그 직후 텔리시아의 몸을 덮고 있던 어둠은 빠르게 닫혔다.

"후우…… 후우……."

텔리시아가 지친 듯 숨을 토해냈다. 고운 이마와 뺨에는 식은땀이 흘렀다.

그녀는 얼굴을 일그러뜨렸다. 조금 전까지 오르베니가 누워 있던 곳에는 이제 그녀가 있었다는 흔적만이 남아 있을 뿐이다.

텔리시아의 몸이 두려움으로 움찔거렸다.

『으음! 훌륭하군, 훌륭해. 아주 크고, 대단히 진한 맛이야. 이 정도나 되는 감정들이 휘몰아치는 껍데기는 흔치 않지. 게다가 지금 녀석으로부터 흘러들어온 이 어마어마한 감정의 소용돌이…… 실로 흡족하군.』

"그가 안다면, 어쩌면…… 더욱 폭주할지도 모르지요. 그녀의 시체는 지금 라트에게 있어 삶의 이유라고 할 수 있을 정도일 겁니다."

『그건 그것대로 흥미롭군. 좌절이나 절망은 썩 마음에 들지 않지만 말이야. 하지만 이건 거래였다. 그것도 정당한 거래. 놈은 그 계약을 받아들이는 의미로 나의 힘을 가지게 되었고, 나는 놈에게서 소중한 것을 받아냈다. 그것에 무슨 문제라도 있는가?』

"……아닙니다."

지크로트는 소중한 것을 가져가겠다고 애초에 말했고, 그 말대로 지금 라트에게서 가장 소중한 것을 가져갔을 뿐이다. 그 계약에 의문을 가지는 건 이상한 일이다.

'하지만…… 라트는 그게 그녀의 시체일 거라고는 생각지 못할 겁니다…….'

『으음, 좋군!』

라트에게서 흘러들어오는 그 격한 감정의 소용돌이가 지크로트의 몸에서 휘몰아치고 있다. 그것은 실로 오랜만에 느껴보는 맛이라 그의 목소리는 쾌락으로 들떠 있었다.

『역시 인간 세상은 즐길 거리가 많아 좋군. 발루토가 어째서 이 세상에서 그런 큰 짓까지 벌였는지 새삼 알 것 같군그래. 놈은 얼마나 많은 인간들의 감정을 맛봤을지…….』

"발루토 님의 최후가 어땠는지도 기억해내시면 더욱 좋을 겁니다."

『물론이지. 나는 놈처럼 그런 짓을 할 생각이 없어. 그건 내 기호와는 거리가 멀지. 나는 내가 직접 나서는 것에는 그리 흥미가 없다. 그건 너도 잘 알고 있을 텐데, 텔리시아.』

"예, 잘 알고 있습니다."

텔리시아의 대꾸에 지크로트는 킥킥거리며 나직이 속삭였다.

『나는 이렇게 한 인간을 지켜보는 게 즐겁거든. 천천히 무너져가는 인간의 모습은 몇 번을 봐도 질리지 않지. 그게 몇천 년 만이라면 더더욱 말이야.』

"예, 몇천 년이 지나도 변하지 않는 악취미시로군요. 주인님의 갈취라는 이름과 어울리지 않게 말이에요……."

* * *

쿠콰콰콰콰쾅!

"뭐, 뭐야! 무슨 일이야!"

지진이라도 난 것처럼 사방이 뒤흔들리는 굉음에 침대에서
벌떡 일어난 보렌은 바닥으로 내려가 몸을 둥글게 말았다.

"엠프! 엠프!"

"……예, 예!"

문밖에서 당황한 듯 외치는 엠프의 목소리에 보렌은 짜증
어린 목소리로 고함을 질렀다.

"이게 무슨 일이야!"

그때 엠프가 천천히 일어서서 조심스럽게 보렌에게 다가왔다.

"저도 잘 모르겠습니다. 갑자기 1층 쪽에서 폭발 같은 것
이……."

"그걸 알아봐야 될 거 아니야! 네가 왜 이곳에 있는지, 그것
도 모르는 거냐!"

"……예, 알겠습니다."

웅성거리는 소리, 그리고 비명 소리 따위가 울리는 가운데,
더 이상 폭발 소리가 들리지 않자 보렌은 천천히 몸을 일으켰
다. 꼴사납게 엎어져 있었다는 생각이 들었는지, 그의 얼굴은
붉게 달아올라 있었다.

밖으로 나간 엠프는 즉시 흙먼지가 피어오르는 방향을 보면

서 눈살을 찌푸렸다.

"당장 조명석 켜고 무슨 일인지 살펴!"

웅성거리면서 아무것도 하지 않고 있는 시녀들과 낙인자들이 엠프의 고함에 그제야 일사불란하게 움직이기 시작했다.

"도대체 이게 무슨 일이야……."

오십 대 중년의 집사장이 헝클어진 머리로 나타나 눈살을 찌푸렸다.

"지금 상황을 알아보고 있습니다."

"그, 그래……. 엠프, 자네가 있으니 안심이로군. 서둘러 좀 알아보게."

엠프가 고함을 지르면서 지휘하고 있는 것을 본 집사장은 안심이 된다는 얼굴로 뒤쪽으로 물러섰다.

바로 그때였다.

"모두 죽고 싶지 않으면 물러서."

나직하지만 저택을 쩌렁쩌렁 울리는 엄청난 소음에 엠프를 비롯하여 그곳에 있는 모두가 귀를 막고 제자리에서 넘어졌다.

그리고 흙먼지 속에서 사람의 형상이 천천히 걸어나왔다. 그의 주변을 잠식하려는 듯 일어난 검붉은 기운은 그 형태가 악마의 손아귀를 연상시킨다.

"저, 저건……?"

"악마! 악마다!"

"프, 프로테칸 님이시여, 저희를 구원해주소서……."

곳곳에서 성전을 읊는 소리가 들리는 가운데 검붉은 기운을 내뿜는 악마는 검을 땅에 꽂았다.

"더 이상 그 역겨운 말들을 중얼댔다가는 모두 죽여버리겠어."

그 경고에 몇 명은 입을 다물었지만 나머지는 여전히 절절하게 성전의 몇 구절을 반복적으로 읊어대고 있었다. 그것이 눈앞에 보이는 악마를 무찔러줄 것이라고 믿는 모양이었다.

그 순간, 악마는 주저 없이 검을 휘둘렀다. 검붉은 기운이 사방으로 폭사했다.

쿠콰쾅!

기운이 날아간 곳에 있던 낙인자들과 시녀 한 명이 그 힘에 휩쓸려 그대로 갈기갈기 찢기고 말았다.

"으아아악!"

"끼아아아아악!"

비명이 터져 나오는 가운데, 엠프는 자신의 눈을 의심했다.

"라, 라트……?"

일렁이는 검붉은 기운 사이로 보이는 얼굴은 엠프도 잘 알고 있는 사람의 것이었다.

성전을 읊는 소리가 이내 완전히 지워졌다.

라트가 천천히 발걸음을 옮기기 시작했다. 그가 향하는 곳에 있던 시녀들과 낙인자들은 황급히 옆으로 피해 길을 터주었다.

그때, 뒷문 쪽에서 엠프도 잘 알고 있는 이가 나타났다.

"라트!"

라트는 멈추지 않았다. 그는 천천히 위층으로 향하고 있었다.

"라트······! 너 라트잖아!"

조엔의 공허한 울림이 저택에 울려 퍼졌다. 그러자 남은 사람들 중에 라트를 알고 있는 이들이 웅성거리기 시작했다.

"라, 라트라고?"

"그, 그 녀석······?"

하지만 라트는 아랑곳없이 천천히 계단을 올랐다.

그때, 옷을 입은 보렌이 2층의 안쪽 방에서 걸어나왔다.

"도대체 무슨 소란이야!"

고함을 지른 보렌은 1층의 벽이 완전히 박살 나 뒤뜰이 훤히 보이는 것을 확인하고 안색이 창백해졌다.

"저, 저게 뭐야? 왜, 왜 저러는 거야······? 이, 이봐, 엠프! 저거 뭐냐고!"

보렌이 꽥꽥거리는 소리가 적막을 깨고 울리는 가운데, 라트의 시선이 그에게 닿았다. 그 순간, 보렌의 몸이 흔들거리더니 하늘로 붕 떠올라 라트의 손아귀에 잡혔다.

"켁켁! 끅!"

"너냐?"

"컥! 끅!"

라트의 한 손에 목이 잡힌 채 바동바동 떠 있는 보렌을 보면서 엠프는 아무것도 하지 못했다. 어떻게든 그를 구해야 한다는 생각을 본능적으로 하면서도 감히 라트에게 손댈 생각을 할 수 없었다.

건들면 죽는다. 그런 본능이 그를 움직이지 못하게 막는 것이다.

"대답하지 않으면 죽이겠다. 네놈이냐?"

라트의 음성은 지독하게도 차가웠다.

그제야 엠프는 그가 자신이 알고 있는 라트가 아니라는 것을 알 수 있었다. 라트는 이런 엄청난 짓을 할 녀석도, 할 수 있는 힘을 가진 녀석도 아니다.

엠프는 지금 자신의 눈앞에서 무슨 일이 벌어지고 있는 것인지 이해하기 힘들었다.

엠프가 멍하게 있는 동안에도 보렌의 고통은 계속되었다.

"컥! 끅……."

"죽을 테냐?"

손아귀의 힘이 천천히 조여오기 시작하자 보렌의 얼굴이 순식간에 시뻘게졌다.

이대로라면 죽는다.

보렌이 필사적으로 고개를 저었다.

"아니라고?"

라트는 손아귀의 힘을 풀었다.

쿵!

"크억! 컥! 꺼억! 헉헉……!"

목을 잡고 헐떡거린 보렌은 덜덜 떨면서 뒤로 물러났다.

"사, 살려 주십시오……."

비굴하게 고개를 처박고 빌기 시작하는 보렌을 보면서 라트의 시선이 엠프에게 향했다.

엠프의 몸이 굳었다.

"엠프, 당신은 알겠지. 누구지?"

"무, 무슨 마, 말을 하는 건지……."

"두 번 묻지 않겠어. 지금 당장 죽일 수 있어."

그 칠흑의 눈동자가 지독하게도 무심한 것을 읽은 엠프는 덜덜 떨었다. 영혼을 삼킬 듯 깊고 깊은 증오가 라트의 눈동자에서 숨 쉬고 있었다.

'오르베니…….'

자신의 손에 땅에 묻힌 오르베니……. 지금 라트는 그녀를 그렇게 만든 원흉을 찾고 있는 것이다.

그때, 엎드려 있던 보렌이 눈치를 보다가 도망가려고 꿈틀거렸다.

검을 쥔 라트의 손이 그 순간 움직였다.

푹!

"끄, 끄아아아아아아아아아아악!"

보렌이 비명을 질러대기 시작했다. 눈물과 콧물을 줄줄 흘리면서 비명을 지르던 그는 곧 자신의 허벅지를 꿰뚫은 검을 보면서 발광을 했다.

"크아아아아아아아악!"

그의 비명이 울리는 가운데, 라트의 차가운 시선이 보렌에게 향했다.

"지금 당장 죽고 싶은 모양이지?"

"흐으아아아……. 제, 제발……."

미쳐버릴 것 같은 고통. 그러나 피는 흐르지 않았다. 그의 안색은 조금씩 창백해지고 있었다. 칠흑의 검이 그의 피를 빨아먹기라도 하는 것 같았다.

"꺄아아아아아악!"

뒤늦게 상황을 살피러 나온 젊은 여주인이 홀과 바로 얼마 떨어지지 않은 곳에서 벌어진 참상을 보자마자 그 자리에 주저앉았다.

그러자 다시 라트의 몸이 흔들렸다.

후화아악!

그 순간 라트가 서 있던 곳에서부터 바람이 일어났고, 어느새 라트의 손에는 젊은 여주인의 목이 잡혀 있었다.

"칵! 꺼억!"

"잘됐군. 누구지? 당신이 말했잖아. 당신은 그녀를 죽이지 않았다고. 그렇다면 누가 죽인 거지?"

그 순간, 좌중의 모든 사람들의 얼굴이 하얗게 질렸다. 아래층에서 이 모든 광경을 지켜보는 조엔과 자기 방 바로 앞에서 허벅지가 꿰뚫린 보렌, 그리고 여주인의 목을 틀어쥔 라트를 가장 가까이서 지켜보는 엠프.

라트가 찾는 사람이 누군지 알게 된 순간, 보렌은 사시나무 떨듯 덜덜 떨기 시작했다.

'며, 며칠 전에 죽인 그, 그년······.'

그제야 저 악마가 2층의 테라스에서 몇 번인가 본 얼굴을 하고 있음을 깨달은 보렌은 이곳에서 벗어나지 않으면 죽을 것이라는 생각을 했다.

쿵!

목을 조르던 손아귀에서 힘을 빼자 허공에 떠서 발악을 하던 여주인이 바닥에 그대로 엎어지고서 컥컥대기 시작했다.

"켁켁! 쿨룩! 쿨럭!"

"누가 그랬지?"

라트가 천천히 무릎을 굽혔다. 그러자 보렌이 움찔 떨면서 뒤로 물러났다. 하지만 검이 꽂힌 허벅지에서 느껴지는 고통에 곧 얼굴을 다시 일그러뜨리며 신음 소리를 냈다.

목을 잡고 컥컥거리는 여주인은 공포에 질린 얼굴을 하고 있었지만, 두 눈은 여전히 오만하게 빛나고 있었다.

"가, 감히 이런 짓을······."

"묻는 말에 대답해. 안 그러면 지금 당장 죽이겠다."

보렌과 젊은 여주인의 얼굴이 새하얗게 질렸다. 섬뜩한 경고. 그제야 보렌의 허벅지에 칠흑색의 기괴한 검이 꽂혀 있는 것을 발견한 여주인은 눈앞의 라트가 인간이 아닌 악마라는 생각을 했다.

"그, 그년을…… 말하는 건가……?"

짜악!

"당장 죽고 싶은 모양이지?"

따귀를 거세게 후려 맞은 그녀는 땅바닥에 그대로 엎어졌다. 성인 남자의 억센 힘으로 사정없이 맞은 탓에 그녀의 뺨은 빨갛게 달아올라 있었다.

"가, 감히……."

"아직도 주제 파악을 못 했군. 됐어. 넌 죽이겠다."

"히이익!"

죽이겠다는 통보가 떨어지자 보렌이 몸을 움츠렸다. 그리고 그와 동시에 여주인의 낯빛이 더욱 창백해졌다. 그녀는 재빨리 손을 크게 휘저었다.

"자, 잠깐! 나, 나는 아니야. 난 아니라고!"

"……그럼 누구지?"

라트의 불같은 시선을 받으면서, 여주인이 시선을 천천히 보렌에게로 돌렸다. 그것을 라트가 놓칠 리 없었다. 그의 심연과 같은 눈동자에서 천천히 분노가 떠올랐다.

이 모든 것을 가까운 곳에서 지켜보는 엠프는 이제 공포를 뛰어넘어 경외감마저 느끼고 있었다.

'신이다. 신이 나타난 거야.'

귀족이라는, 감히 건들 수 없는 선택받은 족속들이 지금은 이렇듯 낙인자의 앞에서 무릎을 꿇고 공포에 달덜 떨고 있는 것이다.

엠프의 얼굴에 통렬한 쾌감이 비치고 있었다.

그리고 그러는 사이 젊은 여주인이 라트의 눈치를 보면서 천천히 뒤로 물러서기 시작했다.

'죽여, 죽여버려! 지금 도망치려고 하잖아!'

엠프가 속으로 그렇게 외친 순간, 라트의 손이 번개같이 쏘아졌다.

투확!

"카악!"

찢어지는 단말마가 나직이 울렸다.

단 한 번의 손짓이었다. 마치 손이 늘어난 것처럼, 그의 오른손에서 뻗어나간 검붉은 기운은 단숨에 그녀의 허리를 잘라냈다. 칼로 무를 썰듯이 아주 간단하게 말이다.

그대로 무너진 젊은 여주인은 더 이상 일어나지 못했다. 쏟아져 나온 내장과 피, 곧 주위에 악취가 진동을 하기 시작했다.

서른도 더 차이 나는 남편과 결혼하여 호사를 누리면서도 몇 번이고 침실에 다른 남자를 불러들인 탐욕스러운 여인의 비참한 최후였다.

"으아아아!"

보렌은 눈앞에서 벌어진 참상을 보면서 비명을 질러댔다. 그리고 그런 보렌을 노려보는 라트의 검은 눈동자에는 증오와 분노가 이글거렸다.

"네놈, 오르베니에게 무슨 짓을 했지?"

"아, 아니야. 내, 내가 아니야! 나는 몰라! 나는 아무것도 몰라!"

보렌이 눈물을 흘리면서 아니라고 한사코 고개를 휘저을 때였다.

가만히 주저앉아 있던 엠프의 얼굴이 기괴하게 일그러졌다.

"거짓말."

보렌의 덜덜 떨리는 눈이 엠프에게 닿았다.

"……거짓말하지 마! 네놈이 오르베니를 그렇게 만들었어. 린느도 가지고 놀다가 죽였어! 네놈의 손에 더럽혀진 낙인자들이 수도 없이 많아! 그 증거가 바로 그 팔뚝의 상처! 오르베니가 찌른 거잖아!"

"뭐, 뭣이! 에, 엠프! 네, 네놈이! 네놈이 데려왔으니까! 그, 그러니까 네놈이……! 허윽!"

엠프에게 가늠할 수 없는 공포와 배신감을 쏟아내던 보렌은 자신을 꿰뚫으려는 듯 쏘아보는 시선을 느끼며 급히 입을 다물고 숨을 죽였다.

검붉은 기운이 사방으로 일렁였다.

악마가 지금 자신의 앞에 있는 것이다. 그 작열하는 증오와 분노의 시선을 보렌은 견뎌낼 수 없었다.

"아, 아니야……. 아니야……!"

"네놈이었어. 오르베니는 네놈의 손에 죽임을 당한 거야…… 너는 그녀를 가지고 놀고, 벌레처럼 짓밟고, 마지막에는 그렇게 엉망으로 죽인 거야……"

"아, 아니야! 아니라고! 나, 나는 그런 적이 없어! 내가 아니야!"

"닥쳐!!!"

라트의 고함이 쩌렁쩌렁 울렸다.

채채채챙!

저택의 모든 유리창이 깨지면서 떨어졌다.

"히이이익! 사, 살려줘…… 사, 살려주세요!"

라트는 자신에게 있던 단 하나이자 모든 것이었던 그녀를 짓밟아버린 것이 고작 이런 쓰레기라는 사실에 더욱 크게 분노했다.

고작, 고작…… 이렇게 쉽게 무너져버릴 것들이 그동안 자신과 오르베니를 억압하고 있던 것인가?

허무와 함께 찾아오는 것은 더욱 큰 분노였다.

그와 똑같은 일을 겪는 이들이 도대체 하루에 몇 명이나 될까? 오르베니처럼 죽어간 이들이 또 몇 명이나 될까? 그 생각을 하면 할수록 그의 마음속에 있는 어둠은 더욱 커지면서 마음을 일그러뜨린다.

라트의 눈이 광기로 번들거리는 것을 본 보렌은 반쯤 미친 듯 덜덜 떨면서 외쳤다.

"가, 감히! 지, 지엄한 교, 교단과 국법에 의해 네, 네놈들을 부리는 귀족을 해하려는 것이냐! 네, 네놈은 낙인자다! 이, 이 따위 짓은……."

하지만 곧 라트가 검을 손에 쥐자 보렌의 얼굴은 당장이라도 죽을 듯이 새하얗게 질렸다.

라트의 입가에 비틀린 미소가 떠올랐다.

절대로 쉽게는 안 죽인다.

쉽게 죽어서야 절대 이 끓는 분노를 잠재울 수 없다.

검을 단번에 뽑자 보렌의 허벅지에서 피가 솟구치고 얼굴이 고통으로 일그러졌다.

"끄아아아아아아아아아악!"

그리고 그 순간, 라트의 시선이 보렌의 부들부들 떨리고 있는 오른손에 닿았다.

저 손으로 오르베니를 죽인 것이다.

붉은 잔영이 남는 순간, 보렌의 오른손이 그대로 사라져버렸다.

"흐으으으아아아아아아아아악!"

또다시 피가 솟구치고 보렌의 찢어지는 비명이 울려 퍼졌다.

하지만 한 번에 너무 많은 피를 흘려서인지, 그는 곧 죽을 것처럼 보였다. 숨을 껄떡이는 꼴, 그리고 하얗게 질린 얼굴에 떠오른 죽음의 그림자는 라트를 불안하게 만들었다.

그래서는 안 된다.

절대 그렇게 허무하게 죽일 수는 없다.

"놈을 죽이지 않고 싶다. 더욱 고통을 주고 싶다. '지크로트.'"

『나의 진명을 고작 이런 일 따위에 부르지 마라, 어리석은 놈.』

항상 곁에 있는 것처럼, 기괴한 목소리가 아까와 똑같이 사방에서 울려 퍼졌다. 그것은 오로지 계약자인 라트에게만 들리는 것으로, 그 외에는 누구도 들을 수 없는 목소리였다.

"해줄 수 있나?"

『크흐흐…… 좋다. 네놈이 내게 바치는 것이 기대 이상의 것이니, 그 정도는 들어주도록 하마.』

그 순간, 칠흑의 검신에서 짙은 검붉은색 기운이 흘러나오기 시작했다. 그리고 그것은 이내 보렌이 흘리고 있는 피 웅덩이로 향했고, 곧바로 놀라운 일이 일어났다.

피가 허공으로 떠올랐다가 이내 잘린 부위의 단면으로 꾸역꾸역 밀려들어가기 시작한 것이다. 놀랍게도 더 이상 피도 흘러나오지 않았다.

그것은 기적과도 같은 모습이었고, 엠프는 이에 덜덜 떨면서 고개를 처박았다.

"신이시여……."

『크흐흐…… 신인가. 그렇듯 격상시켜주니 기분이 좋군그래.』

지크로트의 기분 나쁜 웃음소리가 라트에게는 들리지 않았다. 그는 이제 죽음조차도 쉽게 맞이할 수 없게 된 보렌에게 감정을 불태우는 것으로 정신이 나가 있었기 때문이다.

"흑, 꺽…… 크킄……."

껄떡이는 소리는 마치 놈이 스스로 살아있다는 증명을 하는 것 같아 라트의 마음에 기름을 끼얹는다.

이제는 놈을 죽이고 싶은 것인지, 아니면 살리고 싶은 것인지조차 그 경계가 모호해졌다.

라트의 검이 다시 움직였다.

푹!

"흐, 흐…… 아아아아아아악!"

갈라지는 비명 소리를 들으면서 라트는 이제 낮게 웃고 있었다.

"더욱 크게 짖어라. 오르베니는 그것과는 비교도 할 수 없을 만큼 아팠을 거다!"

실로 잔악한 복수였다. 그 어떤 고문도 이보다 잔인할 수는 없을 것이다. 그 어떤 답도 바라지 않고 오로지 극한의 고통만을 주기 위해, 라트는 그의 죽음마저 가로막고 있는 것이다.

왼쪽 손목도 잘려나가고, 이윽고 다리까지도 잘려나갔다. 칠흑의 검 앞에서 사람의 팔다리 따위를 자르는 것은 무를 써는 것보다 쉬웠다.

더 이상 비명도 나오지 않았다. 눈을 뒤집은 채 그저 숨만 껄떡거리고 있을 뿐이다.

아직 라트의 분노는 조금도 사그라지지 않았다. 불길이 번지듯 더욱 커져갈 뿐이다.

"아직 뻗어선 안 돼! 네놈이 이렇게 죽을 순 없어!"

그러나 보렌은 이미 죽었다. 숨이 가늘게 붙어있지만 그것도 길지 않다. 곧 끊길 것이다. 그의 정신이 이미 붕괴되어 엉망진창이 되어버렸으니까 말이다.

『이미 죽었다. 네놈의 부탁대로 최대한 막았지만, 정신의 죽음까지 내가 막을 수는 없지.』

그 말에 라트의 얼굴이 일그러졌다.

'겨우…… 이런 게 끝이란 말인가?'

그는 그대로 보렌의 몸 정중앙에 검을 쑤셔 박았다. 참을 수 없는 분노는 눈물이 되어 그의 뺨을 적셨다.

그 순간, 지크로트의 목소리가 라트의 귓가에 울렸다.

『끝이라니, 멍청한 소리. 이제 시작이지. 네놈이 파멸로 이끌어야 할 것은 눈앞에 있는 저 고깃덩어리가 아니야.』

악마의 속삭임은 절망과 허무, 억누르지 못한 분노로 방황하는 라트에게는 다시 한 번 길의 안내를 해준다.

『그래, 저깟 놈보다 근본적인 '적'이 있을 거야. 어째서 네 녀석은 빼앗기고 고통받아야 했지? 그리고 어째서 성흔이라는 저주를 받아야만 한 거지?』

"프로트 교단……."

『그래, 바로 놈들이다. 네가 사랑한 사람들은 언제나 놈들이 앗아갔지..」

라트의 눈동자가 다시 분노로 일그러졌다.

등에 찍힌 성흔이라는 저주가 지금 이 순간에도 평범한 사람들의 삶을 나락으로 떨어뜨리고 있을 것이다. 오르베니, 그리고 라트에게 그랬듯 말이다.

그렇다.

아직 복수는 끝나지 않았다.

눈물은 천천히 마르고, 불길이 번지는 눈동자는 다시 노려볼 곳을 찾았다. 그 길은 멀고 험하지만, 반드시 무너뜨려야만 하는 것이다.

'모든 재앙의 시작.'

라트의 두 눈이 활활 타올랐다.

바로 그때, 그의 뒤쪽에서 조그마한 목소리가 들렸다.

"라트."

라트의 이글거리는 시선이 그에게 닿았다.

엠프는 소름이 끼치는 그 시선을 받으면서 씁쓸하게 미소지으며 중얼거리듯 담담하게 말했다.

"이제 날 죽여라."

"……"

"내가 보렌에게 오르베니를 데려다 준 사람이다."

라트의 얼굴에 다시 뜨거운 분노가 비치기 시작했다. 그 강렬한 시선에 엠프가 몸을 움츠렸다. 그러나 그럼에도 불구하고 그는 담담하게 말했다.

"그래, 난 너에게 죽어야 돼. 날 죽여라."

"엠프…… 당신이 증오스러워. 지금 당장이라도 찢어죽이고 싶다. 하지만…… 당신 또한 그저 놈에게 휘둘렸을 뿐인 불쌍한 사람이란 건 나도 알아."

그걸 알고 있기 때문에 그는 엠프를 죽이지 않은 것이다. 엠프는 그저 또 다른 약자로서 이 시대를 살아가는 사람 중 하나에 불과하니까.

보렌의 명령을 거스르면 그는 죽는다. 그렇기 때문에 따를 수밖에 없다. 그것이 엠프의 위치인 것이다.

"……내 손에 오르베니가 묻혔다."

"그만둬."

분노를 격발시키려는 듯 라트에게 오르베니에 관한 말을 꺼내는 엠프의 얼굴은 초연했다. 그는 아까의 모습과는 또 다른…… 당장이라도 죽음이 찾아오기를 바라는 것 같은 모습이었다.

"라트, 난 지쳤다……. 너무 힘들단 말이다. 난 너무 오래 이곳, 이 자리에 있었어. 수도 없이 많은 사람들이 내 손을 거쳐 뒤뜰에 묻혔어…… 아니, 매장되었다. 셀 수도 없이 많은 사람들이 죽었고, 내가 묻었다. 명령이었지만 그런다고 해도 내 죄가 지워지지는 않아. 나는 죄인이다. 나는 그들을 지옥의 입구로 데려갔고, 그곳으로 그들을 밀어 넣은 거다."

라트의 얼굴에서 천천히 분노가 사그라졌다. 그 대신 엠프를 바라보는 라트의 시선이 복잡하게 흔들리기 시작했다.

"나의 몸에 묶인 사슬이 너무나도 무겁다. 더 이상 끌고 갈 수가 없어. 그러니까 나를 죽여줘. 부탁이다."

"⋯⋯스스로 죽을 용기도 없는 건가."

"그래. 그걸 할 수 있었다면⋯⋯ 적어도 오르베니를 저 문 안으로 밀어넣지는 않았겠지."

그렇게 자조하는 엠프를 보면서 라트는 천천히 검을 빼들었다. 조금 전까지 보렌의 몸에 꽂혀 있던 칠흑의 검은 조금의 피도 묻지 않고 처음 모습 그대로였다.

그리고 엠프는 천천히 눈을 감았다.

스걱!

라트의 손이 움직였고, 엠프는 조용한 죽음을 맞이했다.

떨어진 엠프의 목은 스스로의 품에서 조용히 휴식했다.

라트는 4년간 사는 동안 단 한 번도 가보지 못한 2층에서 내려다보이는 풍경을 보았다. 고작 한 층의 차이였건만, 이게 무엇이라고 자신은 항상 올려다봐야만 했을까.

그곳을 뒤로하고 가장 안쪽 방에 들어서자 약 냄새와 악취가 코를 찔렀다. 어두운 방의 한가운데에 놓인 큰 침대에는 가늘게 숨을 연명해가는, 지금껏 단 한 번도 보지 못한 이 저택의 주인이 있었다.

라트는 단번에 그의 앙상한 가슴에 검을 찔러 넣었다.

피는 튀지 않았다.

비로소 끝났다.

천천히 계단을 타고 1층으로 내려가는 동안 가만히 모든 것을 지켜본 조엔이 눈에 들어왔다.

"라트……."

"조엔, 잘 살아요. 나는 이제 떠날 겁니다."

그 목소리는 심연처럼 깊고 더 없이 차가웠지만, 조엔은 그것이 모두 오르베니를 잃은 슬픔에서 비롯된 것임을 잘 알고 있었다.

"라트, 어디로 갈 거냐?"

"조엔, 이젠 편히 살도록 해요. 내가 모든 것을 부술 테니까."

"뭐라고……?"

"성흔 따위에 묶여서 살지 말란 말입니다."

"라트, 그만둬. 너 스스로를 암흑으로 밀어 넣지 말란 말이다."

라트는 그곳에서 사라지기 전, 뒤돌아서 조엔을 보면서 씁쓸하게 웃었다.

"이미…… 앞이 어딘지도 모를 만큼 어두워요. 잘 있어요."

"라트!"

홀연히 붉은 안개와 함께 그 모습을 감춘 라트를 떠올리면서 조엔은 천천히 주저앉았다.

동생처럼 여겼으면서도 라트의 버팀목이 되어주지 못했다.

제 앞가림을 하는 것만으로도 너무 버거워서 라트와 오르베니가 서로를 버팀목 삼아 커가는 것을 그저 옆에서 지켜보기만 했다.

그 결과가 결국 이런 것이라니.

"라트……."

공허한 목소리만이 저택 안을 나직하게 울렸다.

*　　*　　*

뒤뜰에 모습을 드러낸 라트는 멍한 시선으로 천천히 걸어와 파헤쳐진 땅을 보았다. 그리고 곧 그의 얼굴이 사납게 일그러졌다.

"어디에 있는 거지?"

그 물음은 이곳에서 한 발자국도 떼지 않고 있던 텔리시아에게 향했다.

그녀의 눈이 슬프게 가라앉았다.

"어디에 있느냐고!"

고함을 지르는 동안 라트는 검을 쥔 오른손에 힘을 주었다. 그러나 그것뿐, 조금 전까지 자연스럽게 쓰던 지크로트의 힘은 조금도 발현되지 않았다.

"어째서지? 왜 힘이 나오질 않는 거야!"

『멍청한 놈. 왜 힘이 나오질 않느냐고? 그거야 네놈이 격발시키는 감정의 방향이 실로 엉뚱하고 무의미한 것이기 때문이다. 계약 조건에 대한 분노라니, 실로 그것만큼 멍청한 일이 어디 있나?」

"계약이라니……? 무슨 말을 지껄이고 있는 거야!"

지크로트의 냉랭한 대꾸에 라트의 얼굴이 창백하게 질려갔다.

『크흐흐흐……. 멍청한 표정 하지 마라. 네놈도 알고서 나와 계약한 것 아니냐. 우리의 계약 조건은 그리 어려운 게 아니야. 계약은 말 그대로의 의미다. 나는 네놈의 소중한 것을 가져간 것뿐이지. 아주 간단하고 간단한 '거래'였다.」

"그, 그게 무슨 소리야……. 어, 어째서 오르베니의 시체가 없어지는 거야! 계약은…… 계약은 내가 했잖아! 그녀가 무슨 상관이냔 말이야!"

『어리석은 소리. 누가 그걸 정했지? 누가 네 육체에 한한다고 했지? 자기 편할 대로, 멋대로 생각한 건 바로 네 녀석이다.」

악마의 싸늘한 대답에 라트는 온몸이 떨리는 것을 느꼈다. 가늠할 수 없는 공포가 그를 짓누르고 있었다.

도대체 지금 자신이 무슨 짓을 한 것인가.

복수를 하기 위해, 자신은 도대체 무슨 짓을 해버린 것인가.

도대체 오르베니에게 무슨 짓을 해버린 것인가.

"말도 안 돼…… 이럴 수는 없어……. 오르베니…… 내가 도대체 네게 무슨 짓을……. 끄흐으윽……."

그 자리에서 무너진 라트는 오열하기 시작했다.

아직까지 오르베니의 시체에서 풍기던 악취가 코끝에 남아
있다.

『멍청한 놈. 누가 밑지는 거래라고 생각하는 것이냐? 그것
은 그저 죽은 인간의 썩어가는 몸뚱이에 불과해. 네게 힘을 준
대가로 받기에는 실로 보잘것없었어.』

"닥쳐! 오르베니를……, 오르베니를 돌려보내! 다시 이곳에
돌려놓으란 말이다!"

『그건 불가능하다. 계약 파기 같은 것은 없어. 설사 그게 또
다른 거래라고 해도, 나는 신이 아니다. 이미 사라진 육체를
복원시킬 수는 없어. 잘 듣는 게 좋아. 네가 그렇게 끔찍하게
도 생각하는 그 여자는 이미 죽었다. 육체는 그저 빈껍데기에
불과하지. 그리고 그것조차 이제는 없다. 계약을 했지 않나.』

소름이 끼치는 목소리로 한 치의 꾸밈도 없이 그저 진실만
을 얘기하는 악마의 말은 실로 잔인했다.

라트는 한 치의 후회도 없다고 생각하던 악마와의 계약을
지금 이 순간, 뼛속 깊이 후회하고 또 후회했다.

"제길…… 제길…….."

퍽퍽!

땅에 주먹을 내려치는 라트의 손에 피가 맺히기 시작했다.
피는 이윽고 땅에 스며들었다.

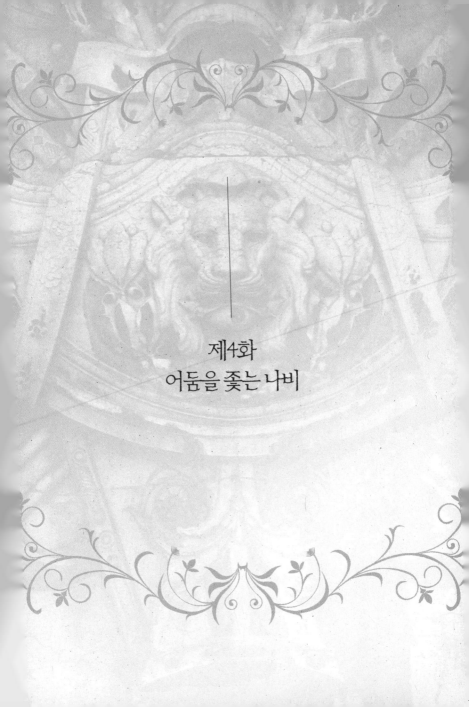

제4화
어둠을 좇는 나비

Holy War

　"벤자트 가 저택의 사람들이 모두 죽임을 당한 거, 혹시 아가씨는 알고 계셔요?"

　"들었어. 악마가 나타났다는 소문 말이지?"

　"제가 이럴 줄 알았다니까요. 사람들의 신앙심이 약해지니까 악마들이 다시 튀어나오는 거라고요."

　시녀가 무섭다는 듯 몸을 떨고는 또다시 성전의 몇 구절을 읊어대면서 기도를 하자, 아르니는 지겹다는 듯 눈살을 찌푸렸다.

　"악마는 무슨……. 혹시 은십자 기사단인가하는 그 작자들 아니야? 낙인자들을 도와준다고 하는……."

"예? 그, 그렇다면 더 위험한 거 아니겠어요?"

"응? 왜?"

아르니가 화장을 하다 멈춰서 시녀를 바라보자 시녀는 창백하게 질린 얼굴로 대꾸했다.

"그렇다면…… 이제 그 이교도들이 교단 말고도 귀족들까지 습격하기 시작했다는 말이잖아요."

"아, 그게 그렇게 되는 건가……."

"정말 무서운 세상이네요."

"그런가……?"

아르니는 그들이 두렵다는 말에 동의하기 힘들다는 생각이 들어 고개를 갸웃했다. 낙인자들이 어떤 취급을 받고, 그들이 어떻게 살아가는지는 아르니도 잘 알고 있다.

특히 벤자트 가 사람들은 아랫사람을 사람으로 보지 않고 도구로 여긴다는 말이 있던 곳이었다.

'나쁜 사람들! 잘됐다.'

그렇게 속으로 중얼거린 아르니는 거울을 보면서 화장을 연하게 마저 바르기 시작했다.

속으로 그렇게 생각하기는 했어도 누가 죽고 누가 습격을 당했다는 소문 같은 것은 모두 그녀가 사는 세상에는 없는 이야기 같았다. 그리고 실제로도 그랬고 말이다.

청초한 듯 요염한 드레스를 입은 아르니는 전신 거울 앞에서 한 번 더 자신을 확인했다. 짙은 금발을 탐스럽게 길러 늘어뜨린 여인이 그곳에 있었다.

"음…… 이 정도면 됐겠지?"

"예! 평소처럼 아름다우셔요!"

"평소? 오늘은 신경 더 많이 썼는데……?"

아르니가 고운 미간을 찌푸렸다.

"아, 아니요. 평소보다 더욱 아름다우신 것 같아요."

"됐어. 시간은 얼마나 됐어?"

"아, 이제…… 음, 일곱 시 정각이에요."

"일곱 시 정각? 좀 빨리 끝났네. 그럼 슬슬 가볼까?"

"예? 벌써요? 하지만 지금 출발하면 10분 이내에 도착할 게 분명한데, 그래도 괜찮으시겠어요?"

일곱 시에 열리는 사교 모임이지만 여인들은 항상 30분 이후에 나타나곤 하는 것이 무언의 규칙 같은 것이었다. 미녀일수록 늦게 온다는 말이 생긴 이후로 한 시간 씩 늦게 오는 여인들이 생기면서 지금은 한 시간 이내에는 오지 않으면 예의가 없는 사람이라는 말을 듣지만 말이다.

항상 30분이 좀 지나서 사교 모임에 참가하고는 했던 아르니였기 때문에 오늘은 조금 빠른 감이 있었다.

게다가 아르니는 빼어난 미모로 다른 남자들에게 인기도 많은 편이었기 때문에 굳이 일찍 갈 필요가 없었다. 아니, 주목을 받으려면 오히려 늦게 가는 편이 나았다.

"별로 마음에 드는 사람도 없을 거야. 모두 똑같은 말만 하거든. 그냥 적당히 어울리다가 와야지. 산책하는 기분으로 갈 거야."

그렇게 말하는 것치고는 너무 화려한 그녀의 자태를 보면서 시녀는 입술을 삐죽 내밀었지만, 아르니는 그것을 보지 못했다.

"그럼 내려가자."

무료한 시간이 흐르고 있었다. 언제나 그래왔고, 앞으로도 변하지 않을, 그런 어느 일상의 한 부분에 불과하다.

"밀렌디 영애, 한잔하시겠습니까?"

"아니요. 고맙지만 오늘은 몸이 좋지 않아서⋯⋯."

"그렇습니까? 아쉽군요. 그럼 다음 기회에⋯⋯."

여섯 번째 거절. 대단히 아쉬운 표정을 지으며 물러가는 남자를 보면서 아르니는 다시 밖으로 시선을 돌렸다. 풀벌레들이 우는 소리가 아르니를 더욱 우울하게 만들었다.

무료하고 지루하다.

이렇게 천천히 나이를 먹고, 적당한 신랑감을 찾아 결혼하겠지. 그리고 아이를 낳고, 또 사교 모임을 가지고, 그렇게 늙어 죽을 것이다.

지금과 크게 다르지 않을 것으로 철저하게 정해진 나날들이 그녀의 미래에 펼쳐져 있다.

그런 생각을 하자 더욱 답답해진 아르니는 정원으로 나왔다. 이미 정원에는 많은 귀족 남녀들이 사랑을 나누고 있었고, 아르니는 그들을 피해 정원의 외곽 쪽의 한적한 곳으로 걸어갔다.

'얼마나 더 이곳에 있어야 되는 거야…….'

영주 직할령 같은 곳이나 아름다운 수도에 비하면 이런 외곽의 관령 도시는 그야말로 시골이나 다름없다.

아주 오래전에 살았던 큰 도시의 모습을 기억하고 있는 아르니는 하루빨리 이곳에서 벗어나고 싶다는 생각뿐이었다. 그런 생각들을 하기 시작하자 우울한 표정이던 얼굴에 슬픔마저 깃들었다.

그리고 바로 그때, 그녀의 눈에 이상한 게 보였다. 정원 바깥에서 어둠이 움직였다.

'어?'

사교 모임이 열린 곳은 신전의 외곽 별관이다. 이 시각에는 누구도 근방을 걸어 다니지 않았고, 또 그럴 수도 없게 되어 있다. 정원 밖으로는 오로지 마차를 타야만 이동할 수 있게 되어 있는 것이다.

아르니의 눈이 가늘어졌다.

그리고 또다시 어둠이 움직이기 시작했다. 한 명이 아니라 두 명이 안쪽으로 향하고 있었다. 그리고 그 발걸음은 조심스러워하는 기색은 전혀 없고, 오히려 당당하다.

검은색 후드와 로브를 둘러쓴 두 명의 사람.

아르니는 그들이 어째서 별관 쪽에서 안쪽으로 향하고 있는 것인지 의아해했다.

'수상해. 별관 방향은 경비가 약한데…… 혹시 은십자 기사단이라고 불리는 이교도들이 아닐까?'

거기까지 생각이 미치자, 아르니는 눈을 번쩍 떴다. 모임에 오기 전 시녀에게 들은 이야기가 다시 선명하게 떠올랐다.

'저들이 지금 저곳으로 가는 건…….'

신전의 신관들을 죽이기 위함일 터였다.

그 생각까지 한 아르니는 재빨리 일어나서 정원의 뒤쪽으로 달려갔다. 높은 굽 때문에 여의치 않았지만, 그녀는 서둘러 이 일을 알려야 한다는 생각으로 머릿속이 가득 차 있었다.

그리고 그곳에 도착했을 때, 아르니는 멍한 표정을 지었다.

병사들이 바닥에 쓰러진 채 축 늘어져있었던 것이다.

'역시! 역시 이쪽에서 들어간 거야!'

위험하다는 생각을 하면서도 그녀는 흥분을 감출 수 없었다. 뒤쪽 정문으로 나와 검은 그림자들이 향한 방향으로 가는 아르니의 얼굴에는 점차 형용하기 어려운 쾌감이 번지기 시작했다.

*   *   *

거대한 신전의 입구에 선 라트의 눈은 공포와 증오로 흔들리고 있었다.

교단의 신전.

이곳이 본래 뭘 하는 곳인지조차 라트는 모른다. 이곳은 라트를 비롯한 낙인자들에게 있어 영원히 끝나지 않을 저주와 형벌이 내려지는 장소에 불과한 것이다.

영혼 깊숙이 새겨진 그날의 공포가 어둠과 맞물려 일어나고 있었다.

'벌레……'

벌레보다 못한 취급을 받으며 끌려가 저주의 낙인을 찍히고 교단에서 정한 곳으로 보내지는 삶. 거기에는 그 어떤 자유도 없다. 오로지 노동만이 있을 뿐이다.

검을 쥔 손의 떨림이 그칠 줄 몰랐다.

"그만둬."

곁에 있는 텔리시아의 말에 라트는 화들짝 놀라며 그곳으로 시선을 돌렸다.

몇 년 전 처음 만났을 때처럼 그녀는 안타깝다는 얼굴로 그를 바라보고 있었다. 그 시선에 라트의 몸에 새겨진 공포가 점차 무뎌져갔다.

"왜?"

그렇게 되묻는 라트는 분노로 일그러진 웃음을 입가에 그리고 있었다.

"사람을 죽이는 게 괴롭잖아."

"너희들이 준 힘이야. 오르베니를 되돌릴 수 있어? 그러면 당장이라도 그만두지."

"……."

"그게 너의 위치야. 이 검의 악마만큼이나 너도 간교하기는 마찬가지야. 아무것도 도와주지 못하면서, 그따위 눈으로 날 보지 마."

텔리시아는 입술을 질끈 깨물고 고개를 떨어뜨렸다.

바로 그때였다.

"음? 거기 누구지?"

외곽의 순찰을 도는 병사가 신전의 입구 쪽에서 라트의 목소리를 들은 것이다.

라트의 눈이 차갑게 가라앉았다.

손을 타고 전해지는 사람의 살과 뼈가 찢기는 감각이 아직도 뇌리에 선명하다.

'사람이 아니다. 내가 죽이는 것들은 사람이 아니야. 인간의 탈을 쓴 악마다!'

놈들은 그를 같은 사람으로 보지 않는다. 자신은 땅을 기어다니는 벌레고, 약자다. 그리고 이 신전, 그리고 이 교단의 인간들은 모두 약자를 짓밟고 그 위에 서는 자들이다.

그러니까 죄책감 따위는 없다.

라트의 눈이 결연해졌다.

검붉은 마력이 일어나기 시작하고, 라트의 몸이 순식간에 쏘아져 나갔다.

"누구…… 헉!"

등 뒤에서 느껴지는 오싹한 감각에 병사는 굳어버렸다.

뒤를 돌아보면 죽는다. 무시무시한 살의가 병사를 옭아매고 있었다.

"지금 이곳에도 낙인자들이 있겠지?"

"그, 그렇습니다."

"안내해."

"하, 하지만 그, 그곳에는 다, 다른 벼, 벼, 병사들이……."

"죽기 싫으면 안내나 해."

목에 칼을 겨누고 있는 라트는 불과 4년 전에는 자신을 짓밟던 이들 중 하나가 이렇듯 덜덜 떨고 있다는 것에 일그러진 쾌감을 느끼고 있었다.

하지만 곧 신전 입구를 통해 안으로 들어가자, 그의 입가에 맺혀 있던 미소는 순식간에 사라졌다. 거대한 복도를 타고 전해지는 이곳의 묵직한 공기가 그날의 기억을 다시금 떠올리게 했다.

하지만 이제 그 기억은 두려움으로 일그러진 것이 아니었다.

지독한 증오와 분노.

"이봐, 갑자기 여기는 무슨……."

써걱!

"끄륵!"

"무, 무슨 짓……!"

써걱!

병사의 뒤, 어둠 속에서 날아드는 지크로트의 검은 일개 병사가 막을 만한 것이 아니었다.

한 번의 칼질로 한 명씩, 순식간에 두 명이 쓰러지자 안내를 하고 있는 병사는 이제 공포에 질려서 사시나무 떨듯 경련하고 있었다.

"안내해."

"여, 여, 여기입니다."

라트는 그의 앞에 지하로 향하는 계단이 있는 것을 보았다. 그리고 그 순간, 일말의 주저도 없이 안내하던 병사의 목을 그대로 베었다.

단말마조차 없는 한순간의 죽음.

계단을 내려가는 라트의 발걸음은 무거웠다.

"아직 시간이 안 된 거 같은데…… 벌써 교대인가?"

계단에서 울리는 발소리를 듣고 기쁜 마음으로 걸어 나오던 병사는 단번에 목이 꿰뚫렸다.

"끅끽……."

숨을 껄떡이는 병사는 믿을 수가 없는 듯 눈을 부릅떴다가 이내 까뒤집었다.

라트는 쓰러진 병사의 몸을 발로 찼다. 계단을 나뒹군 병사는 싸늘한 돌바닥에서 죽어갔다.

"으아아아!"

"끼아아아악!"

계단을 올라간 병사가 갑자기 끔찍한 모습이 되어 굴러 떨어지자 곧 지하의 감옥에서 비명이 울려 퍼지기 시작했다.

병사의 시체를 넘어 안으로 들어가자, 더러운 몰골로 잔뜩 움츠리고 있는 낙인자들의 모습이 보였다.

옷은 모두 해지고 더러운 것들뿐, 소독약 냄새와 피 냄새, 오물 냄새가 한데 뒤섞여 지하 감옥은 그야말로 가축 우리 같은 모습이었다.

그러나 역겹다는 생각은 들지 않았다. 그 자신도 전엔 이런 이들 중 하나였으니까.

라트는 바로 옆의 감옥으로 다가갔다.

"히이이익!"

라트가 다가가니 감옥 안에 있는 낙인자들 모두가 하나같이 두려움에 덜덜 떨었다.

가슴속에서 울컥하고 무언가 치밀어 올랐지만 라트는 조금도 내색하지 않았다. 그리고 단숨에 감옥의 녹슨 철문을 베었다.

카가각! 쿵!

"사, 살려주세요."

그들의 외침에는 아랑곳없이 라트는 다음 철문을 똑같이 박살 냈다. 계속해서 같은 일을 반복, 또 반복했다. 낙인자들이 있는 감옥의 문을 모두 박살 낸 라트는 그때까지도 꼼짝도 못 하는 그들에게 말했다.

"제가 도울 수 있는 건 여기까지입니다. 비참하게 살든지, 아니면 도망가서 자유를 찾든지, 그건 당신들 마음대로 하세요. 하지만 이곳에 남으면 그 어떤 것도 볼 수 없을 겁니다."

"……."

침묵이 흐르는 가운데 라트는 이를 악물었다.

"무책임한 말이란 건 압니다. 하지만 저는 당신들이 이곳에 있지 않았으면 좋겠습니다."

"어째서……."

"낙인자니까……."

라트의 중얼거림에 그곳에 있는 낙인자들이 술렁거리기 시작했다.

"저는 어리석고…… 멍청하고, 또 너무나도 나약해서 당신들을 모두 구제할 수 있는 방법을 모릅니다. 그러니 이렇게 그저 선택의 기회를 주는 수밖에…… 어쩌면 더 위험하고, 더 비참할 수도 있습니다. 하지만…… 그럼에도 이곳에 남는 것보다는 더 나을 겁니다."

라트의 진심.

같은 처지의 사람들을 전부 돕고 싶은 마음, 동시에 어떻게 하면 되는지 알지 못하는 자신에 대한 무력함, 그리고 그것들을 전부 뒤덮는 분노와 증오라는 감정의 소용돌이가 있었다.

그렇기에 라트는 여기까지가 자신이 해줄 수 있는 최선이라고 생각했다.

"······고맙습니다."

라트의 눈이 떨렸다.

누군가가 중얼거린 그 말에 라트는 금방이라도 눈물이 흐를 것 같아서 고개를 돌렸다.

"아닙니다······."

라트는 그 말을 끝으로 계단을 올라왔다. 그리고 신전 안쪽의 더욱 깊은 곳을 향해 걸어갔다.

곧 계단을 올라온 낙인자들이 우르르 신전의 입구 쪽으로 도망가기 시작했다. 그들은 도망칠 수 있을 것이다. 입구를 지키던 병사들은 이미 전부 죽였으니까.

그들은 이 깜깜한 어둠을 뚫고 사람들의 틈에 스며들어 잠시 동안이나마 안정을 취할 수 있는 곳을 찾아 숨을 것이다.

그리고 그들이 숨어 있는 동안······.

'내가 교단을 무너뜨리고, 낙인자라는 것을 없애겠어.'

신전의 안쪽으로 들어가자 거대한 홀이 나타났다. 샹들리에에 얹혀 있는 조명석이 찬란한 빛을 발한다. 밖은 밤임에도 불구하고 이곳은 그야말로 낮이나 다름없이 환하다.

이런 건물들이 지금 이 나라에는 그 수를 다 헤아릴 수도 없이 많다는 얘기다.

샹들리에의 빛이 모이는 곳, 펼쳐진 날개 사이에서 빛나는 태양의 상징은 대단히 익숙한 것이었다.

프로텔리아.

자신의 등에 찍힌 저주의 낙인과 똑같은 프로트 교의 상징을 보면서 라트의 눈이 뜨겁게 타올랐다.

그의 감정에 반응한 어둠의 마력이 일어나면서 검붉은 기운이 사방으로 퍼지기 시작했고, 곧 라트의 오른손에 쥔 검에 어둠이 일렁이며 스며들었다.

"네, 네 이놈! 이, 이게 무슨 짓인 줄 알고 이러는 것이냐! 신성 모독, 그리고 국가에 대한 반역이다! 교황 성하를 능멸하는 일인 것이다! 주, 주제를 알라!"

수십 구의 쓰러진 시체 사이를 걸어오는 검은 괴한을 보면서 신관이 뒤로 주춤주춤 물러나다가 이내 제 풀에 발이 걸려 넘어졌다. 죽음이 목전에 드리웠다는 것을 알고 있는 것인가, 중년의 신관은 주위를 훑으면서 꿈쩍도 못하는 젊은 신관들을 향해 소리쳤다.

"뭐, 뭘 하는 것이야! 형제들이여! 빠, 빨리 이 이교도 놈을 잡아 죽이란 말이야!"

"으으으……"

움직일 수 있을 리가 없었다.

훈련받은 병사들조차 단 한 번 휘두른 검에 모조리 나가떨어져서 지금은 차가운 신전 바닥에 나뒹굴고 있다. 하물며 전투 신관도 아닌 그들이 뭘 어쩐단 말인가?

그때, 그들 중에 젊은 신관 하나가 두려움에 질린 얼굴로 무겁게 한 걸음씩 걸어 나왔다.

"오오! 형제가 나를 구해주겠는가!"

"……저 이교도에게 저의 미력한 힘이 먹힐지는 모르겠습니다만, 교단과 신전, 그리고 일평생을 광명의 뜻을 섬기며 살아오신 비르몬 신전장님을 위해 싸우도록 하겠습니다."

"실로 용감한 형제로다!"

중년의 신관이 미소를 지으면서 일어서 나선 젊은 신관에게 다가갔다.

"비르몬 신전장님은 서둘러 물러나십시오."

"고맙네! 형제의 이름은 무엇인가? 내 결코 잊지 않을 것이야."

"힐스라고 합니다."

"힐스?"

비르몬은 그 이름이 그리 낯설지 않다는 것에 눈가를 찌푸리다가 이내 전투 신관 예비자 중에 그가 있었던 것을 떠올리고는 반색했다.

"힐스 형제! 그래, 힐스 형제라면 분명히 저 간악한 이교도를 무찌르고 광명의 이름을 바로세울 것이야!"

우렁찬 비르몬의 목소리가 울리자 공포로 얼굴이 일그러져 있던 신관들도 곧 이에 고개를 끄덕이며 성전의 구절을 읊어 대기 시작했다.

"간악한 어둠이 드리우나 이에 조금도 물러서지 않은 성기사는 다시금 광명을 세상에 비추어 당신의 이름을 찬란케 했도다."

그리고 힐스가 천천히 자세를 낮추고, 오른손에 든 검을 앞으로 겨누었다. 그의 검에서 안개 같은 빛이 천천히 일렁이기 시작했다.

"오오! 깊은 신앙심이로고!"

"광명이시여……!"

힐스는 조금씩 용기를 냈다. 지금 이 순간, 그는 교인들 앞에서 신앙심을 증명하고 신전을 지키기 위해 이교도에 맞서고 있는 것이다.

그리고 거리가 좁혀졌을 때, 그의 검이 호쾌하게 대기를 갈랐다.

스악!

팔 하나를 베어버릴 생각으로 휘두른 검은 아쉽게도 검은 로브를 베고 팔뚝에 얕은 상처를 입히는 것으로 그쳤다.

힐스는 아깝다는 표정을 감추지 않았다. 그러나 자신의 검술이 먹힌다는 것을 확인한 힐스의 자신감은 하늘 높이 치솟은 상태였다.

그때였다.

치이이익!

"아, 아니!"

무언가 타들어가는 소리가 울렸다. 그리고 그것이 베인 이교도의 팔뚝에서 일어나고 있는 것임을 확인한 신관들이 대경실색했다.

"음……."

라트는 팔뚝에 손을 얹었다. 곧 검은 연기는 사라졌지만 전투 신관의 신성력이 이교도의 몸을 태웠다는 사실, 그것이 의미하는 바는 명확한 것이었다.

"아, 악마!"

"악마의 앞잡이다!"

과거 발루토력 당시에 작성된 문헌으로부터 내려오는 가르침에 따라 오로지 악마만이 신성한 빛을 쬐면 타들어간다는 사실을 알고 있는 신관들과 힐스의 얼굴에 비장감이 어렸다.

"힐스 형제! 결코 저 악마를 살려둬서는 안 되네! 놈은 단순히 이교도가 아니었음이야! 악마에게 영혼을 팔아먹은 악인 것이네!"

"알고 있습니다, 형제여! 악마를 살려둘 만큼 이 검이 무디지는 않습니다!"

힐스의 목소리에도 어느새 힘이 실리기 시작했다. 악마를 직접 본 것은 그들 모두가 처음. 신성한 싸움을 하고 있다는 생각이 그들의 마음에 불을 지피고 있었다.

그리고 그때까지 침묵으로 일관하고 있던 라트가 입을 열었다.

"그렇군. 네놈들에게 신성력이라고 하는 게 있기는 했나 보군."

"바보 같은 짓 하지 마. 이제 네 몸은 예전과는 달라."

검은 후드 속에서 신관들을 비웃은 라트는 뒤쪽에서 가만히 지켜보고 있는 텔리시아가 말한 그대로임을 깨달았다. 그는 상처에서 흘러나온 피가 조금 전까지 손에 묻어 있었는데 어느새 온데간데없어진 것을 보면서 고개를 주억거렸다.

"과연……."

"악마여! 광명께서는 자비로우시며 자애로우시나, 이 세상에 혼란을 일으키는 악마에게는 오로지 철퇴만을 안기신다는 것을 알고 죽음을 맞이하라!"

우렁차게 외친 힐스가 비장한 얼굴로 힘차게 나아가면서 검을 휘둘렀다. 힐스의 검에 서린 옅은 빛이 당장이라도 라트의 몸을 유린할 듯 호쾌하게 튀어나갔다.

"오오!"

그리고 그 순간, 라트는 그들 모두의 기대를 좌절시켰다.

칠흑의 검에서 검붉은 기운이 폭사했고, 그것은 쏘아져오는 힐스의 옅은 빛을 단번에 찢어발기고, 이어 그의 몸을 사정없이 꿰뚫었다.

푸푸푸푹!

조용한 죽음.

허공에 붕 떠 있는 힐스의 모습에 그곳에 있던 신관들이 덜덜 떨기 시작했다.

"이, 이럴 수가……! 아, 악마의 힘이 이, 이다지도 강하다니……."

라트의 검이 움직였다. 꿰뚫린 힐스의 몸은 허공을 날아 멀리 바닥에 나뒹굴었다.

"이런 멍청이들이 귀족보다도 더 위에 있다는 신관들이란 말인가……. 허무할 지경이다. 이게 이 나라에 만연한, 그 잘난 신성이란 이름인가?"

라트가 그렇게 중얼거린 순간, 신관들이 비명을 지르며 도망가기 시작했다.

그러나 그 누구도 라트의 손에서는 벗어날 수 없었다. 붉은 안개의 잔상만을 남긴 라트의 몸은 어느새 그들이 도망가는 방향을 가로막았고, 칠흑의 검은 사정없이 그들의 몸을 유린했다.

"끄아아아아아아악!"

"흐아아아아아아악!"

"아, 안 돼……! 이, 이럴 수는…… 컥!"

순식간에 신관 십여 명이 그의 손에 쓰러졌다. 한 번의 칼질에 두셋의 몸이 토막이 나면서 말이다.

"과, 광명이시여…… 아, 악마로부터…… 당신을 따르는 종을 가엾이 여겨 구해주소서……."

루반 관령의 신전장인 비르몬은 주저앉아 고개를 수그리고 기도를 하기 시작했다. 곧 다가올 죽음에 맞서 그는 끝없이 신을 찾았다.

라트는 그의 앞에 섰다. 그를 내려다보는 라트의 눈동자는 더 없이 공허하고 차가웠다.

그렇게 얼마나 가만히 있었을까. 비르몬은 계속해서 성전의 구절을 읊어대면서 기도를 하고 있었고, 그 앞에서 라트는 그 모습을 계속 보고 있었다.

비르몬의 몸은 점차 크게 떨리고, 눈에서는 눈물이 흘렀다.

그렇게 시간은 한참이나 더 흘렀지만 라트는 조금도 움직일 생각 없이 그저 그를 내려다보고만 있었다. 그리고 마침내 비르몬이 입술을 덜덜 떨면서 눈을 떴다.

"왜, 왜…… 왜……."

금방이라도 덮칠 듯하던 죽음의 공포는 잔인하게도 코앞에서 자신을 지켜보고 있다. 언제 들이닥칠지 모르기 때문에 비르몬의 공포는 더해만 갔다.

그리고 비르몬은 마침내 악마의 얼굴을 가까이서 볼 수 있었다. 후드 아래에는 평범한 인상의 청년이 있었다. 그러나 청년의 눈빛은 비르몬이 봐온 그 어떤 것보다 어두웠다.

"지켜보고 있었다."

"왜, 왜 나를…… 아, 안 죽인 거지……? 왜……?"

"네가 그토록 부르짖는 신이 네게 도움을 주는지 궁금해서 지켜보고 있었다. 그래, 그래서…… 네놈이 그토록 부른 신은 네놈을 구해주겠다고 하던가?"

감정이 느껴지지 않는 질문에 비르몬은 덜덜 떨기만 할 뿐, 아무런 대꾸도 하지 못했다.

"으으으으…… 사, 살려……."

그리고 그 순간, 라트의 검이 그의 가슴 정중앙을 꿰뚫었다.

푸욱!

"……끄걱!"

피를 울컥 토한 비르몬은 숨이 막히는 듯 꺽꺽거리다가 이내 죽음을 맞았다. 그 모습을 가만히 바라보던 라트는 천천히 검을 뽑아 들었다. 죽은 비르몬을 경멸 어린 시선으로 내려다보던 라트는 이내 차가운 목소리로 중얼거렸다.

"아무래도 네가 믿은 신은 결국 널 구해주지 않은 모양이군."

*   *   *

덜덜 떨려오는 몸을 주체할 수가 없었다.

지금 자신의 눈앞에서 무슨 일이 벌어지고 있는 것인가. 이가 딱딱 부딪히는 소리가 날까 두려워 손을 물고 있는 그녀는 이대로 이곳에서 계속 보고 있다가는 죽는다는 것을 알면서도 도망갈 수가 없었다.

낙인자들을 모두 도망치게 하고, 병사들을 모조리 죽인 후에, 신관들마저 죽였다.

극한의 공포 탓에 다리가 의지대로 움직이지 않았다.

'아, 악마였어……. 은십자 기사단, 그 이교도들이 아니라 진짜 악마였어…….'

그리고 그 검붉은색의 사악한 기운을 뿌리는 악마의 손에 지금 루반 관령의 신전에 있는 모든 신관들과 병사들이 죽임을 당했다. 단 한 명의 손에 말이다.

"이런…… 보지 말아야 할 것을 보았네요."

"히익!"

갑자기 뒤쪽에서 들려온 미성에 아르니는 기겁하면서 그대로 엎어졌다. 그리고 덜덜 떨면서 뒤쪽으로 고개를 천천히 돌렸다.

신전의 모든 이들을 죽인 악마와 똑같이 검은 후드와 검은 로브로 자신을 감추고 있는 여인이 그곳에서 가만히 자신을 보고 있었다.

조금 전까지만 해도 안에 있던 악마의 동료가…….

"아, 악마……?"

"음…… 그럴걸요?"

여인은 쓸쓸하게 미소 지으며 그렇게 말했다.

그리고 그 순간, 신전의 문에서 악마가 천천히 걸어나와 아르니에게 다가왔다.

아르니는 하얗게 질린 얼굴로 눈을 질끈 감았다.

"라트, 어떻게 할 거야?"

"딱 봐도 일반 귀족이군."

공포에 덜덜 떠는 아르니를 가만히 보던 라트는 이내 시선을 돌렸다.

"목적은…… 달성했어."

"아가씨, 다행이네요. 그리고 오늘 일은 입 밖으로 내지 않는 게 좋겠죠?"

라트의 지독하게 차갑고 어두운 눈동자가 그녀의 눈과 얽혔다가 이내 멀어져갔다. 요염한 미소를 짓던 여인도 그의 뒤를 따라 멀어져갔다.

조금 전에 목격한 것들 때문에 제정신이 아닌 아르니의 얼굴은 새하얗게 질려 창백했지만, 그녀의 눈은 공포가 아니라 기묘한 빛을 띠고 있었다.

'사람……?'

한 번도 본 적 없는…….

'슬픈…… 정말 너무 슬퍼 보이는 눈동자.'

악마는 지독하게도 허무하고 슬픈 눈동자를 가지고 있었다. 무섭다는 생각이 들기는커녕 오히려 측은해 보이는, 그런 눈이었다.

'악마가 불쌍해?'

아르니는 불현듯 떠오른 감정에 눈살을 찌푸렸다.

'어째서?'

그녀가 어째서 그런 생각을 했는지, 그 이유를 찾지 못하는 가운데 그들은 금세 어둠의 저편으로 사라졌다. 그러나 라트의 검은 눈동자는 아르니의 뇌리에서 지워지지 않았다.

다시 신전을 보자 그곳에는 조금 전까지 일어났던 그 엄청난 일들을 증명하는 시체들이 바닥에서 식어가고 있다. 현실감 없는 눈을 한 아르니는 천천히 정원 쪽으로 걸어갔다.

마차를 타고 돌아오는 그녀의 눈에는 복잡한 심경이 그대로 비치고 있었다. 무언가 초조한 듯, 입술을 질근질근 깨문 아르니는 이윽고 중얼거렸다.

"나, 알고 있어……. 그런 눈…… 분명히, 분명히…… 알고 있어."

그다음 날이 되어 눈을 떴을 때, 아르니는 시녀가 종알종알 떠드는 이야기를 들으면서 전날 밤에 본 일이 결코 꿈이 아님을 알 수 있었다.

"아가씨, 하마터면 큰일 날 뻔했어요. 어제 모임이 있었던 신전이 습격을 당했다고 하지 뭐예요. 어떻게 감히 그 신성한 장소에까지 들이닥칠 생각을 했는지, 정말 말세예요! 어쩌면 악마가 나왔는지도 모르죠……."

악마라는 말을 듣자 아르니의 얼굴이 창백해졌다. 그가 마지막으로 신전장의 가슴에 검을 쑤셔 넣을 때 한 말이 방금 들은 것처럼 선명하다.

'네가 믿은 신은 결국 널 구해주지 않은 모양이군.'

그리고 신전장은 죽었다.

몇십 년 동안 광명의 신을 모시던 신관이 그렇게 악마의 손에 죽임을 당한 것이다.

악마는 이렇듯 교단의 사람들을 죽이고 있는데, 그렇게 애타게 찾던 신은 끝까지 그 신관을 지켜주지 않았다. 도대체 그것은 뭘까?

그 의문은 프로트 교라는 교단의 신앙심, 그리고 나아가 신의 존재에까지도 의문을 떠올리게 만들고 있었다. 신을 향한 믿음과 사랑은 결국 그저 짝사랑에 지나지 않는 것이 아닌가, 하는 생각들.

어렸을 때부터 들어온 교단에 대한 믿음과 과거 악마들의 대대적인 침공에 대한 선악의 가치관이 흔들리고 있었다.

어제 신전에서 일어났던 것은 무참한 살인이다. 교단의 사람을 죽인 것은 곧 프로트 교에 대한 반역이고, 이는 국가에 대한 반역이기도 하다.

하지만 떠나기 전 한순간 본, 온갖 감정이 복잡하게 얽혀 있는 그 슬픈 눈동자는 줄곧 들어온 악마의 모습과는 달랐다.

어째서 악마가 그런 표정을 짓는단 말인가?

그리고 그러한 생각보다 더 깊은 곳에서 안개처럼 뿌연 한 가지의 진실이 잡힐 듯 말 듯 꼬리를 흔들고 있었다. 무언가, 무언가 대단히 중요한 기억을 그녀는 놓치고 있었다.

눈을 감으면 또다시 뿌연 안개 속에서 그 슬프고 공허한 눈동자만이 뚜렷하게 보인다. 그런 생각은 오후 늦은 시간까지 계속되었다. 그녀의 깊은 사색을 시녀가 깨우기 전까지 말이다.

"아, 아가씨!"

"무슨 일이야? 왜 그런 얼굴을 하고 있어?"

"교, 교단의 병사들이 왔어요……."

"뭐? 교단……?"

교단의 병사?

아르니의 표정이 살짝 굳었다. 어제 신전 바닥에서 식어가던 병사들과 신관들의 모습이 떠오른 것이다.

"그 사람들이…… 어째서?"

"그, 그게…… 꼭 아가씨를 뵈어야 한다고……."

"어제의 일 때문이겠지. 알았어. 교단의 사람들이라니 어쩔 수 없지……."

솔직히 교단의 사람들과 만나고 싶지는 않았지만, 어제 있었던 일이 얼마나 큰일인지는 아르니도 잘 알고 있었다. 어제 신전을 습격한 악마를 잡기 위해서 교단의 사람들이 눈에 불을 켜고 있을 것은 자명한 일이다.

간단하게 외투를 걸치고 단정한 모습으로 1층으로 내려가 접대실로 간 아르니는 그곳에서 콧수염을 기른 깐깐한 인상의 신관을 볼 수 있었다.

"만나 뵙게 되어 영광입니다, 밀렌디 영애. 첼란 페르셀이라고 합니다."

"만나 뵙게 되어 영광입니다, 첼란 경."

가볍게 인사를 나누고 천천히 반대편에 앉았다. 첼란이라고 자신을 밝힌 남자의 눈이 얼마나 날카로운지, 아르니는 그의 눈을 마주보기 부담스럽다고 느꼈다.

첼란은 콧수염을 만지작거리면서 미소 지었다.

"오늘은 다름이 아니라, 어제 일어난 참변의 진상을 조사하고자 찾아뵈었습니다."

"어제 있었던 일이라면……."

"예, 신전의 사람들이 모두 살해당한 일이지요. 게다가 낙인자들까지 도망치고 말았습니다."

첼란이 단호하게 말하자 아르니의 표정이 굳었다. 그저 말로만 듣는 것과 직접 본 후에 듣는 것에는 너무나도 큰 차이가 있었다.

그런 그녀의 표정 변화를 유심히 살펴본 첼란은 다시 천천히 말을 이었다.

"어제 그 사건이 일어난 시각에 밀렌디 영애는 신전의 별관에서 사교 모임에 참석했다는 말을 들었습니다."

"예, 몸 상태가 별로 좋지 않아서 춤은 추지 않고 얼굴만 비춘 후에 정원으로 나갔는데……."

"과연, 그렇군요. 혹시…… 수상한 자는 보지 못했습니까? 저는 아무래도 이 일이 스스로를 은십자 기사단이라고 일컫는 이교도 무리들의 소행이 아닌가 의심하고 있습니다만……."

은십자 기사단…….

날카롭게 눈을 빛내며 말하는 첼란을 보면서 아르니는 아주 잠깐 동안 고민했다. 미처 생각지 못했는데, 지금 그녀는 자칫 은십자 기사단에 연루될 수도 있는 상황이었다.

그제야 지금 첼란의 눈빛이 자신의 표정이나 반응 따위를 읽기 위한 것임을 짐작할 수 있었다.

"아니요. 보지 못했어요. 정원 바깥은 너무 어두웠거든요."

"오호…… 정원 바깥이요?"

'아차!'

"……예, 마음이 불편해서 정원 외곽 쪽에 앉아 있었거든요. 깜깜한 바깥을 보고 있으니 마음이 편해지더군요. 첼란 경은 그런 적이 없나요?"

"아…… 저는 생각이 복잡할 때는 잠을 자는 편이라서 말입니다."

말실수였다.

이래서야 바깥의 어둠 속에서 누군가가 움직이는 것을 보았다고 말한 것이나 다름이 없었다. 급하게 둘러대기는 했지만, 첼란의 눈치를 보건대 자신에 대한 의심이 전혀 풀리지 않은 것 같았다.

그렇게 생각하자 화가 조금씩 치밀기 시작했다.

'내 아버지가 누군데 그따위 은십자 이교도 놈들과 엮인다는 거야?'

"……좋습니다. 그러니까, 밀렌디 영애께서는 수상한 자를 보지 못했다는 말씀이시군요."

"예, 도움을 드리지 못해 죄송하네요."

"아, 아닙니다. 영애께서 죄송하실 것까지야 없지요. 그럼, 이만 가도록 하겠습니다. 오늘 긴 시간 동안 교단에 협조해주신 점, 감사합니다."

"도움이 필요하시면 언제든지 찾아오세요."

아르니는 한시름 덜었다는 생각으로 미소 지었다.

그리고 바로 그 순간, 첼란으로부터 불의의 공격이 날아들었다.

"아, 참. 혹시 이거 아십니까? 신전의 입구에 떨어져 있던 겁니다만……."

첼란이 조심스럽게 내민 것은 소박하고 수수한 모양의 은 귀걸이였다. 그리고 그것을 본 순간, 아르니의 표정이 급격하게 굳어졌다. 그리고 그녀의 왼손이 움찔하면서 귀로 향하려다가 곧 입으로 방향을 바꾸었다.

"저, 저는…… 모, 모르겠네요……. 소박하고 수수한 모양의 귀걸이네요. 저는 그런 걸 끼지 않아서……."

"그렇습니까……?"

그 표정 변화를 첼란이 읽지 못했을 리 없었다. 그의 입가에 기분 나쁜 미소가 맺혔다.

"알겠습니다. 추후에 다시 뵙도록 하지요."

첼란은 여전히 미소를 지우지 않고서 고개를 살짝 수그렸다. 그리고 첼란과 병사들을 배웅하는 동안에도 아르니는 굳은 얼굴을 감추지 못했다.

그만큼 그녀는 놀란 것이다.

'어제 모르고 흘렸나 봐……. 어쩌지?'

라트와 조우하고 그 자리에서 모든 것을 목격한 아르니의 인생은 한순간의 호기심, 그리고 작은 실수로 그 길을 완전히 달리하게 된다.

"크크큭…… 아무래도 찾은 모양이군."

마차에 탄 첼란은 조금 전에 만난 아르니의 굳은 얼굴을 떠올리면서 낮게 웃었다.

"찾다니요? 신관님, 그게 무슨 말씀이십니까? 아까 전까지는 아무 말씀도 안 하시지 않으셨습니까?"

젊은 기사의 말에 첼란은 혀를 찼다.

"그년의 얼굴을 보고도 그런 소리를 하다니. 켈릭 경은 정말 멍청하기 짝이 없군."

면전에서 멍청하다는 소리를 들으면 화를 낼 법도 하건만, 켈릭은 담담한 얼굴로 대꾸했다.

"그렇다면……."

"그렇다네. 바로 밀렌디 영애야. 밀렌디 영애가 은십자 이교도 놈들과 모종의 연관이 있는 게 틀림없다."

"하지만 밀렌디 영애는 분명히 상위관님의……."

"그래, 그러니 더욱 잘된 일이지. 이로써 신분 상승의 기회를 얻은 것이 아닌가? 아즈라브 추기경 휘하의 밀렌디 상위관(上位官: 추기경 휘하의 직속권력층)은 권력을 너무 오래 잡고 있었어. 흐흐……."

상위관의 이름까지 나오자 켈릭의 안색이 창백해졌다. 일개 기사인 그에게 상위관은 감히 올려다볼 수도 없을 만큼 까마득히 위에 있는 권력층이었던 것이다.

"시, 신관님……. 어, 어떻게 하실 생각이십니까? 배, 백작님께는 알리지 않을 생각이십니까?"

"백작? 이 일을 백작에게 보고하면 경이나 내게 뭔가 떨어질 것 같은가? 하등 쓸데없는 남작이라는 작위쯤이나 받겠지. 그 멍청한 백작 놈이 대신관이 되었다고 떵떵거리는 꼴을 보고 있을 수는 없지."

첼란의 눈이 탐욕으로 번뜩였다.

"영애는 후작 직할령인 오프할로 직접 보내야 한다. 안테그리안 후작은 욕심이 큰 사람이라고 정평이 나 있지. 그간 앞서서 낙인자들을 수도 없이 처벌해온 것도 모두 실적을 쌓으려는 발버둥이란 말이야. 흐흐…… 이번 사건에 밀렌디 영애가 얽혀있는 것을 알면 자연스럽게 이 일에 대해 중앙으로 보고를 올릴 테지. 그리고 그렇게만 되면……."

굴바엔 지방의 북쪽 펜게른 령의 영주인 안테그리안 후작은 욕심이 엄청난 인물이었다. 이 일을 결코 덮어두지는 않을 것이다.

첼란은 그 이후 자신에게 떨어질 보상들을 생각하면서 다시금 낮게 웃었다.

"켈릭 경, 성에 돌아가면 쓸 만한 병사들 몇 명만 차출해두게. 오늘 밤에 밀렌디 영애를 잡아둬야 마음이 좀 편하겠군. 자칫 그년이 도망이라도 가면 모든 게 수포로 돌아가는 것이야."

"아, 알겠습니다. 신관님."

다소 멍청하긴 하지만 자신의 말이라면 무엇이든 따르는 켈릭을 보면서 첼란은 드디어 원대한 꿈을 펼칠 때임을 직감했다.

깊은 어둠이 내려앉았을 때, 첼란의 명을 받은 병사들 이십여 명이 밀렌디 저택의 앞에 당도했다.

그들을 이끌고 있는 이는 첼란이었다. 밀렌디 영애의 저택에 은은한 빛이 켜져 있는 것을 확인한 그의 입가에 미소가 그려졌다.

'좋아. 넌 내가 가질 권력과 부의 기반이 될 것이니라……. 순순히 잡혀야 할 것이야.'

"이 저택의 계집년, 아르니 밀렌디를 잡아와라! 십 대 후반에서 이십 대 초반에 외모가 출중하며, 짙은 금발이니 금방 보일 것이다."

모여 있는 병사들에게 밀렌디 영애의 외관에 대해 설명한 첼란은 이야기가 끝나자 손가락을 까닥였다. 일생일대의 도박이었지만, 첼란은 이 도박의 승률이 매우 높을 것이리라 확신하고 있었다.

현장에서 발견된 귀걸이, 모임 도중 정원에서 모습을 감춘 밀렌디 영애. 그리고 모임 장소의 바로 옆에 있는 신전에서 모든 이들이 무참하게 살해되었다. 그 이후에 그녀가 갑자기 정원 뒤쪽에서 모습을 드러냈다는 진술이 있었다. 정원 뒤쪽은 신전과 가까웠다.

모든 정황이 그녀가 수상하다고 말하고 있었고, 얼마 전에 일어난 귀족 저택의 일가 전원이 살해당한 것과도 어떤 연관이 있을 터였다.

제아무리 그녀의 아버지가 상위관이라고 해도 그는 엄연히 정계의 인물. 그의 자리를 노리는 자가 몇 명인지 헤아리기도 힘들 것이다.

"흐흐흐흐……"

이것은 광명의 프로테칸이 자신에게 내려주신 권력으로의 길인 것이다.

첼란은 이 기회를 놓칠 생각이 결코 없었다.

"얼른 움직여!"

명을 받은 병사들의 움직임에는 주저가 없었다.

변경 외곽인 루반 관령에 밀렌디 상위관의 이름은 일반 병사들에게까지 알려져 있지 않았고, 그의 이름을 들어본 병사에게도 그 정도씩이나 되는 높은 사람보다는 눈앞의 신관 기사인 첼란이 더 두려운 존재였다.

쾅!

"이, 이게 무슨 짓입니까!"

"모조리 잡아! 한 놈도 놓쳐서는 안 된다!"

문을 열라는 경고를 수상스럽게 여긴 하인들과 낙인자들이 문을 열지 않고 버티자 병사들은 급기야 문을 박살 내면서 쳐들어가기에 이르렀다.

속속들이 끌려와 첼란의 앞에 무릎을 꿇는 저택의 사람들을 보면서 입가를 말아 올린 그는 곧 백색 잠옷의 겉에 외투를 입은 아르니를 보면서 만면에 더욱 짙은 미소를 그렸다.

"가, 감히 이런 짓을 하고도!"

"감히? 지금 누가 누구더러 '감히'라는 말을 하는 것이야!"

첼란이 웃음을 싹 지우고 고함을 내지르자 아르니가 깜짝 놀라 입을 다물었다.

그런 그녀의 모습을 보면서 첼란이 더욱 차가운 얼굴을 했다.

"밀렌디 영애, 귀하가 저지른 일이 어떠한 중죄인지 알고는 있는 것이오?"

"주, 중죄라니……!"

"이교도와 연계된 것 말이외다! 나아가 이번 신전 습격 때 밀렌디 영애의 원조가 있었다는 것까지 이미 밝혀졌소!"

"밝혀지다니, 그 따위 모함이!"

"닥치시오! 변명은 이후에 듣도록 할 것이외다."

첼란의 날카로운 고함에 아르니의 표정이 하얗게 질려갔다. 그리고 주위의 병사들의 눈이 험악하게 바뀌었다. 병사들 모두가 프로트 교를 믿는 교인들인 것이다.

꿇어앉은 아르니의 눈동자가 두려움으로 떨렸다. 국가에 반역하는 이교도와 연계되었다는 혐의를 받았으니 쉽게는 벗어나지 못할 것이 분명했다.

그때, 저택에서 중년의 나이를 넘어 보이는 마른 남자가 질질 끌려왔다.

"배, 백부님!"

"이, 이게 무슨 일인가……?"

백부가 우악스러운 병사들의 손에 잡혀 무릎을 꿇리는 것을 보면서 아르니는 입술을 깨물었다. 상냥하고 착한 백부에게 이런 모욕을 주다니……. 분노가 치밀기 시작했다.

"증거도 없이 이따위 짓을 벌이다니! 그러고도 무사할 줄 아는 것이오?"

"오호라…… 증거라고 말했소? 밀렌디 영애, 그 증거를 보여주길 바라는 것이오? 말 한번 잘했소! 뭐, 한두 가지가 아니지만 말이지."

"아, 아르니! 이, 이게 어떻게 된 일이냐? 어, 어째서 이자들이 이러는 것이야?"

백부가 두려움에 질린 얼굴로 그렇게 묻자, 아르니는 아무런 말도 할 수가 없었다. 지금 이 자리에 그녀의 무죄를 밝혀줄 사람은 아무도 없었다.

그 무슨 말을 해도 그녀의 결백은 인정되지 않으리라. 그리고 더 나아가 자칫 백부도 위해를 당할지도 몰랐다.

"음? 이제야 좀 잠잠해진 것 같군. 밀렌디 영애, 이제 스스로의 죄를 시인하는 것이오?"

"……."

아르니의 큰 눈동자가 흔들렸다. 아니라고 외쳐야 했지만 도대체 어떤 말로 반박을 한단 말인가? 자신의 무죄를 입증할 방법이 없었다.

신전 습격을 목격하고도 알리지 않았다는 것은 그들과 연계되었다는 것을 자백하는 것이나 다름없는 일이다. 차라리 입을 다물고 있는 게 자신을 위한 일일 것이다.

교단의 수법이 얼마나 가혹한지는 아르니도 잘 알고 있었다. 그렇기 때문에 판단이 잘 서지 않았고, 이내 눈가에 눈물이 차올랐다.

첼란이 차갑게 웃으며 명령했다.

"흐흐흐! 모두 묶어서 마차에 태워라. 아, 그리고 더 이상 증거를 찾을 필요는 없다."

"예?"

"이미 찾았으니까 말이야."

"거, 거짓말!"

아르니가 기겁하며 외치자 첼란이 입가에 잔인한 미소를 그리면서 품에서 한 쌍의 귀걸이를 꺼냈다.

'마, 말도 안 돼! 부, 분명히 없애버리라고 했을 텐데……'

그녀의 안색이 새하얗게 질리는 것을 보면서 첼란은 미소 지었다.

"증거를 버리다니……. 게다가 없애려면 확실하게 없앴어야지, 어설프게 팔아버리면 이렇게 한 쌍이 갖춰지지 않느냔 말이야."

"뭐, 뭐라고? 이, 이 가증스러운……."

"음? 누가 누구더러 가증스럽다고 하는지 모르겠군. 이교도들의 끄나풀 주제에!"

아르니는 입술을 깨물면서 그저 눈물만 흘렸다.

'실수했어. 내 손으로 직접 처리해야 했는데, 팔아버릴 줄

이야.'

시녀가 일을 그르치고 말았다.

첼란이 교단과 국법을 등에 업고 있는 이상, 무슨 말을 한들 통하지 않으리라.

"이 연놈들을 어서 묶어! 오프할은 멀다. 지금 당장 출발해도 늦어!"

루반 관령(管領: 영지의 주인인 후작의 직간접적 관리를 받는 귀속 영지. 대도시와 영지 사이로 평가받는 중형 행정구역)의 행정 전반을 맡고 있는 관령 백작에게 가는 게 아니라 후작 직할령인 오프할로 간다는 말은 분명히 이상한 일이었다.

후작의 영지를 이루는 하위 단위인 관령을 맡고 있는 모든 백작들은 후작에게 거의 모든 권한이 귀속되어 있다고 해도 과언이 아니다. 그러나 관령에서 일어나는 사건이나 문제들은 먼저 관령 백작에게 보고 하는 것이 올바른 절차인 것이다.

일개 신관 기사가 절차를 무시하고 있는데도 병사들은 이미 알고 있다는 듯 조금의 표정 변화도 없이 밀렌디 저택의 모든 사람들을 밧줄로 묶기 시작했다.

*　　　*　　　*

"그게 무슨 말이야?"

"이런 곳에서 주저할 필요가 없을 것 같다."

"그러니까…… 다시 말해서……."

"수도로 가겠어."

라트의 단호한 대꾸에 텔리시아가 너무도 어이가 없다는 듯 피식 웃었다.

"그게 무슨 말인지 알아?"

"교황을 죽이겠다는 말이지."

라트의 대꾸에 텔리시아가 웃었다.

"그러니까 그게 무슨 말인지 아는 거냐고 묻잖아."

"말 그대로의 의미."

"아니, 틀렸어. '나 죽으러 가겠습니다.' 라는 뜻이지."

텔리시아가 귀엽다는 듯 라트에게 다가와 그의 머리를 쓰다듬자 라트가 정색하면서 손을 쳐냈다.

"애초에 너 따위에게 허락을 받으려고 말한 게 아니야. 다시는 이딴 짓 하지 마."

"그곳에 가면 라트, 넌 죽을 거야."

텔리시아가 웃음을 지운 얼굴로 그렇게 말하자 라트의 눈썹이 움찔했다.

"너희 악마의 힘이 있는데도?"

"정확히 말하면 갈취 님의 힘이지. 내 힘은 그분에 비하면 보잘것없어."

"어쨌든 지크로트의 힘이 있는데도 죽는다는 건가? 너도 봤을 텐데? 내가 신전의 신관들을 죽이는 모습."

라트가 차갑게 말하자 텔리시아는 낡은 의자에 천천히 앉았다.

　"수도는커녕 그 전에 죽을지도 몰라. 교단의 힘을 너무 얕보지 않는 게 좋아. 네가 죽인 수준의 예비 전투 신관이나 병사들은 사방에 널리고 널렸으니까."

　"그게 무슨 말이지?"

　"제대로 된 전투 신관, 나아가 성기사들을 만나면…… 미안하지만, 라트 넌 절대 이기지 못해."

　"지크로트의 힘이 겨우 그 정도란 말인가?"

　『멍청한 소리. 그 정도로 내 힘을 논하다니, 가소롭기 짝이 없군.』

　자신의 부름에 여지없이 튀어나온 그 목소리를 들으면서 라트는 텔리시아를 가만히 바라보았다.

　그러자 그녀가 한숨을 내쉬었다.

　"문제는 너야. 무슨 말인지 모르겠어? 그냥 엄청난 힘만 가지고 있다는 거야. 갈취 님께서 네게 주신 힘은 정말 어마어마한 힘이지만, 넌 그걸 조금도 제대로 쓰지 못하고 있어. 그리고 그 상태에서 성기사들과 마주치면 넌 틀림없이 죽을 거야. 그때 봐서 알잖아. 그들이 가진 힘은 지금 너와 완전히 상극이야."

　텔리시아는 진정으로 라트를 걱정하듯 말했지만, 라트는 그렇게 들을 수 없었다. 그는 스스로 악마의 힘에 의지하고 있으면서도 악마는 믿지 못하고 있는 것이다.

라트가 비틀린 웃음을 지으며 텔리시아를 바라보았다.

"그래? 그러면 그 힘을 제대로 쓰기 위해, 난 또 뭘 바쳐야 하지?"

그리고 그 순간, 텔리시아의 표정이 차갑게 변했다.

"마음대로 해!"

그를 한참 쏘아본 텔리시아는 밖으로 쿵쿵거리며 나가버렸다.

혼자 남은 라트는 그대로 침대에 누웠다.

"악마가 사람의 흉내를 내다니……."

『흉내? 크흐흐흐흐! 그거 참 재미있는 소리로군.』

지크로트가 커다랗게 웃었다.

"저런 게 흉내가 아니면 뭐지? 애초에 왜 사람의 모습을 하고 있는 거야?"

『재미있는 이야길 들었으니 알려주지. 잘 들어라. 악마가 인간을 따라하는 게 아니라, 너희들이 우리를 흉내 내고 있는 것이다. 멍청한 것.』

"뭐?"

라트가 눈살을 찌푸렸다.

『애초에 너희들이 가지는 여러 감정의 순수한 형태가 바로 우리 악마들이다. 분노, 쾌락, 슬픔 따위가 어디서 파생된 것인지 알고서 말하는 것이냐?』

악마가 그렇게 말하면서 낮게 웃자 라트의 표정이 기묘하게 바뀌었다. 그렇다면 사람들의 온갖 감정들이 모두 악마들에게서 흘러들어온 것이란 말인가?

'그럴 리가…….'

불쾌한 소리였다. 그렇다면 세상 모든 사람들의 감정들이 모두 악마의 것을 흉내 내고 있다는 얘기가 되는 것이다. 이 세상에 혼란을 가져오는 악마들의 흉내를 말이다.

불쾌감으로 라트의 얼굴이 일그러지고 있을 때, 웃음기가 지워진 지크로트의 무미건조한 음성이 라트의 머리를 때렸다.

『재미있군. 물어보도록 하지. 우리가 악(惡)인가? 그렇다면 너희는 선(善)인가? 그렇다면 너의 오르베니, 그리고 네 어미는 누가 죽였지? 네가 악이라 생각하는 우리가 죽였나? 그리고 누가 선이고 누가 악인지, 그 기준은 도대체 누가 정하는 거냐?』

그 질문들에 라트의 얼굴이 일그러지기 시작했다.

악마는 '악'한 것이다. 세상을 혼란스럽게 만드는 것이다. 그것들은 인간들을 괴롭힌다. 그리고…….

"그리고 그들을 배제하고 정의와 선을 지키기 위해서는…… 광명의 신을 믿고…… 따라야 한다."

『좋은 말이군.』

악마의 무미건조한 비아냥에 라트는 헛웃음을 터트렸다.

도대체 무엇이 선이고, 무엇이 악이란 말인가?

정신이 멍한 그때, 다시 지크로트의 목소리가 그의 머릿속에 울려 퍼졌다.

『말이 나온 김에 또 한 가지 말해주지. 너와 나는 거래를 했을 뿐이다. 나는 너에게 힘을 주었고, 그 대가로 너에게서 소중한 것을 가져갔을 뿐이지. 그러니 말 그대로의 결과가 일어났을 뿐이다. 거기에 선악의 잣대를 들이미는 건 대단히 어리석은 일이다.』

그리고 더 이상 악마의 목소리는 들리지 않았다.

'악마면 악마답게 빼앗아가기나 할 것이지…….'

라트는 침대에 얼굴을 파묻었다.

오르베니가 사라진 것이 악마의 간교한 속삭임에 의한 것이 아니라면…… 그 모든 죄는 바로 자신이 짊어져야 한다.

그를 짓누르는 어둠은 너무나도 무거웠다.

그대로 잠이 든 라트는 어둠이 조금씩 내릴 무렵, 어느새 곁에서 자신을 가만히 내려다보는 시선을 느끼면서 천천히 눈을 떴다.

"다시는 안 돌아올 것처럼 나가더니, 결국 돌아왔군."

"돌아오고 싶어서 돌아왔나? 갈취 님께서 이곳에 계시니까 '어쩔 수 없이' 온 거지!"

"……그래. 그럼 슬슬 출발하기로 하지."

라트가 천천히 일어나 검은 로브를 걸쳤다.

신전의 사건이 알려진 직후, 경비가 강화되어 낮에는 돌아다니기 힘들어졌다. 이렇듯 어둠이 내리면 그나마 눈에 띄지 않게 움직일 수 있는 것이다.

그리고 이제야 비로소 이 도시를 떠나는 것이다.

밖으로 나와 도시의 외곽으로 걸어가는 동안에도 라트는 아무 말도 하지 않았다. 하지만 그의 머릿속은 지크로트가 한 말로 가득 차 있었다.

"라트."

경비를 가볍게 기절시키고 도시 밖의 초원을 걸어가는 도중, 텔리시아는 시종일관 불편한 기색이 역력한 얼굴을 하다 끝내 어렵게 입을 열었다.

"아무래도 말해야 할 것 같아서……. 오늘 밖에서 우연히 들은 얘긴데, 오늘 한 귀족 저택의 모든 사람이 병사들에게 잡힌 모양이야. 아무래도 신전을 습격한 은십자 기사단과 연관되어서 잡힌 것 같은데……."

텔리시아가 그렇게 조심스럽게 말을 마치자, 앞서 길을 가던 라트가 갑자기 멈추었다. 후드 안에서 그가 눈살을 찌푸린 것이 그녀의 눈에 보였다.

"그게 무슨 말이야? 신전 습격? 그건 내가 한 거잖아."

"지금 은십자 기사단에서 한 일이라는 이야기가 돌고 있어. 그리고 한 귀족이 이 일로 봉변을 당한 것 같아."

"봉변을 당하다니?"

"그때 그 아가씨가 아닐까?"

"그때……?"

그 순간 라트는 신전을 정리하고 나왔을 때 본, 덜덜 떨고 있던 한 귀족 소녀의 얼굴을 어렴풋이 떠올리면서 얼굴을 굳혔다.

"확실해?"

"루반 관령의 백작은 신전의 사람들이 모두 죽은 사태에 대해 변명을 해야 했을 거야. 가장 핑계 대기 좋은 구실이 이교도라고 부르는 은십자 기사단에게 습격당했다는 것이고. 그리고 그녀는 이 일에 연루되어 있다는 누명을 썼겠지."

라트의 표정이 매섭게 변했다.

"지금 어디에 있어?"

"동쪽으로 향했다는 말까진 들었어. 아무래도 후작 직할령으로 갔겠지."

"왜 얘기 안 했어!"

"그 얘기를 아까 했으면 넌 바로 난리 쳤을 테니까."

라트는 이를 갈았다.

조금 전까지만 해도 조심스러운 얼굴이던 텔리시아는 이제 당당한 얼굴로 라트를 바라보고 있었다.

"내가 한 일 때문에 다른 사람이 잡혀갔다는 걸 왜 이제야 얘기하는 거냐고!"

"바보 같은 소리 하지 마. 네가 앞으로 할 일들은 이런 사람들을 더 많이 만들 거야. 벌써부터 이렇게 작은 일에 연연하면 너만 힘들어져."

"닥쳐! 오프할이 어느 방향인지 그거나 얘기해!"

라트의 고함에 텔리시아는 한숨을 쉬며 한쪽 방향을 가리켰다. 그 순간, 라트의 몸이 흔들리면서 빠르게 나아갔다. 어느새 그의 몸은 잘 보이지 않을 정도로 먼 곳에 있었다.

멀어지는 라트의 뒷모습을 보며 텔리시아는 중얼거렸다.

"그는 너무 여려요……."

『멍청한 것, 무슨 소릴 하고 있는 거냐? 저런 녀석이니까 더욱 재미있는 것이지. 무슨 생각을 하든지 네 자유다만, 쓸데없는 짓을 했다간 용서하지 않겠다.』

지크로트의 기괴한 웃음소리를 들으면서 텔리시아는 시선을 내리깔았다.

곧 그녀도 그곳에서 모습을 감추었다.

첼란은 덜컹거리는 마차 안에서 자신을 노려보는 아르니의 시선을 부드럽게 받아넘기며 여유롭게 미소 지었다.

"날 그렇게 노려본다고 해도 아무것도 달라지지 않는다는 걸 모르겠나? 아니, 아니지. 오히려 더 안 좋게 될지도 모르지."

"……왜 오프할로 가는 거지?"

"너 같은 중죄인이 그런 것까지 알 필요가 있을까?"

"무엇 때문에 이렇게 서두르는 거지? 루반의 백작이 손을 쓰기 전에 공을 독식하려고 하는 건가?"

아르니의 계속되는 날카로운 질문에 일순 첼란의 얼굴이 굳었다.

"시끄럽군. 시간이 늦었다. 어쩌면 달콤한 잠을 맛볼 생애 마지막 기회가 될지도 모른다는 것을 이해하지 못하나, 밀렌디 영애?"

"……악마가 다른 곳에 있는 게 아니군."

"이교도와 결탁한 자가 지껄일 말은 아니지 않나?"

"누가 이교도 따위와……."

"그것에 대해서는 이후 오프할의 후작 각하 앞에서 떠들게. 더 이상 그 입을 나불거리다가는 험한 꼴을 당하게 될 것이야. 나도 중죄인과 말을 섞어서 피곤해지고 싶진 않네."

첼란의 조롱 섞인 어조에 아르니는 모멸감을 느끼고 입을 다물었다. 아무리 이름이 드높은 귀족의 영애로 태어나고 자랐다고 해도 이후 자신이 겪게 될 일들이 두려운 것은 어쩔 수 없었다.

무엇보다 두려운 것은…….

'아버지…….'

이후, 그녀의 아버지가 처할 상황이었다.

그녀의 잘못은 그녀에게만 국한되지 않을 것이다. 정치의 소용돌이 속에 있는 그녀의 아버지는 이 일로 어쩌면 단숨에 정치적 생명을 잃게 될지도 모른다. 아니, 어쩌면 그보다도 더 위험할 수도 있다.

입술을 깨문 아르니의 얼굴이 다시 어두워져갔다.

그의 곁에 있는 백부는 파리해진 안색으로 기절한 듯 잠들어 있었다.

심약한 백부의 얼굴을 보자 아르니는 한순간의 호기심으로 모든 것이 무너졌다는 생각을 지울 수가 없었다. 그녀의 두 뺨으로 눈물이 소리 없이 흘러내렸다.

그렇게 계속해서 어둠 속을 나아갈수록 아르니의 얼굴에는 조금씩 절망이 번졌다. 마차가 나아가는 한 치 앞도 보기 힘든 어둠이 마치 자신의 미래 같다는 생각에, 아르니는 멍한 얼굴로 창밖을 바라만 보고 있었다.

그리고 그때였다.

히이이잉!

말이 거친 투레질을 하며 걸음을 멈추자 마차가 심하게 덜컹거렸다.

"뭐, 뭐야? 무슨 일이야!"

얕은 잠에 빠져 있던 첼란이 갑자기 마차가 흔들리자 화들짝 놀라면서 일어났다.

"죄, 죄송합니다. 앞의 말들이 멈춰서……."

"이런, 멍청한! 그러니까 왜 말을 멈추느냔 말이야! 서둘러야 한다는 말이 뭔지도 이해를 못하는 것인가!"

"저, 그게……."

그리고 바로 그때였다.

"으아아아아아아악!"

"웨, 웬 놈이냐!"

"뭐, 뭐야! 무슨 일인가!"

갑자기 비명 소리가 들리면서 소란스러워지자 첼란이 놀라 자신의 검을 잡았다.

"저, 적이 나타난 것 같습니다!"

"이런 빌어먹을!"

첼란이 서둘러 밖으로 튀어나갔다.

'백작 놈이 냄새를 맡고 벌써 병사를 보낸 건가?'

하지만 어떻게 그렇게 빨리 움직일 수가 있었단 말인가? 게다가 뒤도 아니고 앞에 나타나다니.

긴장한 얼굴로 이를 간 첼란은 어둠 속에서 조명석이 이리저리 움직이는 것을 보고는 검을 빼들고 마차 문을 박찼다.

뛰어난 실력은 아닐지라도, 그 역시 일단은 신관 기사였다. 뇌물로 얻은 자리였기에 신성력은 없었지만, 일반 병사들보다는 대인전에 훨씬 뛰어난 실력을 지니고 있었다.

이런 소란에 아르니의 백부는 퀭한 눈으로 일어나 잔뜩 몸을 움츠렸다.

"도, 도대체 무슨 일이 일어난 게야?"

"호, 혹시…… 아버지가 아닐까요……?"

"으아아아아악!"

비명 소리가 울려 퍼지자 아르니는 희망을 가지고 그렇게 말했다. 이 소식을 벌써 전해 들은 아버지가 자신을 구하기 위해 병사를 보낸 것일지도 모른다.

"그, 그럴지도 모르겠구나……!"

백부의 얼굴에도 점차 화색이 돌았다.

그리고 그때 마차 밖에서 첼란의 공포에 질린 목소리가 들렸다.

"네, 네놈은 누구냐! 누군데 이, 이런 짓을 하는 것이야!"

"글쎄……."

첼란의 물음에 답한 목소리를 들은 아르니의 표정이 기묘하게 바뀌었다.

무미건조하면서도 지독하게 싸늘한 이 목소리는 분명히 어디선가 들은 적이 있는 목소리였다. 아르니의 뇌리 속에도 선명한 그 목소리…….

"저, 저리 꺼지지 못하겠나……!"

"네놈은 교단의 기사일 텐데?"

"그, 그렇다! 내, 내게 위해를 입히면…… 너, 너는 국가에 반역을 하는 것이야!"

"그렇군."

"아, 알았으면 꺼져라! 이, 이번 일은 다, 단 한 번만…… 눈 감아줄 테니……."

"어째서 눈을 감지? 교단에 대항하고 네놈에게 칼을 들이민 나는 명백한 '악' 일 텐데?"

"이, 이 건방진⋯⋯!"

그리고 그 순간, 기분 나쁜 소리가 아르니의 귓가에 울렸다.

푸욱!

"끄⋯⋯ 으으!"

"히익!"

숨이 넘어가는 그 소리에 백부가 이를 부딪치며 덜덜 떨기 시작했다.

지금 마차의 바로 옆에서 사람이 죽은 것이다. 그것도 고작 몇 분 전까지만 해도 바로 자신들의 앞에 앉아 있던 사람이 말이다.

살인(殺人).

아르니의 표정도 점차 이상하게 바뀌고 있었다. 그것은 온갖 감정이 뒤섞여 뭐라고 정의하기 힘든 표정이었다.

그리고 마차의 문밖으로 어둠이 스며든 듯 검은 로브를 입은 사람이 나타났다.

후드 안쪽에 그의 눈이 엿보인 순간, 올려다보던 아르니의 눈동자가 걷잡을 수 없이 떨렸다.

그녀는 저도 모르게 입을 틀어막았다.

이윽고 그녀의 마음속에 들어찬 뿌연 안개 너머에서 지독하게 슬프고 공허하며 또 더 없이 두렵던 눈이 실체를 드러냈다.

그 순간, 아르니는 눈을 질끈 감았다.

그가 가진 것과 같은 눈을 아르니는 아주 오래전에 보았다. 희망의 빛은 조금도 보이지 않는, 오로지 어둠만이 가득한 심연 같은 눈.

그 어둠은 아직까지도 아르니의 영혼을 움켜잡고 놓질 않는다. 아르니의 영혼에 각인된 그 시선이 천천히 수면 위로 떠올랐다.

'나한테 말 걸지 마! 이 악마!'

'나는 언제 죽게 될까…….'

'낙인자 따위를 방에 들이다니! 이 천한 것 같으니!'

'살려줘……. 아르니! 살려줘! 제발 살려줘!'

"그마안!"

아르니는 질끈 감고 있던 눈을 떴다. 여전히 입을 틀어막은 손은 그녀의 의지와는 달리 떨어질 생각을 하지 않았다. 덜덜 떨려오는 몸은 그녀의 의지로 막을 수 있는 것이 아니었다.

그런 그녀의 모습을 라트는 가만히 바라보고만 있었다.

그리고 그 순간, 아르니와 라트의 시선이 얽혔다. 조금의 흔들림도 없는 그 눈동자를 마주보고 있으니 아르니의 얼굴에 떠올라 있던 공포도 다시 심연의 바닥으로 가라앉았다.

"당신은…… 악마인가요?"

라트는 입을 다물고 있다가 고저가 없는 무미건조한 목소리로 대꾸했다.

"그럴지도 모르지……"

"날…… 구해준 건가요?"

"글쎄……"

라트의 대꾸를 들으면서도 아르니는 그의 눈에서 시선을 뗄수 없었다.

살려달라고 외치던 기억 속 어린 소년의 눈동자와 똑같은 그 눈은 기이하게도 아르니의 불안한 마음을 천천히 안정시키고 있었다.

비릿한 피 냄새, 믿을 수 없는 비현실, 알 수 없는 미래에 대한 두려움. 그러나 아르니는 이 순간만큼은 그 모든 것을 잊었다.

분명히 저 사람은 이 나라의 근원인 프로트 교단의 신전을 습격하여 그곳의 모든 사람들을 잔인하게 죽인 악마다. 그리고 오늘도 또다시 교단의 사람들을 무참히 죽였다.

악마, 혹은 이교도.

무엇이 됐든, 그는 이 나라에서는 철저하게 배척당하고 또 경멸받아야 마땅한 존재다. 헌데, 그러한 존재가 지금 자신에게 구원의 손길을 내밀고 있다.

아르니의 얼굴에 별안간 눈물이 흐르기 시작했다.

'또…… 너는 손을 내미는구나.'

그 손을 잡는 순간, 그녀는 다시는 밀렌디 영애의 삶으로 돌아갈 수 없을 것이다.

그러나 아르니는 아주 오래전에 이미 선택의 권한을 잃어버렸다. 자신을 구원해준 이가 살려달라고 비명을 지르는 것을 그저 눈을 감고 외면하며 기억의 저편으로 밀어내고 말았으니까.

자신은 저 손을 잡아야만 한다. 그때와 같은 선택은 허락되지 않는다.

"저, 저 사람은 누구냐? 응? 미, 믿을 수 있는 사람이냐?"

백부가 공포에 질린 얼굴로 묻는 말에 아르니는 아무런 대답도 할 수 없었다.

그동안 천천히 쌓아올려진 선악의 가치관과 밀렌디 영애라는 위치가 천천히 무너지고 있었다.

프로트 교, 아버지의 정치, 이교도, 악마⋯⋯.

"백부님⋯⋯. 백부님이 보기엔⋯⋯ 어떤가요?"

"이, 이교도 같구나. 아, 아니, 나는 모르겠다! 그냥 모든 게 무섭다. 나는 서둘러 돌아가고 싶은 마음뿐이야!"

공포에 질린 백부의 목소리에 아르니의 표정이 기묘하게 변했다.

돌아간다⋯⋯. 밀렌디 영애의 삶으로.

그게 가능할까?

그녀는 지금까지 손에 쥐고 있던 모든 것이 모래알처럼 흩어지고 있음을 느꼈다. 덧없이, 아무것도 남기지 않고 말이다.

'돌아갈 수 없어……. 아니, 돌아가서는 안 돼. 여기 그 아이가 있잖아.'

아르니가 아무 말도 없이 가만히 있자 라트는 그녀가 혼란스러워하고 있다는 것을 알 수 있었다.

죄책감이 라트의 마음을 무겁게 짓눌렀다. 자신이 행한 일 때문에 그녀는 지금 이곳에 있는 것이다. 아이러니하게도, 그녀 또한 라트가 부숴야 할 기득권층임에도 불구하고, 라트는 자신 때문에 억울하게 휘말리고 고초를 겪은 그녀의 처지를 가엾게 여기고 있었다.

아르니만큼이나 혼란스러운 얼굴을 한 라트는 마지막으로 물었다.

"도움이 필요한가?"

"도움을…… 줄 수 있나요……?"

"약간 정도는…….."

자신의 물음에 어물거리며 대답하는 라트의 모습을 보면서 아르니는 저도 모르게 입가에 미소를 그렸다. 열 명도 더 되는 사람들을 죽인 살인귀를 앞에 둔 사람이라고는 믿을 수 없을 정도로 맑은 웃음이었다.

"그럼…… 도와주세요."

'이번에는 내가, 내가 이 손을 놓지 않을 거야.'

라트의 얼굴 위에 투영된 소년의 얼굴이 지금 이 순간만은 미소를 짓고 있는 것 같았다.

완전히 다른 사람. 그러나 신기하게도, 아니, 불행하게도 그 소년과 라트는 같은 눈동자를 하고 있다. 빼앗기고, 천대받고, 궁지에 몰려 있는데도, 사람의 온기가 너무 그리워서 손을 내밀 수밖에 없는 소년이었다.

사람의 온기가 너무나도 그리웠던 아르니, 그리고 그 자신의 모습이 그대로 비쳤던 소년. 그의 따뜻하던 손을 놓고 지금까지도 잊고 있었다.

눈물을 뚝뚝 흘리면서 아르니는 미소 지었다.

'미안해. 너무 미안해……. 이제야 떠올려서 미안해. 정말 미안해…….'

우는 것인지 웃는 것인지 모호한 표정을 짓고 있는 아르니를 보면서, 라트는 그녀가 그간의 고초 때문에 우는 것이라고 생각했다. 그리고 비로소 자신이 가진 힘이 그저 부수는 것뿐만이 아니라 누군가를 구하는 힘도 될 수 있음을 알게 되었다.

라트는 아르니가 내민 가느다란 손을 잡았다.

텔리시아가 그 모습을 마부석에서 가만히 지켜보다가 이내 천천히 미소 지었다.

제5화
성기사 파토르

"……말도 안 되는 소리를 지껄이는군."

"왜 말이 안 되는 소리야? 라트, 바로 네 탓이잖아."

"그러니까 약간의 도움을 줘서, 이곳에 다시 돌려보내줬잖아. 그래서 저 녀석의 백부라는 사람은 멀쩡하게 돌아갔고! 모든 게 해결됐어. 이제 내가 이곳에서 떠나기만 하면 되는 거라고!"

"라트, 너…… 정말 악마 같아! 너 때문에 한 여자의 인생이 바뀐 거라고!"

텔리시아가 입을 가리면서 슬프다는 듯 억지 눈물을 짓자 라트의 얼굴이 일그러졌다.

"악마가 누구더러 악마라고 하는 거지?"

"그런 말로 물고 늘어지지 마. 말꼬리를 잡고 늘어지는 남자는 매력 없는 거 몰라?"

텔리시아가 입술을 삐쭉 내밀자 라트는 점점 열이 치솟는 것을 느끼고 있었다.

"누가 지금 그딴 매력 따위에 대해 얘기하고 싶은 줄 알아?"

"아, 어렸을 때의 라트는 순수해서 좋았는데, 크면서 이렇게 변해버리다니……. 사람의 인생이란 건 참 덧없는 거구나……."

"이런 멍청한 악마 같으니! 말이 안 통하는군. 어쨌든 난 저 여자를 데려갈 생각이 없어!"

"흠…… 그렇다는데요, 아르니 양."

텔리시아가 라트의 뒤를 보면서 그렇게 씩 웃을 때, 그곳에서는 아르니가 흐트러짐 없는 눈으로 라트를 바라보고 있었다. 그 시선에 라트는 마음이 불편해져서 언성을 높였다.

"이봐, 억지 좀 작작 부려. 다시 돌아왔으니까 된 거 아닌가? 그러다가 죽는 수가 있어. 기껏 놈들의 손에서 벗어났는데 죽고 싶은 건 아니겠지?"

"당신이 절 죽이는 건가요?"

아르니는 눈을 크게 뜨고 차분하게 물었다. 신전의 입구에서 처음 만났을 때 그녀의 눈에 떠올라 있던 공포를 기억하는 라트는 전혀 달라진 아르니의 태도에 눈살을 찌푸렸다.

"겁을 상실했군. 도대체 날 따라와서 얻는 게 뭔데? 내가 하

는 일이 뭔지 모르겠어? 아니면, 어제 있었던 일도 까먹을 정
도로 머리가 나쁜 건가?"

"악마인 줄 알았더니…… 악마는 아닌가 보네요. 다른 사람
의 인생을 걱정할 줄도 알고 말이에요. 그런데 생각해보세요.
제가 지금 돌아간다고 해도 멀쩡히 지낼 수 있을 것 같아요?
이렇게 되나 저렇게 되나, 지금 제가 처한 상황은 별로 좋지
않아요. 오히려 제가 죽어서 발견된다면 아버지의 정치적 수
명이 더 늘어나겠군요. 저의 결백함이 만천하에 드러나니까
말이에요. 당신이 손을 내밀고 제가 그 손을 잡은 그 순간에
이미 전 당신을 따라가는 수밖에 없게 된 거예요."

자신의 이야기를 하면서도 흐트러지지 않는 아르니를 한참
바라보더니 라트는 어이가 없다는 표정을 짓고 텔리시아에게
물었다.

"이 나라의 귀족들이란 죄다 이따위야?"

"그건 아니고…… 이 아가씨가 조금 특별한 것 같은데. 근
데 그녀의 말도 틀리지는 않아. 이번 일…… 라트, 네가 나서
면서 꼬였으니까."

"뭐?"

"기사와 병사들 모두가 죽었어. 근데 호송 중이던 저택의
사람들만 멀쩡하게 살아남은 거지. 이제 너에 대한 이야기는
자연스럽게 곳곳에서 이야기될 거고, 아르니 양은 이제 너와
모종의 관계가 있다는 걸로 심문을 받겠지."

"그게 무슨……."

"근데 여기서 아르니 양만 사라질 경우…… 모든 의문은 그녀 혼자 짊어지고 없어지게 되는 거 아니겠어? 저택의 다른 사람들에게는 그 피해가 크게 돌아가는 일이 없을 거야. 라트가 무슨 짓을 했는지는 그녀밖에 모르니까."

"그렇게 되면……."

텔리시아의 말을 들은 라트는 아르니를 보면서 얼굴을 굳혔다.

"다시는 못 돌아가게 되는 거 아닌가?"

"도와…… 준다면서요."

아르니가 시선을 살짝 내리깔고 중얼거리자 라트는 얼굴을 일그러뜨렸다.

"날 따라오다가는 머지않아 죽게 될 거다. 내가 하는 일은 이 나라와 교단에 반하는 일이니까. 그리고 당신도 국가에 반역하는 역적이 되겠지."

"그건 어쩔 수 없는 일이죠."

초연한 태도로 말하는 아르니를 보면서 라트는 일이 꼬인다는 생각을 지울 수가 없었다.

『그럼 죽이는 건 어때? 그녀라고 네가 죽인 그 귀족들과 다를 거라는 생각을 하고 있는 것은 아니겠지? 그녀는 귀족이다. 평민과 노예와 낙인자들의 우위에 서는 기득권층이라는 말이지.』

지크로트의 속삭임을 들으면서 라트는 살짝 고개를 저었다.

"……곁가지는 아무리 잘라내도 의미가 없어. 뿌리를 베어야지."

"뿌리?"

지크로트의 목소리를 듣지 못하는 그녀는 자신에게 한 말인가 싶어 되물었다.

아르니가 한 걸음 다가오자 라트는 고개를 돌렸다.

"어째서 더 괴로운 길을 가려고 하는 거지?"

"당신이 가는 길이 더 괴로운 길인가요?"

"내가 악마가 아닌 것 같다고 했지? 틀렸어. 난 악마의 길을 걸을 거야."

라트의 차가운 대꾸에 아르니의 눈이 더욱 가라앉았다. 그것은 앞으로 벌어질 일에 대한 두려움 때문이 아니었다. 그저 라트의 영혼이 부르짖는 그 고독이 얼마나 클 것인지 알아차린 것이다.

'역시 그렇구나.'

아르니는 씁쓸하게 웃었다.

그의 어둠이, 그의 슬픔이, 그의 고통이 자신을 붙잡은 것이다. 도와달라고, 알아달라고, 곁에 있어달라고 말이다.

그 간절한 손길을 아르니는 뿌리칠 수 없었다. 아니, 뿌리칠 생각조차 하지 못했다. 오히려 그 손을 붙잡으려고 안간힘을 쓰고 있다.

'착한 사람…….'

상처받고 고통받아서 엉망진창인 사람이 자신까지 걱정하고 있다. 그것이 못내 안타까워서 보듬어주고 싶다.

눈을 감고, 귀를 닫고, 입을 막은 채 가장 아프고 죄스러운 기억을 심연의 밑바닥까지 밀어 넣고 살아온 '밀렌디 영애'가 '아르니'로 인생을 바꾸려고 하는 것이다.

"괜찮아요. 그 모습, 곁에서 지켜보고 싶어요."

"……말이 안 통하는군."

그런 아르니의 결정을 알 리 없는 텔리시아는 그녀와 라트를 속였다는 생각을 지울 수 없었다.

'그녀의 백부라는 사람도 결코 무사하지는 못할 거야. 저택 사람들 역시 마찬가지겠지. 하지만…… 적어도 그녀가 곁에 있어준다면 라트는…….'

아침이 밝아오고 있었다.

오프할을 경유해서 바로 수도로 향하려던 라트의 계획은 이렇게 아르니 때문에 처음부터 엉키고 말았다. 거기다가 지금은 관령에서 그리 멀지 않은 언덕 아래에서 기가 막힌 이야기를 또 듣고 말았다.

"조금만 더 여기에있다가 가면 안 될까요……?"

"뭐라고?"

해가 밝으면서, 빨리 길을 떠나려던 라트는 갑작스러운 그녀의 말에 인상을 구겼다.

"백부님이…… 조금 걱정돼서……."

"멍청한 소리를 지껄이는군. 됐어. 따라오지 마!"

"그 얘기는……!"

"시끄러워! 그렇게 걱정이 되면 따라오지 말고 그 저택에 돌아가란 말이야! 내가 어디 놀러가는 건 줄 알아? 손에 피를 묻히러 가는 거라고 말했을 텐데? 이해 못해?"

아르니의 얼굴이 창백하게 질렸다.

라트를 따라가기로 한 마음은 일말의 흔들림도 없었지만, 그렇다고 살인을 하는 것에까지 공감하는 것은 아니었다.

라트는 이제 그 공포에 질린 얼굴이 익숙하다. 몇 명인지 잘 기억도 안 날만큼 그의 손에 죽어 나갔으니까. 역겨운 시체의 악취, 그리고 비릿한 피 냄새, 칼에 느껴지는 소름끼치는 살인의 감각. 지금 아르니는 그들이 죽기 직전에 보인 것과 같은 표정을 하고 있었다.

라트의 얼굴이 일그러졌다.

"도대체 왜…… 죽이는 거예요?"

"뭐?"

"……왜 악마가 되려고 하는 거죠?"

"왜냐고?"

라트의 차가운 시선이 그녀가 입고 있는 외투, 잠옷으로 향했다. 하나같이 비싼 것이겠지.

"너희들 때문이야."

아르니의 몸이 움츠러들었다. 별안간 라트의 칠흑색 눈동자에 이글거리는 감정이 비친 것이다.

"같은 인간이면서 누군가는 낙인자가 되고, 노예가 되고, 그리고 너희들은 귀족이라고 불린다. 이게 무슨 의미인지 알고 있어? 너희 같은 귀족들은 온갖 권리를 누리고 살지. 그리고 그 아래에서 살아가는 다수의 인간들은 사람다운 행복을 누릴 권리도 없이 착취당하고 더럽혀지면서 살아가는 거야."

"그, 그만해요……."

어둠 저편에서 살려달라고 외치던 소년의 모습이 아른거리자 아르니는 창백한 얼굴로 눈을 감았다.

그러자 라트의 입가에 잔인한 미소가 떠올랐다.

"왜? 그동안 네가 해온 일들을 나열하니까 기분이 좋지만은 않은 모양이지? 내가 하려는 일이 뭔지 이해하기 쉽게 알려주도록 하지. 너희 귀족들이 가진 그 힘, 그보다도 위에 있는 더욱 강한 힘이 뭐지? 너희들조차 무릎을 굽힐 수밖에 없는 힘 말이야."

"서, 설마……."

단 한 명의 신관도 살려두지 않고 모조리 죽이던 그의 모습을 떠올린 아르니는 덜덜 떨었다.

"그래. 바로 이 나라에 뿌리박힌 종교다. 프로트 교, 나는 신의 존재를 거부한다. 놈과 관련된 모든 것을 이 나라에서 지워버리겠어."

라트의 한마디 한마디에서 배어나오는 증오의 크기는 아르니로서는 짐작하기도 어려운 것이었다. 그녀의 상상력으로는 라트의 상처를 조금도 헤아릴 수 없었다.

그 순간, 라트의 얼굴에서 모든 감정이 빠르게 사라졌다.

"알았으면 꺼져. 이 길에는 어떤 것도 없어. 오로지 죽음, 그리고 파멸만이 존재할 뿐이야. 그 외엔 아무것도 없어."

아르니는 측은해하는 얼굴로 그를 바라보았다. 그녀는 눈치 챈 것이다. 그 죽음과 파멸에는 라트, 그 자신도 포함되어 있음을 말이다.

만약 그 소년이 살아 있었더라면…… 라트와 같은 길을 갔을까?

"……그래도 따라갈래요."

"뭐……?"

천천히 걸어 나가던 라트가 뒤를 돌았다.

아르니가 천천히, 그리고 점점 빠르게 그에게 뛰어갔다. 그 잠깐의 사이에 제법 멀어진 거리가 단숨에 가까워졌다.

라트의 표정이 일그러졌다.

"……그렇게 말해도 말귀를 못 알아듣는군."

"알아들었어요. 알아듣고 말하는 거예요. 당신을 따라가고 싶어요."

"돌았군……. 전혀 말귀를 못 알아들었어. 귀족이니 많이 배워서 똑똑할 텐데, 왜 이렇게 멍청하게 굴지?"

"당신보다 똑똑할 거예요. 그러니 걱정 말아요. 다 알아들 었으니까요."

"다 알아들었다면서 지금 무슨 헛소리를 하는 거냐고!"

고함을 지르는 라트를 보면서 아르니는 그가 더 이상은 조 금도 무섭지 않다는 것을 깨달았다.

감정을 폭발시키는 그의 태도가 아르니에게는 자신의 고통 과 슬픔, 고독을 알아달라고 외치는 절규로 보인다.

'안식처.'

"당신이 가는 길…… 보고 싶어요."

'당신이 잠깐이라도 쉴 수 있는 안식처가 되겠어요.'

자기 주제도 모르고 속 편한 소리를 하는 아르니에게 라트 는 더욱 목에 핏대를 세웠다.

"뭐, 뭐라고……? 이런 빌어먹을! 그 백부인가 하는 사람을 보고 싶다면서 무슨 개소리를 하고 있는 거야!"

"이젠 괜찮아요. 백부님도 제 얼굴을 보고 싶지 않으실 거 예요."

불같은 기세에도 조금의 흔들림도 없이 그렇게 대꾸하는 그 녀를 보면서 라트의 표정이 이상하게 변했다.

아르니가 옅은 미소를 그렸다. 그것은 부드러웠지만, 조금 도 물러서지 않겠다는 의지가 엿보이는 미소였다.

"멍청한 여자 같으니……. 분명히 후회할 거다."

라트는 이를 갈면서도 더 이상 소리치지 못했다.

아무 관계도 없는 사람이 자신이 앞으로 벌일 일들을 지켜 보고 싶다고 하는 것이다. 피와 고통, 비명, 그리고 악의로 가득할 그 길을 말이다. 그리고 언젠가 그녀도 휘말려 죽을지도 모른다.

'그런 건 싫다……'

당장이라도 제정신이냐고 뺨을 후려치고 돌려보내고 싶은데, 이상하게도 라트는 그녀의 흔들림 없는 말에 마음 한구석이 조금은 편안해지는, 아니, 따뜻해지는 느낌을 받았다.

그러나 그 누구에게도 이 속내를 들키고 싶지 않았다.

"……가만히 지켜보는 게 좋아. 이 나라가 어떻게 망해가는지, 그리고 어떻게 부서져가는지 말이야."

"그래요. 옆에서 지켜보도록 할게요."

그 담담한 대꾸에 라트는 더 이상 아무 말도 하지 않았다.

한참을 걸어가니 저 멀찍이 매어둔 두 마리의 말이 보였다.

뒤에서 여전히 종종걸음으로 쫓아오는 아르니의 기척이 느껴졌다.

"말 탈 수 있어?"

"아니요."

"정말 짐만 되는군. 텔리시아랑 같이 타면 될 거야."

"아니요! 당신의 뒤에 탈 거예요."

"어째서?"

"도…… 도와준다고 했잖아요?"

라트는 인상을 쓰면서 고개를 저었다.

분명히 후회할 것이다. 지금 때려서라도 그녀를 돌려보내지 않은 것을.

그녀도 후회할 것이다. 어쩌면…… 아니, 분명히 라트보다 훨씬 더 많이 후회하게 될 것이다. 그녀는 가진 게 많으니까. 지위도, 가족도, 윤택한 삶도…….

하지만 지금 이 순간, 라트는 아무 말도 하지 않았다. 악마가 아닌, 적어도 사람인 누군가가 자신의 곁에 있어준다면 이 길이 쓸쓸하지만은 않을 것 같았다.

'난 정말 악마가 됐구나……. 나쁜 악마다…….'

흐린 하늘 아래 초원을 천천히 지나가는 말이 두 마리.

라트의 귓가에는 오르베니의 야단 소리가 울리는 것 같다. 라트, 그래선 안 돼, 라고 하는 그리운 야단 소리가 말이다.

*　　　*　　　*

뎅- 뎅- 뎅-

종이 울리고 있었다.

거대한 샹들리에서 흘러나오는 빛은 넓은 홀을 가득 메우고 홀의 중앙을 특히 밝게 비춘다.

엄숙한 분위기 속에서 그곳에 무릎을 꿇은 옅은 금발의 청년이 있었다. 이제 갓 스물이나 되었을 법한 청년은 붉은 망토를 늘어뜨린 채 한 치의 미동도 없이 그곳에 고개를 수그리고 있었다.

뎅–

다시 종이 울렸다.

그리고 그 앞으로 60세는 족히 넘어 보이는 백발이 성성한 노인 한 명이 무거운 발걸음으로 천천히 걸어왔다. 얼굴에 패인 주름에는 세월의 무게가 있었고, 눈동자에는 세월의 깊이가 담겨 있었다.

머리에 쓴 긴 모자에는 프로트 교단의 상징, 프로텔리아가 박혀 있다. 백색의 긴 로브를 걸친 그의 가슴팍에서도 프로텔리아가 은은한 빛을 발하고 있다.

"……시간이 되었다."

묵직한 목소리가 홀에 울렸다. 홀의 입구에 늘어선 신관들이 그 순간 일제히 무릎을 꿇고 고개를 수그렸다. 무거운 적막이 흐르는 가운데, 곧 신관들 사이에서 성가가 흘러나왔다.

홀에 울려 퍼지는 성가는 광명의 가호. 어느 전장에서든 불리는 그 성가는 이렇게 신전에서 부를 때는 또 다른 의미를 가진다.

"성흔을 짊어진 그대는 죄인이다. 올바른 국법을 따르지 않음으로써 교단을 능멸하고, 나아가 프로테칸 님을 따르지 않은 악마 숭배자였다는 의미인 것이다."

무릎을 꿇은 남자는 아무런 말도 하지 않았다.

"허나, 성흔으로 몸과 마음을 다스리고 신앙심을 키워 진정으로 광명의 뜻을 따르기에 이른 그대의 용기와 의지는 실로 타인의 귀감이 될 만한 것. 그대는 이제 신성한 자리에서 광명의 의지에 몸과 마음을 다하여, 그분의 진정한 종으로 거듭날 것을 다짐해야 할 것이다."

"열과 성을 다하여 광명의 의지를 따르겠습니다."

이윽고 열린 입술로 나온 목소리는 차분하지만 결연했다.

다시 성가가 울려 퍼진다.

"그대의 뜻, 이 빌라이엔 상위관이 들었다. 그대는 지금 이 자리에서 영광스럽고 명예로운 성기사(聖騎士)의 칭호를 얻을 것이며, 다시는 그 누구도 그대의 성흔을 모욕되게 부르지 못하리라. 프로텔리아를 몸에 새긴 그대는 이교도를 벌하고 광명의 위상을 드높일 것이다."

그 말을 끝으로 성가도 천천히 사그라졌다. 이윽고 그 자리에는 다시 고요한 적막만이 흘렀다.

그것을 깬 것은 빌라이엔 상위관.

"성기사, 파토르 베르즈는 일어나도록 하시게."

"예, 상위관님."

천천히 일어나는 파토르의 늠름한 모습을 본 빌라이엔 상위관의 입가에 신뢰가 맺혔다.

"경은 이제 자랑스러운 이 나라의 수호자가 된 것이네."

자신의 어깨에 손을 얹는 빌라이엔 상위관을 보면서 파토르의 가라앉아 있던 눈에 흥분이 어리기 시작했다.

"감사합니다."

"하지만 경은 입교 후 고작 2년 만에 성기사가 되었네. 그 어느 누구보다도 많은 일을 해야 할 것이야. 알겠는가? 그것이 자네를 눈여겨보신 추기경님께 보은하고 광명의 의지를 바로 잇는 일이 될 것이네."

"예, 물론입니다."

"그럼 바로 경에게 임무 하나를 내리도록 하겠네."

"예, 따르겠습니다."

고개를 더욱 깊게 조아리는 파토르를 흡족한 눈으로 내려다보는 빌라이엔 상위관의 입에서 천천히 임무에 대한 이야기가 흘러나왔다. 그 이야기를 들을수록 파토르의 얼굴이 딱딱하게 굳어갔다.

저녁노을이 지는 방향으로 향하고 있는 파토르의 표정은 다소 복잡해 보였다.

"굴바엔 지방인가……."

"성기사님, 혹시…… 굴바엔 출신이십니까?"

이토록 젊은 나이에 성기사의 칭호를 받은 파토르를 보는 이십대 후반의 전투 신관은 경외감이 어린 얼굴을 하고 있었다.

"그렇다네. 나는 굴바엔 지방 출신이지……."

자연스러운 하대였다. 며칠 전까지 그저 낙인자였던 자라고는 믿을 수 없을 만큼 압도적인 무게감이었다.

"그, 그렇군요. 하지만 이 정도 일로 성기사님같이 높은 분
께서 직접 나서실 필요가 있을까, 하는 생각이 드는군요."

"……의문을 가져선 안 되네. 그저 따르도록 하게."

"아, 예!"

그렇게 말하는 파토르의 눈은 조금도 흔들림이 없었다. 그
러나 사실 지금 그의 마음은 아주 깊은 곳에서부터 흔들리고
있었다.

하필 굴바엔 지방에서도 펜게른 교구라니…….

그곳은 모든 것이 시작된 곳이지만, 동시에 모든 것이 바뀐
곳이기도 하다.

일개 낙인자에 불과했던 그가 이제는 성기사다. 화전촌이
불탄 후 불과 4년, 프로트 교에 입교한 지 불과 2년 만에 말이
다. 누구나 말도 안 되는 출세라고 생각하고 있다. 그리고 그
것은 파토르 그 자신도 그렇게 생각한다.

필시 이 인사에는 정치적인 이해가 관련되어 있을 터였고, 이
번 일 역시 그 정치적인 일에 큰 연관이 있을 것이 분명하다.

아직 이렇다 할 공적도 없이 최단기간 만에 성기사의 자리에
오른 파토르는 이번 일을 성공적으로 마쳐야 했다. 그래야 이후
입지를 단단하게 다질 기회를 얻을 수 있을 테니까 말이다.

'더욱 큰 뜻을 위해서다.'

펜게른 교구에서 일어난 일이 어떤 일인지는 정확히 알 수

없었지만 그 일에 은십자 기사단이 연관되어 있는 것은 확실한 모양이었고, 그 일과 연관된 한 인물이 발견되었다는 직할령으로 가 그를 잡는 것이 파토르에게 내려진 임무였다.

'산 채로 잡아야 하네. 되도록 멀쩡하게 잡는 것이 자네가 해야 할 일이네.'

빌라이엔 상위관의 말을 떠올린 파토르는 눈살을 찌푸렸다.

'은십자 기사단과 관련이 되어있다면 그렇게 순순히 잡힐 리가 없을뿐더러…… 멀쩡하게 잡기는 더더욱 힘든 일이다.'

여러모로 골치 아픈 일이었다.

그러나 파토르는 이 기회를 놓치고 싶은 마음이 없었다. 그 어떤 정치적 이해가 자신의 인사에 깔려 있는지 알 길은 없었지만, 오히려 바라던 바였다.

'내부부터 바뀌지 않고서는 그 무엇도 바꿀 수 없다.'

파토르는 이제부터가 진정한 시작이라는 생각으로 눈을 번뜩였다. 광명의 빛이 이 비틀린 길 위에 선 그에게 진정으로 올바른 길을 보여주리라.

"빨리 가도록 하지."

"예!"

이튿날, 이른 저녁 무렵.

적막으로 가라앉은 오프할 성의 안쪽, 성에서 가장 안전한 영주의 집무실은 별스럽게도 소란스러웠다.

"벌써 성기사가 이곳으로 오고 있단 말이냐?"

"그게…… 아무래도 그런 듯싶습니다."

"뭣이? 아무래도 그런 듯싶어? 죽고 싶은 것이냐?"

찰싹!

뺨을 그대로 후려갈긴 안테그리안 후작은 분노로 입술을 씰룩거렸다.

"죄, 죄송합니다. 하지만 상위관님께서 일방적으로 통보를 하신 일이라 어쩔 수가 없었습니다."

"그걸 내가 모를 것 같아!"

퍽!

"크윽!"

더욱 화가 뻗친 안테그리안 후작은 주먹을 휘둘렀다. 주먹질에 나가떨어진 그의 보좌관은 찢어진 입술에서 피를 흘리면서 다시 그의 옆에 섰다.

"이런 추태가 있나…… 빌라이엔 상위관님께 이런 추태를 보이다니 말이야!"

다시 고함을 지른 안테그리안 후작은 이를 갈아댔다. 어차피 이 일의 잘잘못을 굳이 따지자면 결과적으로는 그의 책임으로 귀결될 터였다. 한심한 기사들과 병사들을 데리고 있다는 잘못 때문에 말이다.

"멍청한 것들……. 아직도 그년을 못 찾았단 말이냐?"

"백방으로 찾고 있으나 아무래도 눈치를 채고 틀어박혀 있는 모양입니다. 혹은 벌써 이곳을 떠났는지도 모를 일이지요."

"뭣이? 그게 말이 된다고 생각해! 그년이 떠난 것도 몰랐다고 보고하면 나만 작살이 나는 줄 알고 있는 건가? 어디 한번 말해봐!"

"죄송합니다. 어떻게든 찾아내도록 하겠습니다."

"당연히 그래야지! 이미 전인이 도착했다. 성기사가 이곳에 오는 것도 시간문제야! 샅샅이 뒤져. 특히 도시의 외곽, 비협조적으로 나오는 것들을 모조리 죽여서라도 찾아내!"

"예, 각하!"

곧 문을 열고 나타난 그의 보좌관의 얼굴은 엉망진창이었다. 한쪽 뺨은 빨갛게 부어올라 있었고, 입술은 찢어져서 피가 흐르고 있었다.

"괘, 괜찮으십니까?"

"닥치고, 얼른 전해라."

"예! 말씀하십시오!"

"내 손에 죽고 싶지 않으면 그년을 찾아내라고! 알겠나? 비슷하게 생긴 년이라도 데리고 오란 말이다!"

"아, 알겠습니다!"

기사가 뛰어가자 보좌관이 이를 갈아대며 분노를 드러냈다.

"빌어먹을 놈들……. 감히 이 오프할의 신전을 습격해?"

한편, 안테그리안 후작이 염려하고 있는 성기사, 파토르는 이미 펜게른 령에 들어온 지 약 하루가 지나 있었다. 거기다 이미 두 시간 전쯤에는 후작 직할령인 오프할의 외곽에 모습을 드러낸 상황이었다. 거리를 생각하면 상당히 빠른 이동 속도였다.

이미 도시 외곽까지 도착한 마당이라 더 속도를 낼 필요도 없었기에 천천히 속도를 줄이면서 말을 이끌고 나아갔다. 그러던 중, 파토르의 앞으로 외곽 순찰을 돌던 병사 셋이 다가왔다.

"잠시 검문을 하겠소."

"무슨 검문인가?"

"중죄인인 이교도가 현재 오프할 내에 있는 것으로 추정되기에 지금은 외부인의 출입을 엄격히 통제하고 있소. 자신의 신분을 증명할 수 있는 것이 있소?"

파토르는 잠깐 동안 미소를 그렸다. 후작이 제법 용을 쓰고 있는 모양이었다.

파토르는 아무 말 없이 로브 안에서 무언가를 꺼내들었고, 그 순간 병사들의 눈이 휘둥그레졌다.

"시, 실례했습니다!"

파토르와 나머지 일행이 천천히 지나가자 병사 중 하나가 눈살을 찌푸렸다.

"도대체 그게 무엇인가? 프로텔리아가 박혀 있어서 일단 고개를 수그리기는 했지만…… 아무나 이렇게 보내줘도 되는 건가?"

"멍청하긴! 그게 뭔지도 모른단 말인가?"

"그렇게 대단한 건가?"

"당연하지. 금색 프로텔리아는 우리 같은 사람들은 감히 만져볼 수도 없는 거라고. 헌데, 거기다가 프로텔리아가 이중으로 박혀 있던 것은 못 보았나?"

"으음, 조금 모양이 다르긴 했지……."

"나도 직접 본 건 이번이 처음이지만, 그게 바로 성기사들이 가지고 다니는 상징으로 알고 있네."

"서, 성기사……!"

파토르와 함께 군중 사이로 사라져가는 무리를 보면서 병사들의 표정이 창백하게 질렸다.

"호, 혹시…… 위에서 그런 말이 있었나?"

"으음, 그건 아니지만……."

"혹시 위조일지도 모르니, 이 일은 기사님께 알리는 게 좋지 않겠나?"

"그, 그렇군……. 자네 말대로 위조일 가능성도 있으니까 말이야……."

오프할의 북동쪽 대로를 통해서 도시로 들어온 파토르는 곳곳에서 병사들과 기사들이 돌아다니면서 수색 작업을 계속하고 있는 것을 그저 가만히 지켜보기만 했다.

도중 몇 번이고 검문을 받았지만, 그때마다 파토르는 성기

사의 상징을 보여주면서 유유히 빠져나갔다. 그리고 지금은
외곽을 돌면서 가만히 주위를 살피고만 있었다.

"저, 성기사님…… 이렇게 계속 돌아다니기만 해도 괜찮겠
습니까?"

"묘안이라도 있나?"

"그, 그런 것은 아니지만…… 이 교구의 주교님을 만나 뵙
고 좀 더 체계적으로 살피는 것이……."

"아니, 그런 식으로는 찾을 수 없네."

단호한 파토르의 말에 전투 신관은 입을 다물었다.

요 며칠 동안 파토르와 함께하면서 알게 된 사실은 그가 대
단히 생각이 깊은 사람이라는 것이었다. 길게 말하지는 않았
지만, 다른 신관들의 심리나 생각 따위를 읽는 능력이 탁월하
다는 느낌을 받은 것이다.

모두가 아무 말 없이 그를 따르는 가운데, 파토르는 기감을
돋우고 민감하게 사방을 살피고 있었다. 그의 향상된 신체는
주위의 모든 '특별한 것들'을 잡아내고 있었다.

이 큰 도시에서 평범한 방법으로 한 사람을 찾아내기는 여
간 힘든 것이 아닐 터였다. 하지만 그렇다 해도 이러한 수색이
며칠간 계속되었다면 이야기는 조금 달라진다.

'조력자가 있다.'

이제 파토르는 확신하고 있었다. 이 도시에는 지금 신전과
귀족 저택을 습격한 실력자들이 숨어 있는 것이다.

오프할처럼 큰 도시의 신전에 전투 신관이나 기사들이 없었을 리가 없다. 그런데도 그들 모두가 손쓸 틈도 없이 당하고 말았다. 이런 일을 누가 해낼 수 있을까?

　애초에 빌라이엔 상위관이 말한 대로 은십자 기사단이 이 일에 개입하고 있을 가능성이 점차 커지고 있는 것이다.

　며칠간 파토르는 이 일을 어디서부터 어떤 식으로 찾아나가야 하는지를 생각했다. 그리고 생각한 끝에 나온 결론은 이렇듯 자신이 가진 힘을 풀어 일정 이상의 힘을 가진 이들을 찾아내는 것이었다.

　그렇게 바깥 외곽을 얼마나 돌고 있었을까. 약 네 시간이 흘러 늦은 새벽이 되었을 무렵, 서남쪽 인근의 외곽을 돌던 중 파토르가 갑자기 고삐를 당겨 말을 멈추었다.

　그의 눈매가 날카롭게 바뀌고 입가에 미소가 빠르게 번졌다.

　"……역시 아직 이곳에 있었나."

*　　*　　*

　"역시…… 이곳에도 있군."

　오프할에 들어선 이후 라트가 제일 먼저 찾은 것은 바로 신전이었다. 오프할의 중심이라고 할 수 있는 영주의 성을 등진 거대한 신전을 보면서 라트는 낮게 웃었다.

　"어마어마하게 크군. 그전에 본 것과는 비교도 안 돼."

"만만히 생각하다는 위험할 거야."

텔리시아의 경고를 들으면서도 라트는 위험할 것이라는 생각 따위는 조금도 하지 않았다. 이곳은 그저 길을 가는 중에 부수는 것에 지나지 않는다.

"이번엔…… 이곳인가요?"

"그래. 이 신전 안에 있는 사람들 중 교단과 관련된 자들을 모두 죽일 거야."

라트의 차가운 대꾸에 그의 곁에 있는 왜소한 체구의 아르니가 몸을 떨었다.

"지금이라도 늦지 않았어. 당장 돌아가. 계속 같이 있다가는 너도 죄인이 될 테니까."

"그 얘기는 이미 끝난 거 아니었나요?"

"쯧쯧…… 멍청하긴……."

바로 그때, 신전 주위를 순찰하고 있는 병사 둘이 라트를 발견하고 천천히 다가왔다.

"이봐, 지금 뭐하는 거야? 이런 늦은 시간에 신전에는 무슨 볼일이지?"

아르니의 얼굴이 눈에 띄게 굳어지는 것을 본 라트는 병사가 일정 거리로 가까워졌을 때, 주저 없이 검을 빼들어 그들의 가슴팍에 깊숙이 꽂았다.

"컥!"

"으윽!"

실로 눈 깜짝할 사이에 두 명이 죽은 것이다. 바로 눈앞에서
사람이 찔려 죽는 것을 본 아르니의 몸이 바들바들 애처롭게
떨리기 시작했다.

"알겠어? 이게 내가 할 일이야. 까불지 말고, 돌아가."

"잠깐! 라트, 지금 바로 할 셈이야?"

"시간을 끌 필요가 없어."

철창을 무 베듯 가볍게 잘라낸 라트는 안으로 성큼성큼 걸
어갔다.

텔리시아는 아직까지 덜덜 떨고 있는 아르니에게 정색을 하
고 말했다.

"아르니, 이곳에 있으면 안 돼. 서둘러 저쪽에 숨어 있어."

그녀는 아무런 대꾸도 하지 못했다. 텔리시아는 측은한 시
선으로 그녀를 바라보다가 이내 라트를 따라가기 시작했다.
홀로 남은 아르니는 후들후들 떨리는 발걸음으로 수풀 사이에
주저앉았다.

그리고 울기 시작했다. 사람이 죽는 것을 바로 앞에서 목격
한 것이다. 그들에게도 가족이 있을 것이고, 소중한 사람이 있
을 것이다.

라트의 죄는 더욱 커질 것이다. 더 많은 사람들을 죽일 것이
고, 나중에는 그 자신이 품었던 증오 이상의 원한과 마주하게
될 것이다.

스스로를 계속 상처 입히는 라트의 행동, 이제 더는 돌아갈

수 없는 길에 오르고 말았다는 생각에서 오는 형용하기 어려운 불안감, 그리고 그러한 라트의 분노와 증오가 모두 자신이 손을 내뻗지 않았기 때문인 것 같은 느낌에 아르니는 눈물을 참을 수가 없었다.

'미안해……'

한편, 라트는 성큼성큼 걸음을 내딛을 때마다 고양됐던 마음을 천천히 가라앉히고 있었다.

"도대체 왜 그런 거야? 그 사람들을 죽일 필요는 없었어."

"떠들지 말고 조용히 따라와."

"힘에 취하기라도 한 거야? 살인이 즐거워진 거냐고!"

우뚝, 라트의 발걸음이 멈추었다.

텔리시아는 여전히 힐난하는 눈으로 그를 바라보고 있었다.

"……즐거워졌냐고?"

천천히 텔리시아를 바라보는 라트의 눈동자는 지극히 어두웠다. 이전처럼 복수에 일그러지지도, 증오에 불타오르지도 않았다.

"라트……"

"이게 즐거울 것 같아 보이는 모양이지? 아니, 아니지. 너 같은 악마라면 재미있을지도 모르지. 근데 난 그렇지 않아. 사람의 생명이란 게 이렇게 하찮아 보일 만큼 비정상적인 힘을 가졌다는 게 두려워. 사람들이 죽어가는 그 소리조차도 너무나 두렵고 무서워."

"……그럼 하지 마."

라트가 다시 가라앉은 눈으로 걷기 시작했다.

"나를 이렇게 만든 교단과 이 나라를 무너뜨리는 것, 이제
내겐 그 목표 말고는 아무것도 없어."

칠흑색 검에서 검붉은 기운이 조금씩 일어나기 시작했다.
그의 감정을 먹은 지크로트가 힘을 주고 있는 것이다.

텔리시아는 아무 말도 하지 않았다.

『쓸데없는 짓을 계속하는군.』

"전…… 그가 행복해지면 좋겠어요."

텔리시아의 말에 지크로트가 크게 웃었다.

『크흐흐흐흣! 행복이라? 재미있는 소리를 하는군. 애초에
저 녀석이 너의 그 쓸데없는 짓에 마음을 바꿀 놈이었다면 내
가 나서는 일도 없었을 것이야.』

그녀는 입술을 깨물었다.

지크로트씩이나 되는 악마를 불렀을 만큼 라트의 증오와 분
노는 큰 것이었다. 그런 만큼 지금 당장 그를 이 길에서 내려
오게 하는 것은 힘들 것이다. 지금 당장은 말이다.

"그렇다면 최소한…… 최소한 아무 곳에서나 허무하게 죽
지는 않았으면 좋겠어요. 그가 죽을 것 같다면 제가 나서도 괜
찮겠죠?"

『좋다. 이러다가는 분명히 허무하게 죽고 말 테니까 말이

야. 녀석은 너무 교단 놈들을 얕보고 있어. 하지만 내 명령 없이 일정 이상 개입해선 안 돼. 그건 내 재미를 방해하는 일이니까 말이야.』

"네, 알겠어요."

텔리시아는 고개를 끄덕이고 라트가 들어간 신전의 입구를 향해 발걸음을 옮겼다.

"그가 스스로 멈추겠다고 한다면 어떻게 하시겠어요?"

『그런 일은 없겠지만, 혹 그렇게 말한다면 별수 없는 일. 내 안목이 틀렸다는 얘기겠지.』

"네, 저는 라트가 스스로 이 길에서 내려올 것이라고 생각해요."

라트 스스로가 이 길에서 내려오기만 하면 된다. 그 스스로가 그렇게 정한 의지라면 지크로트도 어쩔 수 없이 수긍할 것이다. 그는 스스로 정한 규칙을 따르는 악마, 그리고 마족이었다.

신전에 들어서자 기분 나쁜 감각이 그녀를 압박하기 시작했다.

이미 몇 명의 병사들이 신전의 바닥에 쓰러져 죽은 모습이 보였다. 그리고 그 안쪽으로 라트가 검을 휘두르는 모습이 보였다. 체계적이지도, 효율적이지도 못한, 그저 힘에 의한 칼놀림.

카아앙!

라트의 얼굴이 일그러졌다.

처음이었다. 지크로트의 힘을 얻은 이후, 자신의 검을 막은 이는 말이다.

가벼운 복장을 하고 있는 삼십 대의 사내는 신관답지 않게 특이하게도 검을 들고 있었다.

'그 전투 신관인가 하는 놈인가?'

루반 관령에서 상대했던 그 특이한 신관을 떠올린 라트는 상대를 더욱 강하게 짓누르기 시작했다.

"으으음!"

신관의 입에서 신음 소리가 나오고, 이마에서는 땀이 흐르기 시작했다. 이렇게 계속 밀리다간 곧 제 검에 어깨를 베일 터였다.

그때였다.

"죽어라, 악마여!"

시야의 사각에서 검을 든 전투 신관 두 명이 거리를 좁히다가 오른쪽과 왼쪽에서 동시에 빠르게 튀어나오며 라트의 옆구리를 베어갔다.

눈앞의 적에 집중해 있던 라트는 그 찰나의 순간 이대로 있다가는 죽을 수도 있겠다는 생각에 최대한 몸을 비틀며 뺐다.

스악!

"이, 이럴 수가!"

"노, 놈의 움직임이 보통이 아니로군. 괜찮소, 형제?"

"나, 나는 괜찮소. 헌데, 설마 그 공격을 피할 줄이야……."

하지만 놀란 것은 라트도 마찬가지였다.

양 옆구리에 스친 정도가 아니라 베인 상처가 생긴 것이다.

치이이익!

"아, 아니!"

"저, 저런!"

"이럴 수가! 신성력으로 입힌 상처가 타들어가다니!"

"노, 놈은 정말 악마요!"

"이럴 수가……."

양 옆구리의 베인 상처가 타들어가는 것을 보자 전투 신관들의 눈에 비장감이 어리기 시작했다.

"놈을 절대로 살려두어선 안 되오."

라트의 검을 받아낸 신관의 나직한 당부와 동시에 그들이 천천히 거리를 벌리면서 라트를 중심에 두고 둥글게 자리를 잡았다.

한편 라트는 좀처럼 쉽게 낫지 않는 상처에 이를 질끈 악물고 있었다. 어찌 된 일인지, 이전과는 다르게 통증이 잘 가라앉지 않았다.

그러는 와중에 저들의 얼굴에 떠오른 비장한 각오를 보니 짜증이 치밀었다.

'떠들어대고 있군.'

다시 지크로트 주위로 검붉은 기운이 일렁이기 시작했다. 점차 기세를 더해간 그것은 곧 혓바닥처럼 일렁이면서 신전 전체로 퍼져 나갔다.

사악한 기운이 신전을 메워가자 신관 하나가 외쳤다.

"모든 힘을 끌어올리시오!"

그러자 곧 그들의 검에 찬란한 빛이 어리기 시작했다. 그것은 이전에 본 것과는 격이 달랐다.

라트의 얼굴이 점차 초조해져갔다. 어느새 저들의 뒤로 보이던 신관들의 모습이 보이지 않게 된 것이다. 이 세 명 탓에 시간을 너무 끌었다.

그 생각을 한 라트는 일단 이들의 우두머리부터 없앨 생각으로 전력을 다해 베어 들어갔다. 지크로트가 심은 마력이 폭발적으로 반응하면서 그의 몸이 쭈욱 늘어나는 것처럼 빠르게 쏘아져 나갔다.

"아, 아니!"

미처 그 움직임을 살피기도 전에 내리쳐오는 검붉은 기운을 마주한 신관의 얼굴에 일순 당혹감이 어렸다.

피하기에는 늦었다.

그 순간, 신관은 내리쳐오는 검을 막기 위해 신성력이 깃든 검을 들어 올렸다.

쿠콰아아앙!

검과 검이 맞부딪혔을 터인데, 폭발 소리가 울려 퍼지고 엄청난 열풍이 불어나갔다.

"크으윽……."

흙먼지 속에서 격돌 후의 모습이 드러났다. 신관의 검은 두 토막이 났고, 그의 오른팔은 땅에 떨어져 있었다.

"번트 형제!"

"악…… 마 놈……. 이, 이대로 죽을 수는……."

이를 악문 신관은 눈을 부릅뜨고 라트를 향해 온몸을 내던졌다.

조금 전 격돌에서 적잖은 충격을 받은 라트는 팔 하나를 잃고 죽어가는 인간이 그런 집념을 보일 것이라고는 생각지도 못했다.

무너지는 몸으로 라트를 꺼안은 신관은 남은 왼팔에 모든 신성력을 끌어모아 라트의 등에 박았다.

퍼억!

치이익!

"끄으으윽!"

라트의 입에서 신음소리가 흘러나왔다. 찌릿한 고통은 번개라도 맞은 듯했고, 몸은 고통 탓에 둔해져 제대로 움직이지 않았다.

그제야 이렇게 있다가는 위험하겠다는 생각이 든 라트는 지크로트를 들어 그대로 신관의 등에 꽂았다.

"커억……!"

제대로 힘이 전달되지 않아 얼마 박히지는 않았지만 검을 타고 흘러들어가는 힘에 신관의 얼굴이 점차 탁해졌다.

"번트 형제에!"

등에 꽂힌 신관의 팔 힘이 조금씩 약해질 때였다.

라트의 고개가 돌아갔다. 어느새 거리를 좁힌 두 명의 신관
이 자신을 향해 신성력이 가득 담긴 검을 찔러 들어오는 것이
보였다.

급하게 번트의 몸에 꽂힌 검을 뽑은 라트는 힘겹게 몸을 틀
어 검을 후려쳤다.

그러나 마력이 제대로 깃들지 않은 검은 온전한 힘을 내지
못했고, 그들의 검은 완전히 빗나가지 않고 라트의 옆구리와
왼팔에 박혔다.

"끄아아악!"

다시 전신이 찌릿한 고통이 엄습했다. 단 한 번도 경험해보
지 못한 고통이 그의 육신을 유린했다.

아직 죽지도 않았는데 이 정도의 고통이다.

도대체 죽음이란 것은 얼마나 고통스러운 것인가?

그리고 그 죽음의 직전에 느끼는 고통과 공포는 도대체 얼
마나 클 것인가.

오르베니와 어머니의 죽음을 막을 수 없었던 자신에 대한
무력감과 함께 분노가 그를 사로잡았다.

라트의 눈에 다시 증오의 불길이 치솟았다.

"……죽여버리겠어! 너희는 모두 죽어야 돼!"

"이, 이런!"

지크로트로부터 다시 검붉은 기운이 폭발적으로 내뿜어졌
다. 이제 되었다는 생각을 하고 있던 신관들의 얼굴에 당혹감

이 어렸고, 그 순간 검은색의 기형검, 지크로트로부터 검붉은 혓바닥들이 튀어나왔다.

"이, 이게 무슨?"

"피, 피하시오!"

그들이 크게 놀라 검에서 손을 놓고 뒤로 물러서려는 순간, 혓바닥들은 엄청난 속도로 그들의 몸을 꿰뚫고 내부에서부터 갈기갈기 찢어버렸다.

"흐아아아악!"

"끄아아악!"

순식간에 고깃덩어리가 된 그들은 더 이상 아무런 소리도 내지 못하고 바닥에 떨어졌다.

비로소 세 명의 신관이 모두 죽은 것이다.

끝났다.

라트가 천천히 무릎을 꿇었다.

당장이라도 의식의 끈을 놓을 것 같았다. 전신에 아프지 않은 곳이 없다. 도대체 어디를 어떻게 찔린 건지도 잘 모를 정도였다.

"허억…… 허억……."

옆구리에 박혀 있는 검을 본 라트는 이를 악물고 단숨에 빼냈다.

푸확!

"크윽……."

기절할 것 같을 만큼 강렬한 고통이 엄습하고, 피가 흘러나왔다. 나머지 왼팔에 박힌 검을 본 라트는 얼굴을 일그러뜨렸다. 뒤쪽에서 박혀서 빼내기가 쉽지 않았다.

그때였다. 누군가가 라트의 뒤에서 다가와 검을 잡았다.

"가만히 있어."

푸확!

"으윽!"

꿰뚫린 왼팔은 늘어져서 피를 줄줄 흘리고 있었다.

뒤에서 라트의 피가 묻은 검을 바닥에 던진 이는…… 텔리시아였다. 그렇기 때문에 라트도 검을 휘두르지 않은 것이고.

"내가 죽을 거라고 했지?"

"……아직, 안 죽었어."

힘겹게 대꾸하는 그를 바라보는 텔리시아의 시선은 측은했다. 그 시선을 느낀 라트의 일그러진 얼굴에 분노가 드리웠다.

"그따위 눈으로…… 날 보지 마."

"병사와 기사가 들이닥칠 거야. 빠져나갈 수 있겠어?"

"모두…… 모조리…… 다 죽일 거야……."

당장이라도 쓰러질 것 같은 모습으로 그렇게 말한 라트는 오른손에 힘을 쥐었다. 그의 육신이 죽어가고 있음에도 불구하고, 지크로트가 준 힘은 다시 한 번 검붉은 기운을 내뿜으면서 일어나고 있다.

그리고 그때, 신전의 입구에서 여러 명의 인기척이 들렸다.

그리고 곧 수십 명의 기사들과 병사들이 모습을 드러냈다.

"시, 신관님들이……."

"저, 저놈이다! 저 연놈들을 잡아!"

그들의 고함 소리가 신전의 홀을 가득 메웠다. 몰려오는 기사들을 보면서 라트는 검을 들었다.

"이런 곳에서 죽을 거야? 그렇다면 그 아무도 네 죽음을 알아주지 않을 거야. 넌 이런 변방의 일개 교구, 영지에 불과한 곳에서 죽는 거라고."

텔리시아의 말에 라트는 이를 악물었다.

'난 절대 안 죽어. 절대. 이런 곳에서는 절대로…….'

그 강렬한 의지는 그대로 검붉은 기운이 되어 지크로트에 맺혔다. 그리고 라트가 지크로트를 횡으로 휘두르자 일렁이던 검붉은 기운은 병사들을 향해 튀어나갔다.

"저, 저건!"

그것을 본 누군가가 외쳤다. 그 직후, 그것은 달려오던 병사들 다섯을 삼켰다.

콰앙!

폭발이 일어나고 흙먼지가 자욱하게 퍼졌다.

그것을 마지막으로 라트의 몸이 천천히 무너졌다.

『이제 한계인 것 같군.』

"예, 그런 것 같네요."

『설마 이런 상태가 될 때까지 가만히 있을 줄은 몰랐군그래.』

"한 번쯤 이렇게 당하지 않으면 현재 자신이 얼마나 약한지 영영 깨닫지 못할 테니까요."

그녀의 말에 지크로트는 낮게 웃고는 더 이상 아무 말도 하지 않았다.

"부상자는 신경 쓰지 마라! 놈을 잡아라! 여의치 않다면 죽여도 좋다! 서둘러라! 이 흙먼지 사이로 놈이 도망칠 수도 있음이야!"

기사들 중 누군가가 외치자 다른 기사들 여럿이 검에 푸르스름한 빛을 일으키면서 흙먼지를 헤치고 라트가 있던 곳을 향해 빠르게 달려갔다.

"아깝네. 저 모습을 라트, 네가 봐야 하는데."

텔리시아는 지크로트를 라트의 품에 얹고 라트를 번쩍 안아 들었다. 힘 하나 들지 않는 모습이었다.

그리고 그 직후, 홀 안에 차가운 바람이 몰아쳤고, 기사들이 그 자리에 도착했을 때에는 더 이상 아무도 없었다.

"뭐, 뭐야!"

"빠, 빠져나갔다!"

"멍청한 놈들! 샅샅이 뒤져!"

"신전 안쪽으로 도망쳤을 것이다!"

병사들과 기사들이 갑자기 모습을 감춘 라트와 텔리시아를 찾기 위해 신전 안팎을 뒤지기 시작했다.

"이, 이게 어떻게 된 거예요?"

라트가 박살 낸 철창을 넘어 엄청난 속도로 달려온 텔리시아는 아르니가 숨죽이고 숨어 있는 곳으로 갔다. 아르니는 여전히 덜덜 떨고 있었다.

"싸우다가 다친 거야. 그뿐이지."

"그, 그뿐이라니요……. 서, 설마 주, 죽은 건가요?"

아르니가 피범벅이 된 라트를 보면서 창백한 안색으로 물었다. 지금 라트는 누가 보더라도 시체라고 말할 것이다. 아르니는 가슴이 싸늘하게 식는 것을 느꼈다.

"그건 아니야. 근데 지금 중요한 건 얼른 이곳에서 벗어나야 한다는 거지. 일단 마을 외곽으로 가야 돼. 자, 어서 내게 안겨."

"네?"

"얼른 안겨. 시간이 없어. 곧 들이닥칠 거야."

아르니가 우물쭈물하자 텔리시아는 바로 그녀를 안았다. 라트와 찰싹 붙게 된 아르니는 깜짝 놀라는 한편 그제야 라트가 입은 상처를 제대로 볼 수 있었다.

"도대체 왜……."

아르니가 덜덜 떨면서 천천히 손을 뻗는 순간이었다.

갑자기 그녀의 몸이 붕 떴다.

"아악!"

"쉿! 조용히."

아르니는 손으로 입을 막았다. 그리고 어찌된 일인지 두리 번거린 순간, 주위의 풍경이 서로 섞이는 것처럼 일그러지는 현상을 볼 수 있었다. 주위의 풍경이 마구 바뀌는 와중에 그녀는 현기증을 느끼고 눈을 질끈 감았다.

그렇게 얼마나 있었을까.

이윽고 어딘가로 날아가는 그 믿기 어려운 감각이 사라졌을 때, 그녀는 눈을 천천히 떴다.

어느새 주위에는 숲과 몇 채 안 되는 집들이 있었다. 모두 집이라고 부르기도 민망할 만한 것들뿐이었다. 텔리시아는 주위를 살피다가 폐가라고 불러 마땅한 곳으로 발걸음을 옮겼다.

그리고 바로 그때, 얼굴이 창백하던 아르니는 속에서 울컥하고 치미는 것을 느꼈다.

"자, 잠깐 내려…… 우욱!"

"저런…… 아르니 양에게는 너무 빨랐나? 다 끝나면 안으로 들어와요."

텔리시아는 살짝 웃으면서 안으로 들어가버렸고, 아르니는 속에 든 모든 것을 게워낸 이후에 숨을 몰아쉬었다. 입에 신물을 모아 퉤 뱉은 아르니는 울상을 짓고 천천히 안으로 들어갔다.

'괴물 같은 악마……'

며칠의 시간 끝에 오프할에 도착한 아르니가 분명하게 알게 된 한 가지는 바로 그것이었다. 사실 진짜 악마는 라트가 아니라 바로 그의 곁에 있던 텔리시아라는 것 말이다.

스스로 '나 악마 맞아요.' 하면서 웃는 그녀를 봤을 때는 이해하지 못한 아르니였지만, 오늘 비로소 이해했다. 보통 사람에게는 조금 전과 같은 말도 안 되는 일이 불가능하니까 말이다.

어쨌거나 겉으로 보이는 것 이상으로 집 안의 상태는 썩 좋지 않았다. 묘한 것은 사람이 사는 흔적이 곳곳에 보인다는 점이었다.

"이런 곳에…… 사람이 살고 있는 건가요?"

"노숙자들이 비나 추위를 피해 오겠지."

텔리시아는 라트를 눕히고 천천히 그의 몸을 살폈다.

"바보처럼 요란하게도 당했네……."

"괘, 괜찮은 거겠죠……?"

"이 정도에는 안 죽어."

아르니의 표정이 이상하게 바뀌었다.

그러고 보니 아까까지만 해도 흐르던 피가 이제 더 이상 흐르지 않았다. 옆구리와 한쪽 팔에 난 상처는 절대로 작지 않았다. 그런데 아무런 치료도 하지 않았는데도 피가 멎었다는 것은 어떻게 이해해야 하는 걸까?

"이곳에 적당히 앉아, 아르니 양. 계속 서 있는 거, 힘들지 않아?"

아까 전의 진중한 모습은 어디로 갔는지, 다시 밝게 웃는 그녀를 보면서 아르니는 천천히 앉았다.

둘은 아무런 말도 하지 않았다. 그저 죽은 듯 누워 있는 라트만 바라보고 있을 뿐이다.

그러나 그 적막은 곧 깨졌다.

후두둑—

비가 내리기 시작했다. 조금씩 내리던 비는 이내 점점 더 굵어졌고, 곧 집 곳곳에서 빗물이 새어 들어왔다. 아르니는 무의식중에 얼마 전까지도 훌륭한 저택에 있었던 자신의 모습을 떠올렸다.

"후회하고 있어?"

"아니요."

"왜 그를 따라나선 거야?"

"너무 외롭고 슬프고 괴로워 보여서요."

"겨우 그런 이유 때문에 자신의 인생을 포기한 거야?"

"아니에요. 그냥…… 그도 행복하게 웃었으면 좋을 것 같아서……. 하지만 그건 힘들겠죠. 그렇다면 하다못해 그가 마음 놓고 쉴 수 있는 곳이 되어주고 싶어요. 그가 손을 또 내밀었으니까, 저는 이제 놓지 않을 거예요. 그가 손을 놔도 저는 절대……."

아르니가 뒷말을 중얼거리자 텔리시아가 부드럽게 미소 지었다.

"그래? 무슨 말인지 잘 모르겠지만, 사랑…… 비슷한 건가?"

"예? 아, 아니에요! 무, 무슨……."

아르니가 얼굴을 붉히며 말도 안 된다는 말을 반복하는 모습을 보면서 텔리시아는 아무 말도 하지 않고 그저 웃었다.

"……나도 라트가 그랬으면 좋겠어."

"예?"

"나도 라트가 행복했으면 좋겠다고."

"……왜, 왜요?"

"가엾으니까……."

텔리시아가 라트를 보는 시선을 살피던 아르니는 멍한 표정을 지을 수밖에 없었다.

'악마가…… 누군가를 불쌍히 여긴다고……?'

그로부터 일주일이 지났을 때, 라트의 상처는 믿을 수 없게도 완치에 가까울 정도로 나아 있었다. 꿰뚫린 왼팔의 상처는 거의 아물어 이제 아무렇지도 않게 움직일 정도였다. 옆구리의 상처 역시 마찬가지였다.

하루가 다르게 나아가는 그의 모습을 보면서 아르니는 말을 잇지 못했다.

"그런 얼굴로 보지 마. 나도 신기한 건 마찬가지야."

"라트는 악마는 아닌데, 계약의 대가라서 신체가 변하게 된 거야. 그리고 지금과 같은 경우도 내재된 힘이 뒷받침되면서 엄청난 회복력을 된 거지."

아르니는 어안이 벙벙한 얼굴로 고개를 천천히 끄덕였다. 그리고는 라트의 상처를 유심히 바라보았다. 처음에 웃통을 벗고 있는 라트의 상체를 보는 것만으로도 부끄러워져서 고개를 돌리던 모습은 이제 온데간데없었다.

다시 침묵이 흐르고, 라트는 조용히 물었다.

"죽을 뻔했나?"

"아니, 죽었지. 내가 구하지 않았다면 말이야."

"그런가……."

"이제 알겠어? 네가 얼마나 약한지 말이야."

"……."

"그만두지 않을 거면 얌전히 네가 가진 힘을 어떻게 써야 할지에 대해서나 생각해봐."

텔리시아의 말에 라트는 아무 대꾸도 하지 않았다. 진작 정신을 차렸음에도 불구하고 지금까지 아무것도 묻지 않은 것은 겨우 이런 변방에서 허무하게 죽음의 위기를 맞이했다는 사실을 믿기 어렵기 때문이었다.

잠깐의 침묵은 곧 문을 빼꼼 열고 밖을 살피던 아르니에 의해 깨졌다.

"밖에 돌아다니는 병사들이 많아졌어요."

"아무래도 그렇겠지. 그렇게까지 날뛰었으니 말이야."

"예. 게다가 아무래도 절 찾고 있는 것 같아요……."

아르니가 우울한 얼굴로 그렇게 말하자 텔리시아는 한숨을 쉬었다.

"역시나……. 알려진 게 아르니 양밖에 없으니까 말이야.

이젠 후회해도 돌아가기 힘들 거야."

"돌아가도 민폐일 거예요. 이제 가문에 아무 가치도 없을 게 분명하니까요."

스스로를 상품화하여 말하는 그녀의 태도에 라트는 심기가 불편한 표정을 지었다.

"가치라니…… 무슨 말이 그따위야?"

"말 그대로의 의미예요. 아버지의 정치적 수명, 그리고 밀렌디 가문의 영향력을 위해서, 저는 아무런 문제도 일으키지 않고 변방에서 정략결혼 상대가 정해지기만을 기다려야 했어요. 그런데 이제는 오히려 아버지의 정치적 수명을 깎는 존재가 되어버린 거죠. 아마 이미 의절당했을 거예요."

담담하게 말하는 그녀의 태도에 라트는 얼굴을 일그러뜨렸다.

"역겹군."

"그런가요? 귀족들에게는 비교적 당연한 일들이에요."

라트는 누웠다.

그따위 얘기는 듣고 싶지 않았다. 귀족들이란 놈들은 항상 군림하고 착취하는 놈들이면 된다. 그는 귀족들에게 일말의 동정심도 가지고 싶지 않았다.

바로 그 순간이었다.

주위에서 압박을 가해오는 소름끼치는 감각에 라트는 몸을 벌떡 일으켰다. 이미 텔리시아도 이 감각을 느꼈는지 눈을 굳히고 있었다.

"뭐, 뭐지?"

"……교단의 인간. 그것도 상당한 실력을 가진 인물이 이곳에 왔어."

"신전에서 내가 상대했던 전투 신관 같은 놈들?"

"그놈들과는 비교할 수 없을 정도의 실력자야. 이런 방법으로 수색해올 줄은 몰랐어. 아무래도 수도나 수도 인근에서 파견된 실력자인 것 같아."

텔리시아가 정색하고 그렇게 말하자 라트는 천천히 긴장하기 시작했다. 몸속에서는 여전히 거대한 힘이 느껴졌지만, 의지를 일으켜 끌어올릴 때마다 저릿한 통증에 움찔했다.

"라트는 가만히 있어. 지금의 네가 상대할 만한 인물이 아니야."

"뭐?"

"네가 완전히 나으면 이곳에서 유유히 빠져나갈 요량이었는데, 아무래도 그건 힘들겠네. 상대의 실력이 생각보다 뛰어난 것 같으니까 말이야."

"자, 잠깐……."

『가만히 있어, 멍청한 것. 네놈은 지금 아무런 도움도 안 돼.』

갑작스럽게 끼어든 지크로트의 말에 라트는 몸을 일으키려다가 멈추었다.

"뭐?"

『녀석이 말한 그대로라고 했다. 지금 밖에 있는 놈들은 네 놈의 실력으로는 어림도 없지.』

그렇게 말하며 지크로트가 낮게 웃었다.

어느새 텔리시아는 밖으로 나가 있었다.

갑작스럽게 분위기가 무거워지자, 아르니는 영문을 몰라 어리둥절한 표정을 지었다.

"무, 무슨 일이에요?"

"어째서…… 그녀가 싸우는 거지? 그녀는 나와 계약한 사람도 아닐 텐데!"

『그건 녀석에게 물어라. 어쨌든 중요한 것은 지금 네놈은 아무런 쓸데도 없는 놈이라는 사실이다. 하찮은 놈 같으니.』

"그건…… 그건, 모두 네놈의 힘이 약해서 그런 거 아닌가?"

『크흐흐흣……. 그따위 소리를 또 들을 줄이야. 이전에도 말했지만, 나는 거래에 따라 대가에 걸맞은 힘을 줬다. 문제는 네놈이 그것을 쓸 줄 모른다는 것이지.』

아르니의 눈에는 라트가 지금 혼잣말을 하는 것처럼 보였다. 그녀에게는 지크로트의 목소리가 들리지 않기 때문이다. 그러니 당연하게도 공포에 질릴 수밖에 없었다.

"누, 누구랑…… 대화하는 거예요?"

라트는 혼란스러운 얼굴로 조용히 토하듯 말했다.

"악마."

텔리시아는 밖으로 나오자마자 적이 힘을 회수했다는 것을 알 수 있었다. 기분 나쁘게 죄어오던 기운이 말끔히 사라진 것이다.

텔리시아는 말을 타고 천천히 다가오는 다섯 명의 남자들을 살폈다.

'놀랍군…….'

그들의 중앙에 있는 남자를 보는 그녀의 눈에 경이감이 떠올랐다. 아무리 봐도 약관의 나이. 헌데, 지금 그녀의 감각은 저들 중에 그가 가장 위험하다고 경고하고 있었다.

어느 정도 거리가 가까워졌을 때, 그는 천천히 말에서 내렸다. 그는 여유로운 기색으로 말문을 열었다.

"내 이름은 파토르, 파토르 베르즈. 단도직입적으로 묻지. 당신인가?"

"아쉽게도 틀렸어요."

후드 사이로 미성이 흘러나왔다. 파토르 만큼이나 여유로운 목소리였다.

"오호…… 그런가? 그렇다면 그녀는 안쪽에 있나?"

"글쎄요."

"건방진 년 같으니……. 이교도 주제에 감히 누구 앞에서!"

파토르라고 자신을 소개한 남자 옆에 있던 사내가 화를 참지 못하고 목소리를 높이며 앞으로 나왔다.

"진정하도록."

"성기사님, 더 이상 저런 이교도 놈과 대화를 나눌 필요가 무엇이 있겠습니까? 당장 쳐 죽이고, 안에 있는 놈들까지 처리하시지요. 그 영광된 명령을 내려만 주신다면 제가 바로 실행토록 하겠습니다."

'성기사?'

텔리시아의 눈가에 이채가 떠올랐다.

상당한 실력이기는 하나, 아직 그 정도의 직위에 올라설 정도의 실력은 아니었다. 그녀는 조금 전까지 남자가 개방하고 있던 힘의 수준을 통해 대충 저력을 가늠해볼 수 있었기에 확신하고 있었다.

파토르는 고개를 살짝 저으면서 다시 앞으로 나왔다.

"순순히 잡힌다면 고통은 없을 텐데, 어떻게 하겠나? 반항을 한다면 끔찍한 고통을 맛볼 테지. 편한 쪽을 선택하라."

대단한 자신감.

텔리시아의 입가에 흥미로운 미소가 걸렸다.

"나도 당신에게 선택의 기회를 주지요. 그냥 물러간다면 모두 살려 보내줄 것이고, 그러지 않는다면 당신 하나만 살려드리겠어요. 어떻게……."

"이런 시건방진!"

텔리시아의 말이 채 끝나기도 전에 조금 전 화를 낸 전투 신관이 검을 뽑아들고 그녀에게 달려들었다. 검에 맺힌 빛을 보건대, 그의 신성력이 하찮은 수준은 넘어 있었다.

그러나 바로 그 순간, 텔리시아가 손을 내뻗었다.

"멍청하긴."

그녀의 말이 끝나기 무섭게 짙은 녹색 빛이 그녀의 손에 엄청난 속도로 모여들었다가 쏘아졌다.

그것을 본 파토르가 눈을 부릅떴다.

"피, 피해!"

"늦었어요."

쉬이이익―

녹색 빛의 구체는 엄청난 속도로 날아가 그대로 전투 신관의 몸에 적중했다. 피하고 자시고 할 정도로 만만한 속도가 아니었다.

투화아악!

"끄…… 끄아아아아아아아악!"

맹렬하게 달려오던 전투 신관은 몸을 덜덜 떨다가 비명을 내질렀고, 곧 입에 거품을 물었다. 이내 검까지 떨어뜨린 그는 눈깔을 뒤집고 그대로 고꾸라졌다.

대지에 쓰러져 간헐적으로 떨고 있는 전투 신관의 몸은 겉보기에는 아무런 상처도 없었다.

파토르와 다른 신관들의 얼굴에 긴장이 드리웠다.

"실로 무시무시한 공격이군. 정체가 무엇이기에……. 혹 마법사인가?"

"그러니까 말했잖아요. 그냥 돌아가면 살려준다고 말이에요."

그 순간, 다시 파토르로부터 신성력이 섞인 기운이 전개되었다. 그 힘은 텔리시아를 죄어왔지만, 아쉽게도 텔리시아는 이 정도로 어설픈 도발에 응할 만큼 녹록한 상대가 아니었다.

그녀의 얼굴에 떠오른 여유, 그리고 기감에 잡히지 않는 그녀의 상태에 파토르는 긴장한 얼굴이 되었다.

"어떻게 된 거지……? 분명 아무것도 느껴지지 않는데, 어떻게……."

자신의 기감으로 파악할 수 없는 상대.

"자신의 실력을 너무 과신하지 않는 게 좋아요."

"멋대로 떠드는군……. 포위한다! 상황이 여의치 않으니 죽이는 것을 목표로 하라!"

"옛!"

파토르의 명령이 떨어지자마자 전투 신관들이 검을 뽑아들고 자신이 가진 신성력을 끌어올렸다. 그들은 빛을 뿜는 검을 그녀에게 겨누며 천천히 주위를 에워쌌다.

그리고 마침내 파토르가 검을 뽑았다.

그 순간, 그의 주위로 가벼운 열풍이 불어나갔다. 그러나 그의 검에 맺힌 빛은 다른 신관들의 맑은 백색의 빛과는 조금 달랐다. 은은하게 감도는 푸르스름한 빛이었다.

"역시…… 제법이에요. 이상하다 싶었는데, 겨우 그 나이에 그런 자리에 오른 건 신성력이라고 하는 힘의 비밀을 알았기 때문이군요."

그녀의 말에 파토르의 얼굴이 굳었다.

"마음대로 지껄이는군, 이교도."

"좋은 구실이에요. '이교도'라는 말."

텔리시아는 다시 짙은 미소를 입가에 그렸다.

그리고 그 순간, 천천히 거리를 좁히던 파토르가 텔리시아에게 달려들었다. 그의 검에서 일순간 만에 사방으로 폭사된 새하얀 빛은 수십 개로 쪼개져서 그녀에게 날아들었다.

그것이 시작이었다. 곧 다른 전투 신관들도 그녀에게 달려들었다.

바로 그때, 텔리시아가 두 손을 양쪽으로 뻗고 중얼거리듯 말했다.

"심연에서 솟구쳐 오로지 하나만을 그곳에서 밀어내라. 카르파드(Karpard)."

양손에서 심연의 불길이 화르륵 치솟았다. 그리고 텔리시아는 즉시 양손을 땅에 짚었다. 그 순간, 텔리시아를 중심으로 시꺼먼 어둠이 깔리기 시작했다.

파토르가 날린 수십 개의 빛의 검들은 끝내 그녀에게 닿지 못하고 코앞에서 멈춘 채 그대로 부르르 떨다가 이내 무너지면서 흩어졌다.

파토르가 눈을 부릅떴다.

"이, 이럴 수가!"

회심의 일격이 와해되자 정신에 큰 충격을 받은 것이다.

투화아악!

갑자기 사방에서 땅을 뚫고 어둠이 치솟았다. 그리고 그것은 텔리시아에게 달려들던 전투 신관들을 단번에 삼키고, 파토르의 가슴을 그대로 후려쳤다.

쾅!

"껙!"

파토르의 몸은 붕 떴다가 곧 땅에 곤두박질쳤다. 눈이 뒤집힐 정도로 엄청난 고통에 그는 컥컥거리며 숨을 헐떡였다.

텔리시아의 주위를 물들인 어둠은 이내 천천히 사라졌다.

그녀에게 덤벼들었던 네 명의 전투 신관들은 모두 상반신과 하반신이 나뉘어 나뒹굴고 있었다. 텔리시아가 장담한 대로, 오로지 파토르만이 이곳에서 살아남은 것이다.

순식간에 모든 상황이 종료되었다.

다시 차가운 바람이 스산하게 스쳐 지나가자 텔리시아는 처연한 얼굴로 중얼거렸다.

"이 정도면…… 되었겠지요?"

『그래, 저 녀석은 죽여서는 안 될 놈이야.』

"조금 특이하긴 하더군요. 아무래도 신성력의 비밀을 눈치채고 있는 것 같습니다."

『대다수 교단의 상위 실력자들은 그걸 알고 있기 마련이야. 애초에 신성력이라는 것이 자기 수련 속에서 천천히 쌓이는 마력에 성질이 붙는 것이니까 말이야. 문제는 그놈들은 그걸 뻔히 알면서도 마력의 질을 높이기 위해서 신앙심이라는 것 따위에 시간을 버리고 있다는 것이지.』

"하지만 조금 특이할 뿐이지, 그렇게 대단한 실력은 아닙니다. 기껏해야 중급 전투 신관 정도의 실력. 그런데 어째서 그를 살려둬야 하는 것이죠?"

『크흐흐흐, 놈에게는 냄새가 난다. 저 녀석과 비슷한 냄새가 말이야. 게다가 악연인지 선연인지…… 어떤 끈이 있군그래.』

텔리시아는 눈살을 찌푸렸다. 성기사쯤이나 된 인물에게서 증오와 분노로 일그러진 라트와 비슷한 냄새가 난다니…….

『놈을 살려두는 게 훨씬 재미있어질 것이야.』

지크로트의 심중을 헤아릴 수 없는 텔리시아는 찌푸린 눈으로 기절한 파토르의 모습을 가만히 바라보다가 이내 발길을 돌렸다.

안으로 들어온 텔리시아를 보는 라트의 눈에는 경탄이 감돌았다.

"엄청나군."

"별말을."

"밖에 있던 놈들은 대단히 강했어."

"그렇긴 했지."

"넌 도대체 얼마나 강한 거지? 악마들은 모두 그렇게 엄청난 힘을 갖고 있나?"

"기본적으로 우리들이 사는 곳에서는 싸움이 빈번하게 일어나고, 그곳에서 살아남으려면 남들보다 강해야 돼. 그런 이후에야 이쪽 세계로 나올 수 있지."

"그렇다면 텔리시아, 네가 나에게 강해지는 방법을 알려주면 되겠군."

"아니, 이건 인간이 배울 수 없는 힘이야. 근본이 다르거든."

"그렇군. 그러면 난 어떻게 해야 더 강해질 수 있는 거지?"

"교단을 부수기 위해?"

"그래. 더 이상 나 같은 사람이 나오지 않게 만들기 위해서, 그리고 내 울분을 풀기 위해서."

확고하게 말하는 라트의 눈에는 결의가 번뜩였다.

"그건…… 천천히 생각해보자. 중요한 건 지금은 더 이상 이곳에 있을 수는 없다는 거야."

"어디로…… 갈 거예요?"

일어나는 라트를 보면서 아르니가 물었다.

하지만 그 질문에는 아무도 대답하지 않았다.

"일단…… 남쪽의 바로즈 관령으로 가자."

긴 침묵을 깨고 텔리시아가 말했다.

제6화
천검의 주인

Holy War

　"최근에 지속적으로 일어나고 있는 사건이 제3기습행동대
와는 전혀 무관하다는 이야기이오?"

　"이보시오, 3십자대장. 제3기습행동대는 이제 없소. 제4십
자대로 개명된 것이 이미 오래전 이야기란 말이외다."

　과거 제3기습행동대, 그리고 지금은 제4십자대를 맡고 있
는 갈루스가 불쾌하다는 듯 얘기하자 제3십자대장 가슈인이
부드럽게 웃었다.

　"워낙 입에 붙어서 좀처럼 바뀌지 않는군."

　"바꾸려고 노력만 하면 금방 바뀔 것이오."

　"알겠소. 허면 다시 묻겠소. 최근 펜게른 령에서 일어나고

있는 일이 제4십자대와는 무관하다는 말이오?"

"그렇소. 루반 관령이나 바로즈 관령이면 모를까, 오프할 같은 직할령을 무슨 수로 건든단 말이오? 설사 신전의 모든 신관들을 죽인다고 하더라도 이쪽의 피해가 어마어마할 텐데 본인이 무슨 재주로 그걸 감추겠소?"

"그렇소? 그거 아쉽게 되었군. 그렇다면 그런 혁혁한 전과를 세우고 있는 것이 본 기사단의 단원이 아니라는 얘기가 되는 것인데……."

"혁혁한 전과라, 말이 좋군. 어쨌든 일단 알아본 결과, 교단 측에서는 그들을 악마라고 부르고 있는 모양이오."

"악마?"

이교도가 아닌 악마라는 말에 가슈인이 재미있다는 듯 피식 웃자 갈루스도 비웃음을 그렸다.

"교단에 반하는 놈들을 죄다 그딴 식으로 불러대는 것이 놈들의 변하지 않는 습성이지."

"엄청난 실력자라는 것은 확실한 사실 아니겠소? 루반에 이어 오프할까지, 펜게른 령에서만 벌써 두 군데가 박살이 난 거요. 게다가 오프할에서는 전투 신관 세 명을 죽인 뒤 밀어닥치는 기사들을 피해 유유히 도망까지 쳤다고 하던데."

"호오, 정보가 빠르시군."

"벌써 며칠이 지났다고 생각하는 것이오? 제3십자대는 본 기사단 중에서도 굴바엔 지방에서만큼은 가장 오랫동안 굴러

왔다는 것, 무시하지 마시오."

"무시한 것까지는 아니오. 다만 귀관이 관할도 아닌 펜게른 령에 지나치리만큼 관심을 가진다는 게 신경이 쓰여 그런 것이지."

"그게 그렇게 들렸소?"

웃고 있는 둘의 눈이 얽히면서 불꽃이 튀었다. 기습행동대가 정식 부대로 편성되기 이전에 펜게른 령과 파르칼 령을 맡고 있던 가슈인은 이후 갈루스를 대장으로 하는 제4십자대에게 펜게른 령의 관할을 넘겨야만 했다.

가슈인은 이를 탐탁히 여기지 않았고, 시도 때도 없이 제4십자대의 관할 지역인 펜게른 령에 손을 뻗었던 것이다. 갈루스로서도 이해를 하는 데 한계가 있었고, 결국 둘의 사이는 썩 좋지 않은 상태가 되기에 이르렀다.

갈루스는 짙은 미소를 지었다.

"어쨌든 그 '악마'에 대해서는 관심 끄시오. 제4십자대에서 알아서 할 테니 말이오."

"좋소. 단, 그 악마가 파르칼 령에서 발견된다면 얘기가 달라진다는 것, 알아두시오."

"알겠소."

슬슬 이야기가 끝났다고 생각했는지 갈루스가 자리에서 일어나려는 기색을 보일 때였다.

"아, 그리고 상부에서 지시가 내려왔소."

"지시?"

"펜게른 령으로 '천검(千劍)의 주인'이 향했다고 하오. 반드시 회유하여 본 기사단의 전력으로 삼으라는 말씀이셨소."

"천검의 주인? 그자는 특정한 세력에 들어가는 일이 결코 없다고 들었는데……."

"귀관에게 전할 말은 다 했으니 나는 그만 가겠소."

갈루스는 인상을 찌푸렸다.

천검의 주인이라니…….

'오래전부터 온 나라를 그저 배회하는 인물로 알고 있는데…… 도대체 무슨 수로 회유를 한단 말인가?'

그런 걱정을 하며 되돌아가는 갈루스의 발걸음은 무거웠다. 그러다가 문득 그의 얼굴에 괘씸해하는 기색이 감돌았다.

가슈인이 일부러 자신에게 천검의 주인에 대한 정보를 알려준 것은 그도 이 지시가 터무니없는 것임을 알고 있기 때문일 터였다.

'흥, 떠넘기다니…….'

한편, 그 무렵 파토르는 다시 카자스 대교구로 돌아와 있었다. 처음으로 받은 임무를 이렇듯 비참하게 실패하고 말았다는 생각에 그는 침울한 얼굴로 고개를 들 수 없었다.

"성기사님, 안으로 들어오시라는 빌라이엔 상위관님의 말씀이십니다."

파토르는 이제 모든 게 끝났다는 생각을 하면서 천천히 홀의 중앙으로 걸어갔다. 홀의 중앙에는 굳은 얼굴의 빌라이엔 상위관이 서 있었다.

파토르는 그의 앞에서 무릎을 꿇었다.

"……송구스럽습니다, 상위관님. 제게 주어진 명령을 이루지 못했습니다."

"경에게 너무 많은 기대를 한 것인가……. 데려간 전투 신관들을 모두 잃고 홀로 돌아오다니…… 대단히 실망스럽군. 그 이교도의 곁에 있던 악마들이 너무 강했나?"

"밀렌디 영애의 모습은 볼 수조차 없었습니다."

"뭐라?"

"저는 신전을 습격했다는 이들의 기운을 쫓는 방법으로 수색을 했습니다. 신전에서 일어난 일은 결코 범인이 할 수 있는 일이 아니니 단 두 명이 벌인 것이 사실이라면 그들은 필시 엄청난 실력자가 아닌가, 하는 생각을 한 것이지요."

"으음…… 그래서 어떻게 되었는가?"

"큰 상처를 입었다는 얘기를 듣고, 아직 직할령을 벗어나지는 못했을 것이라는 판단하에 외곽을 돌던 중에 기운을 잡아냈습니다. 대단히 광포하고 사악한 기운이었습니다."

"그, 그게 사실인가? 단순히 이질적인 느낌을 그렇게 설명하는 것은 아니겠지?"

"그것은 모르겠습니다. 하지만 특별했던 것은 사실입니다.

흩뿌린 신성력을 밀어내는 상극의 힘은 지금껏 본 적이 없던……."

"사, 상극? 정말이겠지? 겨, 경은 그 말에 책임을 질 수 있는가?"

상위관이 경악을 하면서 말을 더듬자 파토르는 이상하다는 표정을 지었다.

"광명의 신 앞에서 맹세컨대, 한 치의 거짓도, 과장도 없음을 밝힙니다."

"이, 이럴 수가……."

"헌데 이상한 것은…… 막상 그 느낌을 받은 이와는 미처 싸워보지도 못했다는 것입니다."

"그, 그건 또 무슨 말인가? 경은 도대체 무엇과 싸운 것이지?"

"송구스럽습니다만, 모르겠습니다. 상대는 대단한 미모의 여인이었는데, 제 신성력에 아무런 영향도 받지 않았고, 반발도 없었으니 그저…… 일개 범인에 불과할 터였습니다. 헌데, 그녀의 손에 전투 신관 한 명이 단숨에 죽고, 합공으로 제압하려는 와중에 나머지 모두가 죽었습니다."

파토르와 함께 간 전투 신관들의 실력은 상당한 수준이었다. 그리고 파토르의 실력은 그들보다도 더 윗줄에 놓이는 대단한 수준인 것이다. 그런 그들을 평범한 여인이 쉬이 감당했다는 말을 어찌 믿을 수 있겠는가.

"조, 좀 더 자세히 설명해보게."

"저도 단번에 나가떨어졌기에 자세히는 말씀드리기 어렵습니다만, 사악한 것으로 여겨지는 기운을 쓰고 있었다는 것은 말씀드릴 수 있습니다. 짙고 어두운 녹색의 기운, 그리고 땅에서 솟구친 어둠의 손톱, 그 두 가지였습니다. 저는 그 손톱에 당해 기절을 한 것입니다."

"녹색 빛, 그리고 어둠…… 겨, 경은…… 정말로 사, 사실을 말하고 있는 것이겠지? 한 치의 거짓도 없는 것인가?"

"다시 말씀드리지만, 신의 앞에서 맹세하건대, 한 치의 거짓도, 과장도 없이 그저 제가 본 그대로 설명을 드리는 것입니다."

단호한 파토르의 대꾸에 빌라이엔 상위관의 얼굴이 창백하게 질렸다. 그리고 그는 입술을 질근질근 깨물었다.

"자네 말이 사실이라면…… 그건 '악마'가 틀림없네. 악마가 쓰는 마법의 특성과 정확하게 일치해……."

"그게 무슨 말씀이신지……."

"과거, 대륙을 피바람으로 몰고 갔던 그 발루토와 같은 진짜 악마로 추정된다는 얘기일세!"

"예? 바, 발루토 말입니까?"

"이, 이 일은 나 혼자 처리할 문제가 아니로군……. 다, 다른 상위관들과 이야기를 해봐야겠어. 경의 말을 믿지 못하는 것은 아니지만, 전투 신관들의 시체를 부검하여 정확한 사인을 알아내야겠네. 그리고 자네는 상위관 심문회, 아니, 추기경 심문회까지 불려나갈 수도 있을 것이야."

"기꺼이 감수하겠습니다."

파토르가 고개를 수그리자 빌라이엔 상위관은 고개를 끄덕이고 빠르게 그곳에서 나가버렸다.

홀로 남은 파토르는 멍하니 있다가 곧 입가에 천천히 미소를 그렸다.

'신께서 나를 돕는구나. 악마인지 뭔지…… 어찌된 일인지는 알 수 없어도, 확실한 건 이것으로 끝은 아니라는 사실이다. 좋다. 내 이번에는 이렇게 한심하게 실패하고 말았지만, 대의는 꺾이지 않았다.'

자리에서 일어난 파토르는 검집을 꽉 쥐었다. 상대가 무엇이었든 간에 그렇듯 허무하게 깨졌다는 사실은 파토르 자신이 용납할 수 없다. 다시는 그렇게 무너져서는 안 된다.

그리고 그것은 그를 제자로 들인 스승도 용납하지 않으리라.

'……그렇지 않습니까? 봉그리드 스승님.'

"하흠…… 귀가 간지럽구먼……."

"그거야 봉그리드 씨가 많은 사람들에게 욕먹을 일만 하고 다니니까 그렇겠지요."

"뭐? 이봐, 아가씨. 내가 누구라고 몇 번을 말해? 이 몸은 그런 소리를 들을 사람이 아니란 말이야. 존경과 경외의 대상으로 불리며……."

"아, 알았어요. 그만! 한 번만 더 들으면 백 번을 채울걸요!"

"그렇게 말했는데도 못 알아듣는 게 이상한 거 아닌가! 아가씨는 말이야, 얼굴도 예쁘고 엉덩이도 토실토실한 게 좋은데 말이야, 사람 말을 너무 못 믿는군!"

거칠게 턱수염을 기른 삼십 대 외관의 사내가 혀를 차고는 맥주를 호탕하게 마시자, 그와 대화를 주고받던 여인의 얼굴이 붉어졌다.

"토실토실이라니……. 자꾸 그렇게 놀리면 다시는 봉그리드 씨랑 대화 안 해요!"

"이봐, 난 손님이야. 그리고 아가씨는 여기 종업원이고. 지금 손님을 거부하는 거야? 도대체 어느 앙칼진 입술이 그런 말을 하지?"

"느, 느와…… 요!"

봉그리드가 낄낄 웃으며 여인의 입술을 손으로 꽉 잡자, 여인이 잔뜩 삐친 얼굴로 쿵쿵거리며 안쪽으로 들어가 버렸다.

"이런! 봉그리드 씨 때문에 린네가 들어가버렸군!"

"하하하하! 미안하군! 귀여워서 놀린다는 게 좀 과했던 모양이지?"

봉그리가 호쾌하게 웃자 다른 자리에 있던 사내들도 크게 웃었다.

봉그리드는 남자답고 시원시원한 성격에 말솜씨까지 좋았기 때문에 이 주점에 오는 사람들에게 인기가 좋았다.

"오늘은 그 이야기가 듣고 싶구면. 그 세 번째 제자라고 했던가? 이제 슬슬 얘기 좀 해보게."

"응? 그 멍청이 얘기는 별로 할 게 없는데……."

"그래도 난 그 세 번째 제자 녀석의 이야기가 인간성도 있는 것 같고, 친근하니 좋더구면."

옆 자리에 있던 사내들이 봉그리드가 앉아 있던 자리로 몰려왔다.

"이봐, 여긴 린네 자리야. 따로 의자를 가져오라고."

"하하하! 알았네, 알았어."

봉그리드는 헛기침을 했다. 조금 전까지 게슴츠레하던 그의 눈에 갑자기 빛이 감돌기 시작했다.

"좋아, 그 녀석에 대한 얘기를 해달란 건가? 어디까지 얘기했었지?"

"으음……. 교단에 들어간다는 뜻을 밝힌 부분까지였던가?"

"아, 거기까지였나? 나는 원래 어떤 곳에 소속되고 그러는 걸 좋아하는 사람이 아니라서 금지시켰는데, 그 녀석의 고집이 너무 완강했지……."

그렇게 한참 얘기를 하던 봉그리드는 꽤나 시간이 흐른 뒤 적당히 이야기를 마무리 지으며 천천히 맥주를 마셨다.

"그 녀석과는 뭐, 그러다가 헤어졌지. 멍청한 녀석이었어."

"으음! 과연! 그래서, 다음은 어떻게 되었나?"

"그 얘긴 다음에 하도록 하지."

"이런, 아쉽구먼……"

"봉그리드 씨, 오늘도 재밌는 이야기 고마워."

그의 주변에 몰렸던 사람들이 하나둘씩 제자리로 돌아가거나 주점을 나가자, 홀로 남은 봉그리드는 잊고 있었던 세 번째 제자의 눈동자를 떠올렸다.

억울함과 분노로 잔뜩 일그러진 채 번뜩거리던 그 눈동자를 말이다.

'당신, 강하죠? 내게 강해지는 법을 알려주세요. 가진 돈 전부 줄게요.'

그때를 회상하는 봉그리드의 입가에 미소가 드리웠다.

'건방진 녀석. 그래서 얼마를 줄 수 있는데? 미리 말하지만, 난 엄청 강하다. 아무한테나 안 알려줘.'

말은 그렇게 했지만, 녀석이 내민 돈이 생각보다 제법 컸기에 꽤나 놀랐다. 산발한 머리칼 사이로 드러난 잘생긴 얼굴을 보면서 봉그리드는 그 돈을 전부 쥐었다.

'좋다. 특별히 할인해서 이 정도로 봐주지. 대신 이 돈은 전부 불우한 사람들을 돕는 데 쓰겠다.'

'뭐라고요?'

'어차피 정당한 방법으로 번 돈이 아닐 텐데?'

그런 조금도 특별하지 않은 만남이었지만, 봉그리드는 채 소년의 티를 벗지도 못한 세 번째 제자에게 모든 것을 가르쳤다. 어마어마한 돈을 주고도 배울 수 없는 검술을 말이다.

어떤 이유가 있었던 것은 아니다. 그저 소년의 비틀린 마음이 이걸로 조금은 치유되지 않을까, 하는 생각이었다.

세 번째 제자의 자질은 대단히 뛰어났다. 봉그리드의 검술을 이해하고 그것을 밖으로 이끌어내기까지 고작 3년 반 정도밖에 걸리지 않았으니까 말이다.

"무슨 생각을 그렇게 하세요?"

"음? 그거야 당연히 린네를 생각하고 있었지."

"저, 정말요?"

부드러운 봉그리드의 말에 린네의 뺨이 붉어졌다. 그녀는 수줍어하면서 그의 옆자리에 앉았다.

"음, 그래. 린네의 토실토실한 엉덩이를 생각하고 있었지."

"뭐, 뭐라고요?"

린네가 눈살을 찌푸리며 벌떡 일어서려고 하자 봉그리드가 유쾌하게 웃으며 그녀의 어깨를 꽉 잡았다.

"진정해, 린네. 그러다가 예쁜 얼굴에 주름 생긴다."

"그게 누구 때문인데……."

"이런, 큰일이군. 린네가 날 마음속 깊이 생각하고 있는 모양이야!"

"누, 누가요!"

"부끄러워하지 않아도 돼!"

봉그리드가 웃으면서 그녀의 몸을 자신에게 끌어당기자 린네는 그에게서 벗어나려고 안간힘을 썼다. 그러나 린네의 조그마한 체구에서 나오는 힘은 별 볼일 없는 것이었다.

"이익! 이 바보! 얼른 놔줘요!"

"린네는 이제 봉그리드 씨에게 시집가야겠다!"

"시, 시끄러워요!"

주위 사람들이 휘파람을 불면서 껄껄 웃자 린네의 얼굴이 더욱 빨갛게 달아올랐다.

봉그리드는 천천히 팔에서 힘을 뺐다. 그러자 린네가 그의 품에서 빠져나왔다.

"저, 저질!"

"저런. 그런 말 하면 못써요. 이 연약한 가슴은 상처받아."

봉그리드가 가슴을 움켜잡고 울상을 짓자, 린네의 벌게졌던 얼굴에 별안간 피식 미소가 떠올랐다.

"역시, 린네는 웃는 얼굴이 예쁘다니까."

"돼, 됐어요."

봉그리드는 부드럽게 웃고는 맥주잔을 천천히 기울였다.

"린네, 가서 버튼 좀 불러와줘."

"버튼 아저씨요?"

"그래. 사실 오늘 온 것도 버튼이 불러서니까 말이야."

린네의 얼굴이 눈에 띄게 찌푸려지는 모습을 본 봉그리드는 웃으면서 그녀의 머리를 쓰다듬었다.

"물론 린네도 보고 싶어서 왔지."

"누, 누가 그런 말 듣고 싶다고……. 기다려요. 버튼 아저씨

불러올게요."

봉그리드는 퉁명스럽게 말하면서도 옅게 웃고 있는 그녀가 귀엽다는 듯 미소 지었다.

린네가 안으로 들어간 지 얼마나 됐을까. 곧 사십 대 후반쯤 되어 보이는 무거운 인상의 사내가 천천히 걸어 나와 그의 옆자리에 앉았다.

"왔군."

"……린네한테 관심이 있는 겁니까?"

조용히 속삭이는 사십 대 후반 사내의 말투는 기이하게도 존대였다.

"버튼, 남자는 말이야, 아무리 나이가 들어도 여자에 대한 사랑이 식어서는 안 돼."

"예, 정말…… 대단하십니다. 그 정도의 실력자가 되면 겉이 아니라 속도 젊어지는 겁니까?"

그들 사이에서는 하대와 존대가 무척이나 당연한 것 같았다.

"그렇지. 부럽나?"

"그건…… 그렇죠. 근데 린네 녀석한테 너무 잘해주지 마십시오. 어차피 책임지실 것도 아니잖습니까."

"버튼, 넌 날 어떻게 보고 그런 말을 하는 거냐?"

"봉그리드 님으로 보니까 이런 말을 하는 겁니다."

"쳇……. 사랑이란 불타올랐다가 사그라지는 거야. 그리고 또다시 불타오르는 거지."

"예, 알겠습니다. 봉그리드 님의 사랑에 대한 얘기는 잘 들었습니다."

버튼이 고개를 설레설레 저은 뒤, 봉그리드는 장난스러운 표정을 지웠다. 그러자 버튼의 얼굴도 곧 진중하게 바뀌었다.

"그래서, 무슨 일인데 날 부른 거냐?"

"최근 이 영지에서 일어난 일, 혹시 알고 계십니까?"

"일어난 일이라니? 무슨 일이 있었나?"

"오프할 직할령과 루반 관령에 있는 신전의 모든 병사와 신관들이 살해당했다고 합니다."

조심스러운 버튼의 태도에 봉그리드가 굳은 얼굴로 턱을 괴었다.

"최근 떠들썩한 이야기군."

"예, 은십자 놈들이 드디어 일을 벌인 것 같다는 얘기가 항간에 퍼져 있습니다."

"흠…… 이런 식으로 어설프게 건드는 방법으로는 오히려 제 목을 조이는 일이 될 텐데……."

"예, 아마도 그렇겠지요. 이런 식으로는 조만간 교단과 기사단 간에 큰 격돌이 일어나게 될 겁니다. 그 싸움에 저희 같은 사람들도 휘말리겠지요."

"그만하면 됐다. 본론을 얘기해. 날 부른 이유가 뭐지?"

"아, 예. 저…… 최근에 외지인이 이 도시로 숨어들었다는 얘기가 있습니다."

"외지인?"

"예. 헌데, 문제는 요즘 다들 외지인을 꺼려하는 분위기라는 겁니다. 미리 말씀드렸다시피 그 문제를 일으키는 은십자기사단 놈들일 가능성도 있으니 말입니다. 자칫 연루라도 되었다가는 목숨을 보전하기 힘들 겁니다."

"이놈의 나라는 어떻게 갈수록 더 하는군. 다른 나라로 망명을 하든지 해야지 원."

"저, 그래서…… 부탁드리는 것입니다. 외곽의 오랫동안 쓰지 않는 민가에서 지금 그 외지인들이 기거하고 있는 것 같습니다."

"뭐?"

"서쪽의 벤스 외곽 말입니다."

버튼의 말에 봉그리드가 눈살을 찌푸렸다.

"그래서, 지금 나더러 뭘 해달라는 얘기냐?"

"……그 외지인들을 이곳에서 쫓아내주십시오. 인근 사람들의 불안이 말이 아닙니다. 다행스럽게도 벤스는 귀족주거지역이 아니라서 망정이지, 아니었다면 벌써 쑥대밭이 됐을지도 모르지요."

"버튼, 네 녀석이 예전의 그 녀석이 맞는지 의문이로군. 그 정도는 스스로도 할 수 있을 텐데?"

"……도대체 몇 년 전 얘기를 하시는 겁니까? 저도 이제 혈기왕성한 나이가 아닙니다. 조용히 살고 싶은 마음뿐이지요."

"에휴……. 좋다, 일단 만나보면 알겠지. 놈들이 그냥 외지인인지, 아니면 은십자인지 뭔지 하는 놈들인지 말이야. 근데 버튼, 알고 있겠지? 나는 비싸다."

"……알고 있습니다. 제가 '천검의 주인' 씩이나 되는 분에게 아무것도 안 드릴 리가 있겠습니까?"

"양심껏 줘라, 양심껏."

"차라리 액수를 말씀하시는 게 마음이 편할 겁니다."

"저번 일로 10년 동안 무제한 맥주였으니까, 이번에는 무제한 안주가 어떨까?"

"예? 좀 봐주십쇼. 가게 거덜 낼 일 있습니까?"

"내가 먹어봐야 얼마나 먹는다고……. 알았다. 어쨌든 양심껏이다. 알겠냐?"

봉그리드가 천천히 일어서자 버튼이 실실 웃으며 고개를 살짝 수그렸다.

"부탁드립니다."

고개를 살짝 끄덕인 봉그리드가 주점 입구로 나가려다 말고 빙글 돌아서 크게 외쳤다.

"린네! 다음에 오마!"

"시, 시끄러워요!"

린네가 벌게진 얼굴로 고개를 불쑥 내밀고 소리치자 주점의 사람들이 크게 웃었다.

외지인이 살고 있다는 곳은 찾기 쉬운 편이었다.

일단 버튼으로부터 서쪽의 농민들이 사는 지역의 외곽에 머물고 있다는 것을 들었고, 한적해지기 시작한 거리에서 만나는 사람들에게 '수상한 외지인'에 대한 걸 조금만 물어도 기꺼이 그들에 대한 얘기를 해주었던 것이다.

늦은 밤 무렵, 한적한 외곽으로 나온 봉그리드는 슬슬 이 근방 어디에 있겠다는 생각을 했다. 지나가는 사람들에게 묻는다면 더 자세히 알 수 있겠지만 그의 근처에는 더 이상 사람이 없었다.

"음…… 일일이 찾는 건 귀찮고……."

극한의 경지에 오른 봉그리드에게는 근방에 일정 이상의 힘을 가진 이들을 살피는 능력이 있었지만, 그것은 상당한 정신력을 소모하는 일이었다. 무엇보다 봉그리드는 그런 일을 잘 못하고 말이다.

어차피 지금 그가 찾아내려는 것은 이 도시에 숨어든 은십자 기사단의 실력자들이다. 그냥 단순히 외지인이라면 그냥 눈 감아주는 선에서 끝낼 수 있지만 외지인들이 요즘에 소란을 일으킨 은십자 기사단의 일원들이라면 쫓아내야 하지 않겠는가.

그렇다면 봉그리드에게는 그 나름대로 더욱 쉬운 방법이 있다.

발을 한 걸음 한 걸음 내딛을 때마다 그의 주위를 둘러싼 공기가 묵직해지기 시작했다. 그리고 어느 순간, 마력이 폭발적으로 퍼져나갔다.

구웅-!

"자…… 어디 반응이 좀 있나 볼까?"

평범한 사람들이라면 피곤하거나 몸이 좀 무겁다고 여기겠지만, 자연력을 몸에 받아들이는 이들은 자연력에 영향을 미치는 타인의 마력에 대해 민감하다. 더군다나 침입해오는 외부의 힘에 대항하기 위해 마력을 일으켜 반응하고 만다.

물론 그것도 웬만한 실력 이상을 지닌 자라면 의연하게 넘길 수 있지만, 봉그리드는 이곳에 있다는 이방인이 그 정도의 실력자일 것이라고는 생각하지 않았다.

그리고 곧 그의 고개가 한쪽 방향으로 돌아갔다.

봉그리드의 입가에 흥미로워하는 미소가 걸렸다.

"이런, 찾아버렸군."

＊　　　＊　　　＊

구구웅-!

몸이 짓눌리는 듯 엄청난 압박이 걸리자 라트는 저도 모르게 힘을 끌어올렸다. 지금까지 겪은 것과는 비교도 할 수 없는 엄청난 압박이었다. 소름이 끼칠 정도로 말이다.

"뭐, 뭐지……? 서, 설마 교단의 놈들이 이곳까지?"

"왜 그래요? 또 무슨 일 있어요?"

라트가 별안간 몸을 벌떡 일으키면서 인상을 찌푸리자 가만히 뜨개질을 하고 있던 아르니가 깜짝 놀라며 주위를 경계했다.

텔리시아도 얼굴을 굳히면서 천천히 일어나고 있었다.

"이곳에 우리가 며칠이나 있었지?"

"이제…… 일주일 좀 넘었을…… 걸요?"

"너무 오래 있었나보군. 설마 벌써 이 정도의 실력자가 나설 줄은 생각도 못 했어……."

텔리시아의 얼굴에 처음으로 긴장이 흐르기 시작했다. 그것을 눈치 못 챌 라트가 아니었다.

그는 벌떡 일어났다.

"내가 싸우겠어."

"죽을 셈이야?"

"죽어도 애초에 이건 내 일이야. 넌 저 녀석이나 안전한 곳으로 데리고 가."

아르니를 가리키며 그렇게 말한 라트는 밖으로 나섰다.

몸에서 돌고 있는 신성력을 완전히 밀어낸 것이 고작 나흘 전이었다. 지금 라트의 몸은 평소에도 못 미치는 상태다.

그럼에도 그녀는 라트를 강제할 수 없었다. 그것은 그녀에게 허락된 일이 아니다. 텔리시아는 아랫입술을 깨물면서 초조한 기색을 감추지 못하고 중얼거렸다.

"바보 같으니……."

"텔리시아, 지금…… 위험한 거죠?"

아르니도 텔리시아의 얼굴에 처음으로 떠오른 불안을 읽은 것이다.

텔리시아는 아무 말 없이 고개를 살짝 끄덕였다.

"그럼…… 그를 도와주세요."

"……나는 그가 죽음의 위기에 놓였을 때, 그 직전에만 간섭할 수 있어. 하지만 지금 오고 있는 적은 차원이 달라. 라트는 단숨에 죽을 거야. 내가 나설 수 있는 건 라트가 죽은 이후나 되겠지."

지금 이 상황에도 지크로트가 자신에게 아무 말도 하지 않는 것이 그녀를 더욱 초조하게 만들고 있었다.

"왜, 왜죠? 그냥 도와주면 안 되는 건가요?"

"난 내 마음대로 움직일 수 없어. 내 의지는…… 그분의 뜻에 의해 얼마든지 꺾이는, 그런 하찮은 거지."

텔리시아는 자조하며 그렇게 중얼거렸다. 그리고 천천히 밖으로 나가려고 했다. 아르니가 묻기 전까지 말이다.

"그, 그럼…… 계약은요?"

"뭐……?"

텔리시아가 우뚝 멈추었다. 그녀의 얼굴에는 믿을 수 없다는 불신의 빛이 역력했다.

오히려 아르니의 얼굴에 결연한 빛이 떠올라 있었다.

"텔리시아는 계약…… 할 수 없나요? 저…… 당신과 계약하고 싶어요."

"그게 무슨 말인지 알고 하는 거야?"

아르니는 고개를 끄덕였다.

악마와의 계약, 무언가를 바치지 않고는 이룰 수 없는 것. 그러나 아르니는 스스로 내뱉은 이 말이 잘못된 것이라고는 조금도 생각지 않았다. 아니, 오히려 이것이 지금 그녀가 라트에게 해줄 수 있는 유일한 일이라는 생각까지 들었다.

아프지 않은 사람은 아픈 사람을 이해할 수 없고, 잃어본 적이 없는 사람은 잃는 것을 이해하지 못한다. 같은 위치에서 같은 것을 바라봐야만 그의 고독과 슬픔을 비로소 보듬을 수 있을 것이다.

'나, 이번에는 절대 안 도망칠 거야. 지켜봐 줘, 미르엘.'

자신보다 체구가 작고 말랐던 소년의 이름을 떠올리며 아르니는 스스로의 팔목에 족쇄를 걸 준비를 마쳤다.

"그를 지켜주고 싶어요."

텔리시아가 얼굴을 일그러뜨렸다.

밖으로 나온 라트는 묘하게도 마음이 차분한 것을 느끼며 하늘을 우러렀다. 어둠이 내려앉은 밤이지만 떠오른 달 덕분에 세상은 밝았다.

"지크로트."

『무슨 일이지? 죽음이 머지않았다고 생각하니 두려워진 거냐?』

"죽음 따위는 조금도 무섭지 않아. 오히려 안식이라고 생각

될 정도지."

『크ㅎㅎㅎ, 멋대로 지껄이는군.』

"다만…… 악마를 불러 힘을 얻고 오르베니를 네놈에게 넘겨주기까지 했음에도 불구하고 이곳에서 죽는다면 너무나도 허무하겠지."

『무슨 말을 하고 싶은 거냐?』

"정말로 네가 준 이 힘이…… 오르베니의 시체를 넘긴 것에 합당할 정도로…… 그렇게 강한 힘이냐?"

중얼거리는 라트의 목소리는 담담했지만 짙은 불신을 담고 있었다.

'겨우 이 정도가 악마의 힘인가?'

라트의 속내가 지크로트에게 들리지 않을 리가 없다.

『정말 이렇게 건방지고 주제를 모르는 놈은 처음이로군. 이 갈취의 지크로트 앞에서 겨우 이 정도의 힘이라는 말을 멋대로 지껄이고 있다니 말이야.』

"아니면…… 악마의 힘은 결국 인간에게는 미치지 못한다는 건가?"

『건방진 놈.』

그리고 그 순간, 지크로트의 검신이 요동치기 시작했다.

구구구구궁-!

그리고 그 순간, 오른손을 타고 흘러들어오는 어마어마한 마력의 소용돌이에 라트는 정신을 잃을 뻔했다. 온몸의 털이 삐쭉 서는 것 같은 소름끼치는 느낌을 받은 것과 동시에 그의 주위로 검붉은 기운이 넘실거리면서 피어오르기 시작했다.

"크으윽……."

『착각하지 마라. 네놈의 그릇이 한심할 정도로 작아서 내가 준 힘을 고작 '그것' 밖에 쓰지 못한다고는 생각해보지 않은 거냐?』

이제 지크로트는 요란하게 떨리면서 당장이라도 라트의 손에서 벗어날 것처럼 보였다.

그러던 중, 검으로부터 흘러들어오던 힘이 일순간에 사라졌다.

"허윽허윽……."

몸이 깨질 것 같은 고통을 느끼면서 주저앉은 라트는 조금 전까지 몸 안을 휘몰아치던 그 광포한 기운을 되새기며 눈살을 찌푸렸다.

『조금 전의 그 힘이 내가 네놈과의 거래를 통해 허락한 힘이다. 네놈을 속이기 위해 잠깐 맛보여주기만 하고 마는 힘이 아니야. 무슨 말인지 알겠나? 네놈의 육체와 그릇이 감당하지 못하기에 내가 조금 제한을 걸어둔 것뿐이다. 지금 네놈이 제한된 힘 이상을 쓸 경우, 육체가 단숨에 붕괴될 수 있다. 그것을 부당한 거래로 얻은 미미한 힘이라 생각하면 큰 착각이란 말이다, 어리석은 놈.』

천천히 라트의 입가에 미소가 떠올랐다.

그때, 바로 앞까지 다가온 묵직한 존재감이 라트를 상념에서 깨웠다.

"조금 전의 마력, 상당하군."

"······날 찾아온 건가?"

천천히 몸을 일으킨 라트는 눈앞의 적을 천천히 살피기 시작했다.

큰 신장에 적당한 근육이 붙은 이상적인 체구, 짙은 푸른색이 감도는 머리칼을 짧게 깎아 꼿꼿하게 세우고 있는 삼십 대 초중반의 남자. 그리고 그의 허리춤에는 다소 얇은 두 자루의 검이 걸려 있었다.

"생각 이상의 힘을 가진 모양이군. 아주 흥미로워. 오래간만이야. 헌데, 마력의 성질이 조금 묘하군."

봉그리드는 의아하다는 표정을 지었다. 그리고 그 순간, 그의 몸이 쭉 늘어나면서 어느새 라트의 눈앞까지 당도했다.

일순간 마력을 격발시켜서 이동하는 움직임이었다. 라트가 하던 것과는 비교도 안 될 정도로 깔끔한 솜씨였다.

"어둡고 불길한 느낌이었어. 네 녀석, 정체가 도대체 뭐야?"

"날 찾아온 게 아닌가?"

"음······ 굳이 말하자면, 그렇게 되겠군."

"그럼 더 이상 무슨 얘기가 필요하지?"

라트는 상대방의 느낌이 이전에 상대했던 이들과는 너무나도 다르다고 생각하면서 급속도로 마력을 끌어올렸다.

구궁!

봉그리드의 얼굴이 묘하게 바뀌었다.

"역시…… 이 느낌은 조금 특이하군."

그 순간, 라트가 거칠게 횡으로 베어 들어갔다.

카아앙-!

화아아악!

마력이 격돌하면서 일으킨 반발력에 열풍이 주위로 퍼져 나갔다.

꼼짝도 하지 않는 검 끝의 감각에 라트는 눈살을 찌푸렸다. 불의의 습격이었건만, 이렇듯 아무렇지도 않게 막다니.

왼손으로 검집을 살짝 들어 라트의 검을 막은 봉그리드는 또다시 묘한 얼굴로 그를 바라보고 있었다.

"헌데, 공격은 형편없군. 조금 전의 공격, 분명히 날 죽이고자 한 일격이겠지?"

"……언제까지 나불나불 떠들 셈이냐!"

그리고 라트의 검에서 다시 검붉은 기운이 일어나기 시작했다.

검을 뒤로 뺀 라트는 즉시 마력을 잔뜩 실어 봉그리드의 몸을 찔러 들어갔다.

"자세나 검로에서도 그 형식을 조금도 찾아볼 수 없군."

카가각!

쾌앙!

살짝 움직여 검로를 튼 것만으로도 라트의 몸은 휘청거렸고, 그 탓에 검에 잔뜩 어려 있던 기운은 엉뚱한 곳으로 날아가 그대로 폭발했다.

"보면 볼수록 신기하군. 아무것도 익히지 못했으면서 이 정도나 되는 힘을 가지고 있다는 건가?"

마치 데리고 노는 듯 여유로운 그의 태도에 라트의 얼굴이 일그러졌다.

힘으로 짓누르려고 하는 그의 검은 번번이 봉그리드의 별것도 아니라는 듯 가벼운 방어 앞에서 번번이 무위로 돌아갔다.

줄기차게 극한까지 마력을 뽑아낸 탓에 라트의 얼굴에는 금세 피로한 기색이 감돌았다.

"지치기 시작했나? 하긴, 그 정도나 되는 마력을 뽑아내고도 아직까지 싸우려는 태도를 보면 보통이 아닌 건 알겠군."

"……아직 이곳에서 쓰러질 수는 없다."

라트의 눈에 떠오른 어둠에서 분노와 증오를 읽은 봉그리드의 표정에서 장난기가 가셨다.

"아직 어린 녀석이 무거운 눈을 하고 있군."

그리고 봉그리드는 천천히 겁집 째로 검을 들었다.

"아무래도 그동안의 소란은 네 녀석의 소행인 것 같은데. 일단 진정부터 시키고, 이야기는 그 이후에 듣지."

검은색의 수수한 검집에 그의 마력이 집중되면서 푸르스름한 빛이 감돌기 시작하다가 잠깐의 시간이 지나자 새하얀 빛으로 번쩍였다.

어마어마한 마력이 기감을 자극하자 라트의 얼굴에 긴장이 떠올랐다.

그 순간이었다.

"적을 태워 삼켜라! 크로티엣(Krotiet)!"

"음……!"

급하게 울려 퍼지는 주문영창, 그리고 곧바로 터져 나오는 엄청난 밀도의 마력을 느낀 봉그리드는 즉시 그 자리를 피했다.

쿠콰앙-!

폭발이 일어나며 흙이 튀었다.

조금 전까지 봉그리드가 있던 곳의 반경 2미터 이내의 땅은 검은 불길이 사그라지지 않고 계속 타올랐다.

한참 뒤로 물러난 봉그리드는 눈살을 찌푸렸다.

"마법사인가?"

그러나 적의 모습이 확인되지 않는다.

기감을 돋우어 주위를 확인하지만 마찬가지로 역시 잡히지 않았다.

"골치 아프군……."

봉그리드는 진심으로 그렇게 생각했다.

아무리 봉그리드라고 해도 단발의 화력은 마법사를 결코 따라갈 수가 없다. 게다가 상대가 대단히 높은 수준의 마법사라면 더더욱 그렇다.

어둠에 완전히 녹아든 것을 보니 상대는 일반 원소계 마법사는 아니고, 외도 계열이 틀림없었다.

봉그리드의 얼굴에 천천히 긴장이 어렸다.

바로 그 순간, 오른쪽으로 20미터 떨어진 곳에서 엄청난 속도로 주문영창이 이뤄졌다.

"솟아서 얽혀라, 코바렌(Kovaren)!"

주문과 시동어가 입 밖으로 튀어나오는 동안 거리를 좁히는 것은 무리였다. 적의 마법이 어떤 것인지 전혀 모르는 만큼, 봉그리드는 즉시 그 자리에서 떨어졌다.

스스스스스!

'음…… 속박계 마법인가. 역시 들어본 적 없는 주문이군.'

땅에서 엄청난 속도로 일어나는 어둠을 확인한 봉그리드는 마법사를 잡기 위해 달려가려 했다. 그러나 잠깐 눈을 돌린 사이 마법사의 기척이 온데간데없이 사라지자 생각보다 쉽지 않겠다는 생각을 하면서 마력을 일정 이상 끌어올렸다.

구웅!

그리고 의도적으로 싸움의 무대를 천천히 외곽으로 옮겼다. 더이상 민가가 있는 곳으로 싸움을 확대시켜서는 좋을 게 없었다.

『어떻게 된 거지?』

"……."

『어떻게 된 거냐고 묻지 않느냐?』

"죄송합니다."

천천히 물러나는 봉그리드를 쫓으려던 텔리시아가 우뚝 멈추었다.

『내 허가도 없이 감히 관여하다니, 죽고 싶은 것이냐?』

"계약자가…… 그걸 원했습니다."

『뭣이? 계약자라고?』

"아르니가 저와 계약하기를 원했습니다."

『……계약을 원했단 말이냐?』

지크로트는 입을 다물었다.

그리고 그의 호통만큼이나 텔리시아도 이 이상 힘을 쓰는 것을 그만두고 싶었다. 마족의 계약은 기본적으로 거래의 형식을 취하는데, 거기에는 필연적으로 대가가 있을 수밖에 없었다.

그 말인즉슨 이 계약 역시 예외가 아니라는 것이다. 조금 전까지 노기로 떨리던 지크로트의 목소리에 웃음기가 배었다.

『재미있군. 저 안에 있는 인간과 계약을 했다는 것인가. 크흐흐흐……. 좋다. 그건 그것대로 재미있겠지.』

"……."

텔리시아를 아랫입술을 깨물었다. 고위 권능의 태반을 제약당한 상태인 텔리시아는 지크로트처럼 힘의 일부분을 다른 누군가에게 대여해주는 방법을 쓰는 것은 감히 상상할 수도 없다. 그러니 그녀가 이렇듯 권능을 쓸 때마다 아르니는 그녀와 거래한 '무언가'를 지불하고 있는 것이다.

그때, 라트가 그녀에게 다가왔다.

"어떻게 된 거야? 왜 날 도왔지?"

"고마워, 라고 하는 게 올바른 수순 아닌가?"

"……무슨 꿍꿍이야? 왜 날 도왔느냐고. 그때 한 번이 끝 아니었어? 날 이렇게 번번이 도울 생각인가?"

"……."

라트의 물음에 텔리시아는 불편한 얼굴을 한 채 아무런 말도 하지 않았다. 그녀는 아르니와 라트에 대한 죄책감 때문에 지금이 싸움 도중이라는 것마저 잊고 있었다.

"이봐, 우리는 싸우는 중이 아니었던가?"

봉그리드의 어이없다는 듯한 음성이 들리자, 텔리시아의 눈이 날카롭게 변했다. 다시 그녀의 존재감이 사라지려고 할 때였다.

"이봐! 그만! 왜 이렇게 못 싸워서 안달인 거야? 정말로 피를 봐야 그만둘 건가?"

"무슨 소리지?"

"그건 내가 묻고 싶은 말이지. 저 마법사, 그리고 기본기조차 되어 있지 않은 꼬맹이. 도대체 뭐하는 녀석들이야? 은십자 놈들과 한패인가?"

"네놈이야말로 교단의 추격자 아닌가?"

"뭐라?"

라트의 서슬 퍼런 물음에 봉그리드가 피식 웃었다.

뭔가 이야기가 겉돌고 있기는 하지만, 그는 지금 이 순간 눈 앞의 두 사람이 은십자 기사단과는 관련이 없다는 것을 거의 확신했다.

"설마 이 봉그리드를 교단과 엮는 놈들이 있을 줄이야……. 뭐 좋다. 어쨌든 알았겠지? 난 봉그리드다. 그럼 모든 설명이 끝난 거지."

"무슨 설명이 끝났다는 거지? 교단과는 관련이 없다, 이건 가?"

"엥? 뭐야? 설마…… 날 모른다는 거냐?"

"……?"

"……."

라트가 눈살을 찌푸리면서 텔리시아를 바라보자 그녀는 여전히 경계하는 눈빛으로 봉그리드를 노려보며 고개를 살짝 저었다. 정말로 전혀 모른다는 태도였다.

봉그리드가 어이가 없다는 듯 실소를 흘렸다.

"이봐, 너희들은 지금 봉그리드를 모른다고 하고 있는 거야. '봉그리드 헬라스트롬'을 말이야."

"……모른다. 네놈의 이름 따위보다 중요한 건 어째서 이곳에 왔느냐다. 왜 나와, 그리고 텔리시아와 싸운 거지?"

"거짓말 하지 마라. 날 모른다니…… 너흰 이 나라 사람이 아닌 거냐? 그리고 먼저 검을 들이댄 건 내가 아니라 너였어."

라트는 입을 다물었다. 생각해 보니 지레 적으로 여기고 공

308 바람의 라트

격한 쪽은 라트 자신이었던 것이다.

"그리고 나는 이곳에 사는 사람 중 한 명으로서 온 거다. 이 마을에서 나가달라는 말을 전하기 위해서 말이야."

"뭐?"

"최근 벌어진 흉흉한 사건, 은십자 기사단이 벌였다고 생각하기엔 그들이 지금까지 보인 행보와는 너무 다르지. 상황을 대충 보니 필시 너희들이 한 일이겠지. 루반 관령까지는 그 정도의 실력이면 먹혔을 거야. 그리고 오프할 같은 직할령 도시는 저 마법사가 도와줬다면 얘기가 되지. 뭐, 어쨌든 난 그 사건들 때문에 불안해하는 이곳 사람들의 대리인으로서 온 거라고 보면 된다."

"대리인? 그게 무슨 말이지."

"말 그대로의 의미지. 이곳 사람들은 너희들이 은십자 기사단이든 아니든 그렇든 썩 달가워하지 않아. 외지인 자체가 불안요소란 말이다. 하물며 너희들은 지금 국군의 추격을 받는 죄인의 입장이지. 계속 이곳에서 머무른다면 언젠가는 이곳 백작의 귀에도 들어갈 테고, 그러면 이곳은 엉망이 될 것은 뻔하지. 무슨 말인지 알겠나?"

흉흉했던 라트의 눈이 조금씩 부드러워졌다.

확실히 봉그리드의 말은 틀린 것이 없었다. 라트는 그 점에 대해서는 미처 생각지 못했다. 라트는 쫓기고 있었고, 그들이 이런 곳에 오래 머무르면 분명히 다른 사람들이 피해를 볼 것이다.

"알겠다. 내일까지 이 집을 비우지. 도시에서 많이 떨어진 외곽 지역인데다가 아무도 살지 않아서 괜찮을 줄 알았다. 그런데도 피해가 된다면 어쩔 수 없지."

"좋은 대답이군. 흥미로운 만남이었다. 이름이 뭐냐?"

"……라트."

"라트인가. 그래, 그쪽은?"

"……."

텔리시아는 아무런 대꾸도 하지 않은 채 그저 고개를 살짝 돌렸다.

그러자 봉그리드가 너털웃음을 터뜨리면서 중얼거렸다.

"음, 차갑군! 헌데, 그게 엄청나게 매력적이야!"

"용건은 이제 끝났나?"

"그래. 난 이만 가보겠다. 약속 지키는 게 좋을 거야. 이 정도로 소란을 피웠으니 말이야."

봉그리드는 그렇게 말하며 왔던 방향으로 천천히 돌아갔다. 등을 돌리고 느린 걸음으로 걸어가는 그의 뒷모습에서는 여유가 느껴졌다.

그가 멀어질 때까지 한참을 그렇게 서 있던 라트가 중얼거렸다.

"저런 게…… 강하다는 건가?"

"그래, 저 사람은 강해. 만약 그가 다른 생각으로 이곳에 왔다면…… 넌 죽었을 거야."

"그렇군……."

라트는 아르니가 기다리고 있는 허름한 집으로 발걸음을 옮겼다.

소중한 이의 마지막을 더럽히면서까지 악마와 거래를 했건만…… 결과는 텔리시아의 도움을 받지 않으면 제대로 싸울 수도 없는 처지란 말인가.

라트는 자괴감이 들어 견딜 수 없었다.

『바람의 라트』2권에서 계속

이현 판타지 장편소설
FANTASYSTORY & ADVENTURE

Nahasa

나하사

마왕은 봉인되고 마법은 쇠퇴한 신들의 시대
금지된 고대마법을 구사하는 소년 마법사가 등장했다!

이현 판타지 장편소설

「나하사」

말하는 개구리와 꽃미남 마족 그리고 소년 마법사
세계를 뒤바꿀 예속물히 마왕 부활 추진대!

dream
books
드림북스

ROYAL DOOM

파천의 군주

태제 판타지 장편소설

FANTASYSTORY & ADVENTURE

문피아 선호작 1위! 골든베스트 1위! 『리버스 담덕』, 『역천의 황제』의 작가

태제 판타지 장편소설

『파천의 군주』

제국을 향한 야심, 9번의 환생, 뒤틀린 운명.
새롭게 태어난 군주 카빌론의 대륙정벌이 시작된다.
라이나프! 신이 되고픈 자들에게 내리는 신들의 저주!
9개의 삶이 끝나는 순간 제국을 집어삼킬 군주가 태어난다.

dream
books
드림북스